SADUJ
CASO I

MOISÉS MORÁN VEGA

1. SADUJ

Es mi primer trabajo. Tengo los detalles en mi cabeza. Solo tengo que esperar el momento preciso. Comprobé la dirección y memoricé la fotografía que me habían enviado. Tengo una buena memoria fotográfica.

Ahí está el Mercedes 500 CL negro. Compruebo la matrícula. Me pongo mis gafas negras, la gorra de los Chicago Bulls, saco la Heckler de nueve milímetros, le pongo el silenciador y me la meto en la cintura. Cojo el paquete marrón. Salgo del coche y bajo la calle despacio. El corazón se me acelera y noto que la arteria aorta comienza a bombear más sangre de la que necesito para ese trabajo. Respiro. Respiro. Respiro. Necesito tranquilizarme. Toco el botón de aluminio del portero automático y un impresionante dogo argentino me ladra y salta como un loco detrás de las rejas de acero tres dieciséis. Vuelvo a insistir con el timbre. El perro no para de ladrar. Se ve que no le gustan los extraños. A mí tampoco me gusta él. No me gustan los perros, pero sí los gatos porque son más como yo, más independientes, más suyos. Una voz metálica me responde.

—¿Quién es?

—¿El señor Francisco Escabiño?

—Sí, ¿qué quiere? —me contesta casi gritando.

—Le traigo un paquete de la mensajería Talqueexpres.

—Espere, ahora salgo.

Sé que vive solo. No habrá testigos. Solo estamos él y yo.

Sale un hombre con un batín negro que casi no cubre su gran barriga y lleva un puro en su mano derecha. Se agacha y recoge el periódico del suelo del porche con mucha dificultad. Estar gordo tiene esas consecuencias, no puedes ni atarte el cordón del zapato y no te ves la polla cuando meas. Se acerca hacia mí con paso cansino, como si no quisiera llegar y le pesara mucho el culo.

Lo identifico. Es él.

—¿Qué es lo que me trae? —me pregunta después de darle una calada al puro.

—Un paquete que le envían desde Bogotá.

—¿De Bogotá? ¿Quién me lo envía? No conozco a nadie en esa ciudad.

—Espere que le digo —le doy la vuelta al paquete y le digo el primer nombre que me viene a la cabeza—. Marcelino de la Cruz Correa.

—¿Marcelino de la Cruz Correa? No conozco a ningún Marcelino.

—¿Qué hacemos? ¿Recoge el paquete? Tengo que hacer algunos repartos.

—No recojo paquetes de desconocidos.

Ya no hace falta. Saco el teléfono móvil y le saco una foto.

—¿Qué hace?

Le sonrío y le contesto que hago mi trabajo.

Abre la puerta y observo que mantiene al dogo agarrado por el collar.

—Mi perro te dará una lección, cabrón.

Saco la Heckler y le digo:

—No me gustaría matar al perro. Solo hago mi trabajo.

Mira mi pistola. Suelta al perro y le da una orden en alemán. El can corre y se pierde detrás de la casa.

Guardo la Heckler.

—Hay que ser sensato. No vale la pena morir por nada. La vida, aunque sea en la cárcel, sigue siendo vida. Los bichos nunca son buena compañía.

Mi trabajo ha concluido. Bajo por la calle con tranquilidad. Ha sido un trabajo rápido. Me detengo, paro un taxi y le digo que me lleve al hotel en el que me hospedo. Uno céntrico de cuatro estrellas. Cojo mi teléfono móvil, le coloco la tarjeta y la batería. Espero a que coja la señal. Busco el contacto y le envío un correo electrónico al que adjunto la foto, las coordenadas geográficas y la palabra «Fin». Mañana me ingresarán los cinco mil pavos de la segunda parte del pago.

En la habitación me desvisto, me doy una ducha con agua muy caliente y me afeito. Enciendo el portátil, me conecto a una de las redes wifi cercanas al hotel y que he *hackeado*. Abro mi correo. Hay un mensaje en la bandeja de entrada. Es una notificación de Tor. Entro en el foro, que está ubicado en un servidor anónimo en alguna ciudad de Asia, en el que los mensajes solo duran doce minutos. Si no los abres en esos doce minutos, se borra sin dejar rastro. Me encanta ese foro. Tecleo mi usuario, Saduj, y entro en mi bandeja de entrada. Leo el mensaje:

> *Necesito encontrar a un puto pederasta que violó a mi hija de nueve años. Es un británico que salió de España. Se llama Richard Damoe. No sé dónde está. Sé que hay una orden internacional de la Interpol de búsqueda y captura. Le pagaré diez mil euros si lo encuentra y lo entrega. Le adjunto una foto.*

Apunto en mi cabeza el nombre. Tengo buena memoria. Abro la foto. Es nítida. Parece un puto santo que no ha matado una mosca en su vida. No me gustan los pederastas. Son unos hijos de puta. Ejercen la forma de poder más abominable.

Le contesto:

Acepto el trabajo, mi tarifa son diez mil más gastos. Tendrá que hacerme un pago inicial de cinco mil. Si acepta la cuantía, le diré la cuenta en la que tiene que ingresar el primer pago. Cuando acabe el trabajo, le indicaré otra cuenta para hacer el ingreso del resto.

Cierro Tor, abro el Duck y tecleo el nombre del hijoputa. Me salen algunos enlaces de noticias que lo relacionan con varios casos de pederastia. También un enlace de una página contra la pedofilia y la pederastia. Entro en la página. Hay una relación muy extensa de estos malnacidos. Utilizo el buscador del Chrome. Ya lo tengo. Abro el enlace y leo el perfil con detenimiento. Es un cabrón. Los padres piden justicia y la tendrán. La justicia es una entelequia que varía en función de quién la ejerza. Es un prisma muy prostituido. Una puta que se vende al mejor postor. Yo no hago justicia, ni entro ni salgo. Solo busco números y los entrego, pero no soporto a estos cabrones.

No encuentro una dirección válida. Vuelvo a entrar en Tor, busco a Darlindark y le envío un mensaje:

Necesito toda la información de Richard Damoe.

Ya sé cuál es su tarifa. Su información es de primera calidad. Nunca me ha fallado.

2. DUBLÍN

Recibí el primer pago, por eso estoy en Dublín, que es una ciudad que no me gusta. No me gustan las ciudades en las que la luz está hipotecada y la lluvia tiene rango de permanencia absoluta. Me gusta el sol. Ya tengo bastante con mi propia oscuridad y, cuando salgo a la calle, quiero ver el cielo azul y al sol resplandeciente; es una forma de cargarme las pilas.

Estoy en una casa de alquiler que está cerca del río Liffey. Salgo y me dirijo a la cafetería que está a doscientos metros. Me llevo mi portátil. Me conecto a Tor porque he recibido dos notificaciones en mi correo electrónico. Darlindark me da la dirección de cinco cajeros automáticos en los que el pederasta ha sacado dinero, añade tres fotografías obtenidas con sus cámaras y la completa con la dirección del hotel con la que ha pagado su estancia. Esa información no tiene precio. Me toca vigilar y tener algo de suerte.

La segunda notificación de Tor tiene relación con el arma que utilizaré en esta operación. Es MacGyver, que ya tiene mi pedido. Una Makarov de nueve milímetros. Mil pavos por la pistola. El trato, el de otras ocasiones, quinientos antes de recibir la mercancía y el resto después. Soy buen pagador y MacGyver lo sabe. Contacto con él cuando se trata de comprar armas. Le digo el lugar y el tipo de arma y él se encarga de todo. Si tiene alguna dificultad, la resuelve, aunque me cueste algo más de dinero.

Me gusta ir armado. Nunca sabes qué te vas a encontrar cuando estás de caza y captura. No es la primera vez que tengo que utilizar el arma para defenderme. Los tipos a los que busco se las traen en lata. Unos hijos de puta.

Sin esperar hago las dos transferencias, a Darlindark y a MacGyver.

Cierro el ordenador y lo guardo en el maletín. Tengo que salir para hacer el primer reconocimiento del terreno. Regreso a la casa y dejo el portátil.

Abro la maleta y saco el teléfono móvil, le coloco la batería y una de las diez tarjetas SIM que tengo. Activo Google Maps. Tecleo la dirección, Drury Street, 53 y el programa me indica el camino. El Hotel Brooks está cerca. Es hora de salir.

Me pongo el chubasquero y salgo a la calle. Cruzo uno de los puentes del Liffey, voy en dirección a la calle Drury. La voz metálica me guía. Solo tardo en llegar quince minutos. A primera vista es un buen hotel de cuatro estrellas. Tengo que confirmar si el pederasta está en él. Sigo unos metros y me detengo en una de las tiendas New Moon que vende multitud de artículos. Me pongo mi gorra de los Bulls. Entro y compro un pequeño jarrón que me cuesta veinte pavos. Le digo al dependiente que me lo envuelva en papel de regalo, que le ponga una tarjeta a nombre de Richard Damoe, que anote mi nombre y mi número de teléfono.

Mi inglés es casi perfecto. En Santo Domingo lo perfeccioné con dos horas de clases particulares durante cinco años con una nativa, la señorita Barinka. Luego lo afiancé viviendo un año en Londres. Es la única forma de aprender y perfeccionar un idioma. El resto son milongas.

Entro en la recepción y le pregunto a la recepcionista por el señor Damoe. Le digo que tengo un regalo que entregarle.

La recepcionista me dice que me espere. Teclea los datos en el ordenador, hasta que sonríe.

—El señor Damoe no se encuentra en su habitación. Tiene contratada media pensión. Supongo que vendrá a la cena, entre las siete y las nueve de la noche. Pero no se preocupe, le podemos hacer entrega del regalo si usted quiere.

—No, tengo instrucciones de entregárselo en persona. Volveré esta noche. Muchas gracias.

He confirmado que el hijoputa está en el hotel. Darlindark rara vez se equivoca. Miro el reloj. Faltan cinco minutos para la una. Salgo y regreso al piso.

Una vez allí me doy una ducha y bajo a comer algo en un restaurante de la zona. La carta del menú es la típica dublinesa. Voy a lo seguro y pido un estofado irlandés y una cerveza del país.

Me entra la modorra postalmuerzo. Pienso que un café irlandés mataría el sueño, pero necesito recargar pilas y no hay mejor manera que dormir para eso.

Me despierta el timbre de la casa. Me levanto del sofá, echo un vistazo por la mirilla y veo a un joven imberbe con un paquete. Abro la puerta y ahí está esperándome el mensajero. Le firmo el albarán de entrega y recojo mi pedido. Solo por el peso sé que es la Macarov.

Cierro la puerta. Lo abro, desenvuelvo el plástico acolchado y ahí están la pistola, el silenciador y nueve balas del nueve. No tardo ni dos minutos en desmontarla por completo. La reviso. No me gusta tener problemas. Aunque sé que mi proveedor es muy serio. La vuelvo a montar una vez que compruebo que está todo en regla. Le meto el cargador, le coloco el silenciador y me la pongo en la cintura.

Miro el reloj. Las siete de la tarde. Hora de salir. Llego al hotel más rápido que antes con mi regalo. Me vuelvo a poner la gorra de los Bulls, entro y pregunto por el pederasta. Me confirman que está. Lo llaman y espero a que baje.

Escucho en el hilo musical una desconocida pieza de *jazz* y, mientras, memorizo el interior de la recepción. Siempre hay que tener un plan de escape.

La campanilla del ascensor me saca de mis pensamientos. Sale un tipo gordo, con una gorra negra de pescador y gafas oscuras. Es él. Se dirige al mostrador y la recepcionista me señala. Yo sonrío. Se dirige a mí con paso lento. Descubro en su rostro que está acostumbrado a ser prudente. Un cerdo como ese tiene que serlo, si no estaría muerto o en la cárcel. Me pregunta quién le envía el paquete. Sin apartarle la mirada le contesto «El señor Mails». No dejo de mirarlo en ningún instante. Examino cada parte de su rostro. Sus pupilas se mueven de un lado a otro. Le tiembla el labio inferior y las aletas de su nariz no dejan de moverse como las de una rata que se huele algo. Aprieta la mandíbula y me dice que no conoce a ningún señor Mails. Sonrío y le contesto «Yo tampoco, pero aquí tengo un paquete para el señor Damoe. Me han dado esta dirección y creo que no se han equivocado».

Da un paso atrás. Mira hacia la cámara que está justo encima del mostrador de la recepción. Vuelve a apretar con fuerza las mandíbulas. Le pregunto si va a recoger el paquete, le digo que esa es la última entrega y que tengo ganas de irme para mi casa.

«No, no lo voy a recoger», me dice y pulsa el botón de llamada del ascensor.

No le contesto, me doy la vuelta y salgo del hotel.

14

El miedo es una emoción ancestral que vive con nosotros desde que vivíamos en las cuevas y nos matábamos a golpes con una mandíbula de burro. Damoe tiene miedo. Solo tengo que esperar a que la rata abandone el barco, sé que no tardará mucho en salir.

Me pongo a cierta distancia del hotel, la suficiente para no perderlo de vista. Me ajusto la gorra y me pongo las gafas de sol. Espero.

A las ocho de la tarde sale de su escondite. No lleva maletas, sino una mochila negra de medio tamaño. Está claro que es un tipo práctico, preparado para huir en cualquier momento. Me pongo en movimiento y aligero el paso. Quiero alcanzarlo antes de que abandone la calle. Es un lugar perfecto. Poco transitado y sin cámaras. Después de un minuto estoy a su altura. Saco la pistola y se la pongo en el riñón izquierdo. Le digo que se tranquilice y que, si se porta bien, no le ocurrirá nada.

—Tiene que venir conmigo.

A pocos metros encuentro el lugar perfecto para dejarlo. Un poste de un semáforo. Saco los grilletes y lo esposo al poste. Algunos transeúntes nos miran asombrados.

Él no me dice nada. Sabe que está atrapado. Tengo claro que, ante cualquier problema, le descargo el cargador de la Macarov. Este hijo de la gran puta debería estar bajo siete metros de tierra.

Sin salir de la calle, llamo a la Policía y les digo que hay un peligroso criminal, buscado por la Interpol, esposado en un poste de un semáforo de Drury Street.

Me pierdo calle abajo, le dejo el regalo a un mendigo y camino con tranquilidad hasta llegar a la casa que he alquilado. Entro y, en el salón, abro el portátil, busco la web de la Interpol y dejo el correspondiente mensaje. En unas horas estarán aquí para recoger el apestoso paquete.

Cojo el móvil, le saco una fotografía y se la envío a mi cliente a través de Tor. Trabajo concluido.

3. REGRESO A CASA

Me doy una ducha, me vuelvo a afeitar y después me visto con mi traje negro de corte italiano, el de los viajes. Si vas trajeado, las preguntas son menos. No hay nada como un buen traje y una corbata. Es una carta de presentación que dice «Este es un tipo de fiar». Sí, te abre muchas puertas. Termino de preparar la maleta, salgo y pido un taxi que me lleve al aeropuerto.

Durante la espera pienso en el pederasta. Un cabrón menos suelto por nuestras calles. Esa es la justicia de la calle, la del padre herido, la de la venganza, la de la justicia de la sinrazón, pero al final justicia, su justicia. Estará más de treinta años en la cárcel y saldrá hecho un puto viejo de ochenta. Comprendo y acepto este tipo de justicia. Tú me das y yo te doy. Me disparas, te disparo. Uso tu misma violencia. Sí, la violencia genera violencia, eso está claro. Al santo barbudo no le faltaba razón. Este puto mundo es un mundo demasiado violento, la vida es violenta desde el principio de los tiempos.

Llevo una maleta de esas que cumplen con todas las normativas legales y siempre la facturo. En ella guardo todo menos el pasaporte falsificado, la cartera, el móvil y una de mis tarjetas piratas. No me gusta llevar nada que levante sospechas. Entro por el arco detector de metales. Todo en regla.

La seguridad en los aeropuertos es paranoica. Es bueno saberlo cuando te dedicas a capturar mosquitos. Aunque bien podría entrar con un cuchillo de cerámica y el puto arco ni sonaría. El que quiera bien podría montar un matadero ambulante a once mil pies de altura. Ahí están los Estados, que son los primeros asesinos a sueldo. Ellos sí tienen patente de corso para aniquilar a sus semejantes. Ellos tiene una bandera con la que limpiar sus crímenes. Sí, ya lo sé. No soy un ejemplo. Ni lo pretendo, ni quiero serlo. Nunca me gustaron los modelos. Soy un cazador de recompensas.

Llego a Las Palmas de Gran Canaria con la impresión de haber viajado a la velocidad de la luz, quizás porque me pasé las tres horas del viaje durmiendo como un lirón; el compuesto de cannabis cumple a la perfección su cometido y sin efectos secundarios, bueno uno: al despertar me comería un caballo. En primera clase el hambre compulsiva tiene solución.

Cojo un taxi que va como un tiro por el carril izquierdo, rozando el límite de velocidad porque los taxistas trabajan contra el tiempo. Por esa razón, cuando pueden, pisan el acelerador. Para ellos el aeropuerto es una mina, un chollo que no quieren soltar. Le va la vida en ello. En esta ocasión el taxista es un tipo joven que no suelta prenda. Está concentrado en ganar dinero. En el fondo lo comprendo. Tampoco tengo muchas ganas de hablar.

Mi ciudad me saluda con el buen tiempo. Dicen que tenemos uno de los mejores climas del mundo. Lo saben los suecos y los alemanes que llevan cincuenta años conquistándonos como el que no quiere la cosa. Poco a poco se han ido quedando con nuestra tierra. Tenemos ejemplos en cada rincón de estas islas. Llegaron un día y lo comprendieron. Aquí se vive muy bien y ya no quieren irse.

Mi ciudad es tranquila, nunca pasa casi nada y lo que pasa se resuelve en pocos días. Aunque hay temas que nunca se resuelven y se enquistan bajo el asfalto. La ciudad lo absorbe como un cuerpo extraño que se olvida. Como el asunto de los desaparecidos, personas que un día no regresaron a sus casas y que parece se los ha tragado la tierra. Heridas que nunca se cierran y que siguen abiertas a la espera de un soplo de esperanza. Demasiados desaparecidos y demasiadas esperanzas en esta ciudad. Me vienen a la cabeza los casos de Sara Morales y de Yéremi Vargas, que traspasaron las fronteras de las islas y encabezaron los telediarios nacionales.

Vivo en las cercanías de la playa de Las Canteras, en una casa terrera que compré después de mi tercer trabajo. Trescientos mil pavos a tocateja y sin aguantar la respiración. Un amigo me sopló que tres hermanos querían vender la casa familiar con urgencia y que, si regateaba, podían rebajar casi un veinte por ciento. Eso hice. Les enseñé el color del dinero y no discutieron mucho. Cien mil para cada uno. La lotería de Navidad había llamado a su puerta. Con lo que me ahorré le hice unos arreglos para hacerla a mi mano: reformé la cocina, el baño y todas las habitaciones. También le metí mano al patio central y lo convertí en un magnífico patio canario, con helechos y una fuente central. Me encanta. Me enamoré de estos patios al visitar una casa antigua del barrio de Vegueta. En el fondo soy un puto clásico.

Siempre quise vivir cerca del mar y mi casa está a cien metros de Playa Chica, en Las Canteras. Por las mañanas me asomo al balcón y el olor a marisma me despierta los sentidos. Y eso me gusta. Disfruto como un niño con un juguete nuevo, un juguete que se renueva todos los días. No me canso de la fragancia marinera.

He querido traerme a mis padres a vivir conmigo, pero ellos no quieren moverse de su casa de Los Arapiles, donde que nací. Su pequeño terruño de cuarenta y cinco metros con tres habitaciones minúsculas, una cocina a la que hay que entrar casi de lado y un baño que solo puede usar una persona. Las construcciones minimalistas del Generalísimo que proliferaron a comienzos de los años sesenta y se levantaron en los incipientes barrios de la ciudad. Estas casas vinieron a solventar la inmigración de los habitantes de los pueblos del interior de Gran Canaria hacia la ciudad.

He logrado que por lo menos bajen los domingos y me los llevo a Playa Chica a pasar el día. Sé que les viene bien, en particular a mi padre, que disfruta como un niño de los paseos por la orilla y cuando baja la marea se pierde por el Charcón.

Llego a mi casa antes de las cuatro de la tarde. Sé que no hay nada en la nevera. María, mi asistenta, no sabía que día iba a regresar. Si lo hubiera sabido, me hubiera dejado algo de comer. Siempre lo hace. Es un encanto de mujer. Debe de tener más de sesenta años. Ella se ocupa de la casa, de la limpieza y de la comida. Llega a las ocho de la mañana y se va después de las dos. No habla mucho y por eso me gusta. Le pago ochocientos pavos. Ella me pidió cuatrocientos por el trabajo, pero después de ver cómo trabajaba y de conocer su historia le doblé el sueldo. El trabajo bien hecho hay que pagarlo bien. Al llegar, lo primero que hace es prepararme el desayuno. Café con leche y dos tostadas. Luego se mete en mi habitación y la limpia mientras me ducho y me afeito. Después me encierro en mi despacho a leer y trastear por Internet.

Después de comer abro el portátil. Entro en el correo y veo un mensaje de Tor. Mi cliente está satisfecho con el trabajo. «Un hijo de puta menos en la calle», me dice. Estoy de acuerdo.

Veo otro mensaje, lo abro y lo leo:

> *Necesito de sus servicios. Me han hablado muy bien de usted. Hace dos meses raptaron a mi hija en un viaje cultural con su instituto en Barcelona. Solo tiene catorce años. La Policía me dice que está en manos de una red de trata de blancas, pero yo ya no sé qué hacer ni qué creer. No quiero pensar en lo que le hacen a mi hija. La Policía me dice que están investigando y que no pueden hacer más. Si acepta, le pagaré muy bien.*

Lo vuelvo a leer y le contesto:

> *De acuerdo. Envíeme toda la información posible y le haré el presupuesto. Saludos.*

Intento ponerme en la piel del padre, pero no puedo. Soy incapaz. No tengo ese tipo de empatía, ni tampoco ese sentimiento paternal. Sin embargo, supongo que lo pasa muy mal. No es fácil perder a una hija y que, además, tengas la certeza de que la utilizan como carne fresca para los pederastas. Una puta tortura.

También pienso en la niña. Destrozada de por vida. Su cerebro lo almacenará como un buen disco duro y le recordará cada instante, cada cara, cada puta cara. El cerebro va a su bola. No recibe órdenes y no puedes *resetearlo*. Dejarlo limpio y sin datos sería un buen avance. *Resetearnos*, dejarnos sin los recuerdos que nos atormentan. Dicen que nuestra masa gris entierra los traumas, pero al final se levantan de sus tumbas como zombis, primero uno y después otro, despacio, muy despacio, hasta que hacen que nos quitemos de en medio; unos se tiran de un puente y otros se atiborran de pastillas para matarlo.

Vuelvo a recibir otro mensaje del padre atormentado:

> *Dígame qué necesita. Le entregaré lo que pueda. Busque a mi hija y póngala a salvo. Solo quiero eso. Hay sobre la mesa dos millones de euros que serán suyos si me devuelve a mi hija.*

La oferta es tentadora, pero peligrosa. Un cálculo rápido: después de los gastos, me podría quedar con un cuarenta por ciento de esos dos millones de pavos. Mucha pasta para un solo trabajo. Podría dedicarme a la vida contemplativa durante un tiempo.

Leo y luego le escribo:

> *La condición es que me ingrese trescientos mil euros, que será un pago anticipado, termine o no el trabajo. Si soy capaz de encontrar a su hija y traerla sana y salva, me ingresará el resto del dinero acordado. ¿Acepta?*

Lo que él desconoce es que siempre termino los trabajos. Nunca los dejo a medias. No tengo nada pendiente en mi escritorio. Cierro los círculos. Soy una puta hormiga cabezota.

El padre me contesta que acepta la condición y que sabe que acabaré el trabajo.

Le indico la cuenta corriente a la que tiene que enviar el dinero y le digo que, una vez haga el ingreso, me envíe todas las fotos recientes que tenga de su hija, su cuenta de correo y un número de teléfono al que poder llamar.

Sé que este será un trabajo complicado y necesitaré ayuda. Los casos que he resuelto están relacionados con la búsqueda de delincuentes que tarde o temprano dejan algún rastro que seguir y los localizo. Es cuestión de tiempo, una buena agenda y dinero.

Sin embargo, este caso sé que será difícil. Los que han secuestrado a esa chiquilla no querrán que la encuentren y la esconderán bajo siete llaves. Tendré que meterme en el fango hasta el cuello. No habrá otra manera.

Además, sé que el setenta por ciento de los casos de desapariciones nunca se resuelven porque, en su mayor parte, duermen el sueño de los justos. Tengo que contar con ese dato. Tenerlo bien presente. Dicen que la esperanza es lo último que se pierde. Eso lo dejo para el padre desesperado. Yo no cuento con eso. Mi mayor problema es el tiempo. El puto tiempo que corre en mi contra y más en este tipo de casos.

No sé si se trata de una banda de trata de blancas o de una banda de pederastas. Me da igual. Son organizaciones mafiosas cortadas por el mismo patrón; unos hijos de puta que no tienen ningún escrúpulos para explotar a las mujeres y, cuando ya no les sirven, las abandonan a su suerte o les pegan un tiro en la nuca y las entierran en un descampado de mala muerte.

Si logro dar con ella, no me será nada fácil sacarla. Eso también lo sé. Tendré que montar un buen equipo. Tendré que contactar con Macgyver para que me busque algunos candidatos.

Necesito tener toda la información que pueda conseguir sobre la chica. Por esa razón tengo que conocer su vida social y su vida en Internet. Quizás por ahí encuentre alguna pista que los maderos no hayan podido rastrear. Nunca se sabe.

Recibo un nuevo mensaje del padre. Acepta ingresarme el primer pago y me envía varias fotos de su hija, las más recientes.

Le envío el número de una de mis cuentas corrientes en las Islas Caimán y le comento que lo mantendré informado con los avances que se produzcan.

No me gusta dar mi dirección. Nadie sabe dónde vivo. No hay rastro mío por ningún sitio. Mi profesión requiere discreción absoluta. Los cazadores nos hacemos con muchos enemigos.

Entro en Tor y contacto con Darlindark. Abro un chat y al instante me contesta. Le envío las fotos de la chica.

Saduj: Hola, Darlindark. Busco a esa chica. Te pagaré bien cualquier información que puedas darme.
Darlindark: Hi, Saduj. ¿Dónde tengo que buscar?

Saduj: La única información que tengo es que fue raptada en Barcelona hace dos meses. La Policía trabaja con dos líneas de investigación.

Darlindark: ¿Cuáles?

Saduj: La primera hipótesis es que haya sido capturada por una red de trata de blancas y la otra, por una red de pederastas.

Darlindark: Empezaré por la segunda. El perfil de la chica cuadra para que la tengan esos hijos de puta. Es la más difícil. Esos cabrones se cubren muy bien las espaldas. Saben que están en el punto de mira de los polizontes. Cada vez es más complicado descubrirlos. Tienen servidores propios e incluso redes propias parecidas a esta.

Saduj: ¿En Tor no habrá este tipo de redes?

Darlindark: Tor es una selva, viejo, donde las fieras campan a sus anchas, pero eso no impide que puedan ser cazadas. En Tor hay de todo, pero eso no significa que seamos unos indeseables.

Saduj: Quiero que empieces cuanto antes.

Darlindark: ¿Cuánto me vas a pagar por el trabajo?

Saduj: Diez mil pavos.

Darlindark: ¡Guauuu! Me pongo con ello.

Saduj: Desde que tengas alguna información relevante, házmelo saber.

Darlindark: No te preocupes.

Saduj: Hasta pronto.

Cierro el chat y salgo de Tor. Toca esperar a que Darlindark haga su trabajo. Sé que es muy buena en lo suyo y estoy convencido de que encontrará alguna información con la que empezar a trabajar.

Miro el reloj. La hora del ejercicio. Me pongo la ropa deportiva y salgo a correr. Hoy tengo que hacer diez kilómetros a buen ritmo, cinco minutos por kilómetro. Después, media hora de ejercicios físicos. La forma física es fundamental. Mi vida depende de ello.

Después del ejercicio, me ducho y recibo una nueva notificación de Tor. Entro y veo que es el padre. Leo el mensaje.

Ya le he transferido la primera parte del pago. Trescientos mil de euros.

Le contesto:

Ya he empezado a trabajar. Espero tener noticias pronto. Tengo buenos contactos. Gracias por la transferencia. Espero que sea el mejor dinero que haya invertido.

El pago tardará dos o tres días. Eso es lo que menos me preocupa. No tengo problemas de liquidez. Mi trabajo está muy bien pagado.

4. PRIMEROS PASOS

Al día siguiente me despierto con el caso en la cabeza y con la imagen de la niña jugando con mis neuronas. Sé que este trabajo será el más complicado que he hecho. Será una tarea difícil saber dónde se encuentra la chiquilla, pero rescatarla de las garras de la organización mafiosa será un trabajo muy arriesgado.

Me gusta controlar los riesgos, saber a qué y con quién juego. Tener las espaldas bien cubiertas y tener una salida de emergencia. La voy a necesitar más que nunca.

Son las seis de la mañana y sé que no voy a dormir más. Me levanto y decido salir a correr por la playa. Me visto enseguida, estiro un poco, pongo el cronómetro y salgo. Comienzo a trotar despacio. Los primeros diez minutos me gusta trotar hasta que mis músculos se calientan lo suficiente. Entonces aumento la cadencia de la carrera hasta coger el ritmo de crucero, que es cinco minutos por kilómetro. Ahí me mantengo los próximos diez.

Siento que mi cuerpo me responde, mi corazón bombea la sangre que necesito y el oxígeno circula por mis células en las dosis adecuadas para que mis piernas y mi corazón se activen.

Llego a casa bañado en sudor. Estiro quince minutos y me ducho. Al terminar, me preparo el desayuno y suena el teléfono fijo. Miro el identificador de llamadas. Un número que no conozco. Lo apunto en el bloc de notas y contesto.

—Buenos días, ¿en qué puedo ayudarle?

—¿Es la agencia de detectives Saduj?

—Sí, dígame.

—Necesito contratar sus servicios para un asunto muy peliagudo.

Noto cómo su voz está alterada, pero al mismo tiempo triste, como si estuviera cansado.

—Véngase a mi oficina. ¿Sabe dónde queda?

—Sí, la dirección está en el anuncio. Por Playa Chica, ¿no?

—Sí. Si le viene bien, lo puedo recibir sobre las nueve y media.

—Me viene genial. Trabajo por los alrededores.

—Entonces lo veo después. Buenos días.

—Buenos días.

Tengo un pequeño despacho de veinte metros cuadrados en la planta baja de mi casa que utilizo para las cuestiones relacionadas con mi agencia de detectives. La creé hace más de diecisiete años, después de terminar mis estudios de Criminología.

En 1998 terminé el último curso y al año siguiente trabajaba como investigador privado. El comienzo no fue fácil, pero trabajé duro y en menos de un año ya tenía mi propio despacho en un pequeño local de la calle Guanarteme, donde comencé a dar mis primeros casos. Después conocí el foro Tor a través de un colega y a partir de ahí mi vida cambió para siempre. Los trabajos se multiplicaron de forma exponencial y mi patrimonio económico también.

En la actualidad me encargo de los temas más mundanos: divorcios, herencias, seguros, bajas laborales; en fin, temática variada para no aburrirme que combino con lo que me sale del Tor.

No podré hacerme cargo de este caso. Tendré que llamar a Rayco, un criminólogo de veinticuatro años al que contrato cuando yo no me puedo hacer cargo de algún asunto. Un tipo joven, impulsivo y resolutivo que insiste en asociarse conmigo, pero le digo que soy un tipo solitario, un perro viejo que está bien como está. No necesito más.

A mis cuarenta y cinco años me he acostumbrado a trabajar solo. Solo con mis decisiones, solo con mis equivocaciones y solo con mis aciertos.

Miro el reloj. Casi las nueve. Bajo al despacho, enciendo el portátil y entro en Tor. Le envío un mensaje a Darlindark y espero. Me contesta en menos de diez segundos:

Darlindark: ¿Qué hay, viejo?
Saduj: ¿Alguna novedad?
Darlindark: Sabes que si hay novedades me pongo en contacto contigo, pero tú eres como eres. Un puto impaciente.
Saduj: Solo quería saber cómo estaba el asunto.
Darlindark: Trabajo en ello. Llevo tres días rastreando la red y no he encontrado nada de nada. También es verdad que hago búsquedas superficiales. Todavía me queda meterme en la mierda, pero eso lo dejo para el final. Ya sabes, esos putos foros especializados en pornografía infantil. No me gusta nada ese tipo de trabajo. Lo hago porque me pagas bien y también porque es una buena causa. No me gustaría estar en la piel de esa niña ni tampoco en la de sus padres. Cuando empiece a meterme en esas

cloacas, tendré que llevarme unas buenas cargas de profundidad.
Saduj: Es un caso muy desagradable. Hay personas que pierden el sentido de la humanidad y no merecen estar entre nosotros.
Darlindark: Yo sabría qué hacer con esos cabrones. Los metería en una piscina llena de pirañas que llevaran dos o tres días sin comer. No se merecen otra cosa.

Me mantengo en silencio unos instantes mientras observo el parpadear del cursor y pienso que sí, que tiene razón. No se merecen otra cosa.

Saduj: ¿Cuándo tendrás algo nuevo? El tiempo corre en nuestra contra.
Darlindark: No empujes, Saduj. Esto es lo que hay, viejo. Aquí no hay plazo, pero estoy al pie del cañón. Ya sabes que desde que sepa algo me pondré en contacto contigo.
Saduj: Espero tus noticias.
Darlindark: Las tendrás. No desesperes.
Saduj: Cyc.
Darlindark: Adiós, viejo.

Cierro el Tor, entro en mi cuenta de las Islas Caimán y compruebo que Zurita ha ingresado la primera parte del pago. Ya no hay vuelta atrás.
Tengo varias cuentas en el extranjero en las que ingreso el dinero que sale de mis trabajos de investigación, aquellos se

salen de lo común y que superan los diez mil euros. Dos cuentas que desconoce el fisco y que, mientras pueda, seguirán ocultas. Tuve la intención de sacarlas a la luz con la primera amnistía fiscal que hizo Zapatero, pero lo dejé pasar y estuve a punto con la última que anunció el ministro Montoro. Sí, reconozco que soy un delincuente fiscal, pero no me queda otra que serlo. Me resultaría muy complicado explicar la procedencia del dinero que tengo en esas cuentas.

Mi cuenta corriente oficial es clara y mi renta anual limpia como el culo de un bebé recién bañado. No se le puede poner ni una coma. Me interesa que sea así. No quiero a ningún inspector husmeando por aquí.

Muchas veces he pensado irme a vivir al extranjero, salir de estas islas, dejarlas y enterrar la melancolía de isleño que arrastramos allá a donde vamos, pero no me iré. Me gusta vivir aquí.

Suena el portero automático. Debe de ser el cliente. Me levanto y voy a la cocina para ver quién es. Lo observo a través de la pantalla en blanco y negro del portero. Un tipo trajeado. Mira en varias ocasiones el reloj y vuelve a tocar. Está impaciente. Le contesto y abro la puerta.

Me dirijo hacia la entrada y la abro del todo. Saludo al cliente con la mejor de mis sonrisas:

—Buenos días, ¿en qué puedo ayudarle?

—Tenía una cita a las nueve y media con el director de la agencia de detectives.

—Pase y sígame.

Atravesamos el patio y vamos a mi despacho.

—Tome asiento. ¿Su nombre es?

—Vicente Contreras.

31

—Gracias, mi nombre es Saduj Morín.

—¿Saduj? ¿Es árabe?

—No, es Judas al revés. Me llamo Judá Morín. Mi padre quiso bautizarme Saduj, pero el cura se negó en redondo. Así eran los curas de finales de los sesenta. Así que después del bautizo me llamaron Saduj y así me he quedado. Judá solo queda para los documentos oficiales.

—Lo de los nombres y los curas tiene su historia.

—¿Qué le trae por aquí?

—No sé por dónde empezar.

—Empiece por el principio.

—Creo que mi mujer me engaña, pero no con un hombre, sino con una mujer.

—¿Y cómo sabe que es una mujer?

Se queda en silencio. Me mira y me dice:

—Por el WhatsApp. Dejó el teléfono en el salón cuando estaba duchándose y le entró un mensaje. Era una fotografía de una vagina abierta y con la pregunta «¿Te lo quieres comer esta noche?». Explícito, ¿verdad?

—Muy explícito, pero es más normal de lo que cree. Las mujeres descubren su lado femenino y se ve que les gusta.

—A mí no me gusta. No entiendo las relaciones homosexuales. Me parecen una aberración contra natura. Soy un hombre con unas profundas convicciones religiosas.

No pienso lo mismo. Lo tengo claro. Cada uno puede hacer con su cuerpo lo que le venga en gana; para follar solo hace falta tener un cuerpo y ganas.

—Si demuestro que tiene esa relación, le pediré el divorcio y, si puedo, la dejaré con una mano delante y otra detrás.

Le he dado los mejores años de mi vida para que me pague de esa manera.

—Bien. Vamos a hacer una cosa, señor Contreras. Haremos una primera aproximación para saber el alcance de la supuesta relación. Nosotros lo llamamos seguimiento lateral. Después del primer informe, hablamos y usted me dirá si pasamos a la segunda fase.

—¿En qué consiste esa fase?

—Consiste en conseguir pruebas sonoras, fotográficas y videográficas del hecho que investigamos.

—¿Cuánto me costará?

—Le daré el presupuesto por escrito, pero le adelanto que vamos a trabajar una semana, cinco horas al día. Si fuera necesario, trabajaremos alguna noche o festivo. En este último caso, la tarifa normal se incrementa en un cincuenta por ciento. En resumen, cuatrocientos euros por día con la tarifa normal. ¿Qué le parece?

—Bien, pero me gustaría que comenzara cuanto antes. Si puede ser, esta misma noche. Los viernes suele salir. Me dice que se va con unas amigas a tomar algo y vuelve alrededor de las cuatro de la mañana.

—No le voy a decir que no, señor Contreras. Le imprimo el contrato con los detalles presupuestados y me lo firma.

—Sí, de verdad necesito tener esa información. Casi no puedo dormir. Incluso tengo pesadillas. No puedo entender qué es lo que ha pasado. Si lo tiene todo, no le falta de nada.

No digo nada. Los humanos somos unos seres extraños a los que nos gusta experimentar con el sexo. Abro el modelo de contrato y lo relleno en menos de cinco minutos. Lo imprimo y se lo entrego.

—Léalo y, si está de acuerdo, fírmelo.

Coge el documento, lo firma sin leerlo y me dice:

—Desde que tenga algo llámeme. Quiero cerrar este asunto cuanto antes.

—Necesitaré una fotografía actual de su mujer, el número de su teléfono móvil, la dirección de su casa y, si tiene coche, el color y el número de la matrícula.

—Aquí tengo una foto, se la puedo enviar por WhatsApp junto con el resto de datos que necesita.

—De acuerdo. Apunte mi número y envíemelo. El lunes lo llamaré si tenemos algo.

—Espero su llamada, señor Saduj.

Me levanto, lo acompaño a la salida y me despido de él cerrando la puerta.

Al poco recibo un mensaje en el WhatsApp. Lo abro, es de Contreras. Guardo su teléfono en mi agenda de contactos y abro la foto de su mujer. Es joven. No debe tener más de cuarenta años. Él pasa de los cincuenta. Morena, muy guapa, delgada, cabello muy corto para una mujer, ojos claros, diría que azules. No los distingo bien. Tener a una mujer como esa a tu lado es un motivo para estar celoso. Es muy atractiva y lo sabe.

Busco en la agenda el teléfono de Rayco y lo llamo. Cierro una cita con él para las once.

Oigo cómo se abre la puerta. Es María. Distingo más de dos pasos. No viene sola. Me llama por mi apellido. Siempre lo hace.

—Señor Morín, ¿dónde está?

—En mi despacho, María.

Me levanto y voy a su encuentro. Nos vemos en el patio. Viene acompañada de una joven. No debe tener más de treinta años, morena, ojos negros y casi de mi tamaño. Lleva un vaquero tan ajustado que remarca su joven silueta. Me sonríe. María se acerca a mí y me dice:

—Esta es mi hija, Ana. Tenemos que hablar, señor Morín.

—Encantado, Ana.

Ana se acerca, me da un beso en la mejilla derecha y me deja en el aire el retazo de un perfume que no distingo, pero que me gusta. Detiene su mirada en la mía, sonríe y vuelve junto a su madre. Me recompongo y le pregunto a María:

—¿Qué ocurre? ¿Algún problema?

—Problema, problema no es. Me han dado hora para operarme de una de las rodillas. Fíjese, tres años en lista de espera y me llaman para operarme el lunes, en pleno mes de abril, cuando tengo más trabajo.

—María, no hay problema. Tómese el tiempo que necesite. Su salud es lo primero.

—No sé cuánto tiempo estaré de baja. Me gustaría que mi hija me sustituyera. Es muy seria y limpia mejor que yo. La juventud ayuda mucho. Si quiere, me puede despedir, la contrata a ella y luego me vuelve a contratar cuando esté mejor.

Sabía que podía hacerlo. La reforma laboral había dado carta blanca a los empresarios, que podían despedir a diestro y siniestro; sin embargo, no soy un empresario al uso.

—No la voy a despedir, María. Cuando la ingresen, cójase la baja el tiempo que necesite. Contrataré a su hija Ana para sustituirla. Solo tiene que pasarse por la gestoría, ¿recuerda dónde está?

—Sí, aquí cerca, en Franchy Roca. Es usted un buen hombre.

—Vaya por allí para que le hagan el contrato. Los llamaré para que preparen el papeleo.

—Pero no se preocupe por el contrato, no hace falta. Ella es una buena chica y de confianza. No pasará nada.

—Haremos las cosas bien, María. No sabemos cuánto estará usted de baja. Una operación de rodilla es complicada. Los tres meses no se los quita nadie y después la rehabilitación.

—¿Tres meses? Pero ese es mucho tiempo. No puedo estar tanto sin trabajar.

Sí, era mucho tiempo, pero eso era lo mínimo que se servía por una operación de rodilla. Yo estuve casi cuatro.

—Usted lo que tiene que hacer es recuperarse y, cuando esté bien, vuelve.

—Vale, señor Morín. Iremos a la gestoría al salir de aquí. Mi hija me acompañará estos días para ir enseñándole cómo le gustan a usted las cosas.

—Me parece una idea genial. Bienvenida a tu nuevo trabajo, Ana.

Me mira, me sonríe y me dice:

—Gracias a usted por ser tan buena gente y darme la oportunidad de trabajar.

—No hay de qué. Tu madre es una excelente trabajadora y se merece que la traten bien. Seguro que tú estarás a su altura. Tengo que dejarlas, tengo mucho que hacer.

Me tocan el portero automático. Espero y vuelven a tocar. Me percato de que no está María. Me levanto y compruebo que es Rayco. Llega puntual. Aparece ante mí trajeado, con una corbata color vino y su amplia sonrisa.

—Buenos días, jefe.

—¿Qué tal, Rayco? ¿Cómo te trata la vida?

—Bien si no entramos en detalles.

—Los detalles son importantes y más los relacionados con la vida.

—No me puedo quejar. Los jóvenes no podemos quejarnos. Tenemos que sacar este país adelante, aunque hoy por hoy la cosa está muy complicada.

—¿Te vas a quedar de pie? Venga, siéntate para explicarte el trabajo que tienes que realizar.

Le explico lo que tiene que hacer este fin de semana: seguimiento nocturno y algunas fotografías. Le entrego el maletín fotográfico y las llaves del Renault Clio.

—¿Dudas?

—Ninguna.

—Quiero un informe completo el lunes a primera hora. Me lo envías por correo electrónico y el lunes a las nueve y media nos volvemos a encontrar.

Se levanta, me da la mano, me sonríe y me dice:

—Hasta el lunes. Si tengo alguna novedad, le llamo.

Veo cómo sale del despacho con paso decidido. Pienso que algún día será un gran detective, tendrá su propio despacho, no dependerá de nadie y se construirá su propio destino. Es cuestión de tiempo. Tiene la cabeza bien amueblada. Es trabajador, disciplinado y muy serio.

Recibo un correo electrónico de Tor. Lo abro. Es Darlindark. Entro en el foro y se me abre una ventana de chat.

Darlindark: Hola, viejo. Tengo novedades importantes.

Saduj: Cuenta.

Darlindark: Entré en un foro en el que encontré varias fotografías de la chica.

Saduj: ¿Estás segura?

Darlindark: Al cien por cien. No tengo dudas.

Saduj: ¿Un foro de pederastas?

Darlindark: Sí.

Saduj: ¿Has podido localizar al tipo que subió las fotos?

Darlindark: Es muy complicado porque el cabrón las subió desde un servidor anónimo y es casi imposible conocer la IP. Estos hijos de puta aprenden rápido. Pero sabes que soy una perra cazadora y, cuando huelo a mi presa, no la suelto hasta que la cojo por el cuello.

Saduj: ¿Y cuáles son tus siguientes pasos?

Darlindark: Hacerme pasar por uno de ellos e intentar que ese cabrón me abra una rendija de su puerta. Cuando saque la patita, lo cogeré por los cojones, se los arrancaré y me los comeré.

Saduj: ¿Y no puedes meterte en ese servidor anónimo?

Darlindark: Poder puedo, pero no serviría de nada. Esos servidores encriptan las IPs que lo utilizan y es imposible saber quién es quién. Por eso son tan demandados y utilizados. Son el perfecto escondite para los delincuentes que no quieren que se les siga el rastro. Como te digo, mi estrategia es otra. Meterme en la mierda. Sabía que tenía que hacerlo. No me gusta, pero no me queda otra. Sé quién es, solo tengo que ganarme su confianza. Solo es cuestión de tiempo y una caña. Mi viejo dice que para pescar hace falta una buena caña, un buen cebo y mucha paciencia. Y yo tengo esos elementos.

Saduj: ¿Necesitas ayuda?

Darlindark: No, solo que tendré que ponerme una vacuna para que toda esa basura no me contamine. Sé qué me voy a encontrar. ¿Me entiendes, verdad?

No digo nada. Pienso en sus últimas palabras e intento ponerme en su lugar. No puedo conseguirlo.

Darlindark: ¿Te moriste?

Saduj: No, no me he muerto. Solo pensaba en lo que me has dicho.

Darlindark: No te preocupes por mis paranoias. No soporto a la gente que disfruta haciendo daño a niños indefensos. No lo entiendo.

Saduj: Yo tampoco. Son unos enfermos mentales.

Darlindark: No, viejo, son unos hijos de la gran puta. Ellos saben el daño que hacen y lo saben bien. Son conscientes de ello. Sé cuál es su medicina.

Saduj: Yo también lo sé.

Darlindark: Esto es lo que hay. No sé cuánto tiempo tardaré en sacarle la información a ese tipo, pero hay que ser positivos, por lo menos sabemos que está por ahí.
Saduj: Sí, solo falta localizarlo.
Darlindark: En esto estamos, viejo. Que tengas un buen día. Cyc.
Saduj: Hasta otra. Cyc.

El chat se cierra y miro la pantalla, intentando comprender, razonar el porqué de este tipo de casos. Creo que jamás lograré entenderlo. El ser humano puede llegar a ser despreciable y en cierta manera lo es.

Abro la agenda y le envío un mensaje a Mario Zurita, el padre de la chica raptada, en el que le digo que quiero hablar con él y le dejo mi número de teléfono.

Me levanto, voy a la cocina y huelo el aroma del café recién hecho. Me gusta tomarme uno bien fuerte a media mañana. Sin saber muy bien por qué, me viene el recuerdo de mi abuela. Los olores y el gusto tienen eso; son capaces de transportarnos, hacernos viajar en el tiempo y recordar los momentos que nos hicieron felices, pero también infelices. En este caso el recuerdo es de mis días en las casas del Carmen, en La Isleta, a dos pasos de la entrada de El Confital y a un tiro de piedra del mar. Una infancia repleta de instantes que me hicieron feliz: días de pesca, días de marisqueo y de *pulpiar* en El Confital; días de palomas, pichones y palomares; días de cometas, días de salitre, días de verano y de olor a café de la abuela Antonia.

Cojo la cafetera de aluminio colado y me sirvo. Ana pasa por mi lado, me sonríe y su perfume se mezcla con el del café. La sigo con la mirada y me inquieta lo que pienso. Hace mucho que dejé apartado el amor; lo guardé en una caja y lo enterré bajo siete metros de tierra, de tristeza y de dolor.

Tomo el primer sorbo y recuerdo a Leonor. Sigue ahí, escondida en algún lugar de mi cerebro, y vuelve de vez en cuando a recordarme que un día fue una mujer que amé hasta la locura, pero se fue porque se le apagó el amor. Desapareció de mi vida y se convirtió en un fantasma del que solo me queda el ruido de sus cadenas.

Dejo la taza en el fregadero y me suena el teléfono. Miro la pantalla, es Mario Zurita.

—Buenos días, señor Zurita, ¿cómo le va?

—Buenos días, señor Morín. Espero que tenga alguna novedad.

—Sí —le contesto lacónico porque no sé por dónde empezar.

—¿Buenas o malas noticias?

¿Malas o buenas noticias? Repito la pregunta en mi cabeza y no sé qué contestarle. Soy un tipo positivo, me gusta ver el mejor lado de los asuntos. Soy del equipo de los del vaso medio lleno.

—Yo creo que buenas, Mario.

—Dígame. Le escucho.

—Hemos encontrado algunas fotos de su hija —hago una pequeña pausa y termino dándole la información— en la red en un foro privado de pederastas.

—¿Y esa es una buena noticia? —me pregunta con un tono de irritación.

—Prefiero tomarla como buena, Mario. Una mala noticia sería no encontrar ni rastro de su hija Paula. Mírelo de esta forma, es un hilo del que empezar a tirar. Mi gente está trabajando y pronto tendremos alguna pista fiable que seguir. Tenga paciencia.

—¿Paciencia? Usted no tiene ni idea de lo que es pasar por esto. El infierno por el que pasa mi familia.

Era cierto. No sabía la pesadilla que vivía esa familia, pero me podía hacer una idea. El sufrimiento va por barrios.

—Mario, no puedo ponerme en su lugar. Solo intento encontrar a su hija y, créame, que hayamos encontrado un rastro de Paula en Internet es importante. Mi gente sabe lo que hace y es buena en lo que hace. Son los mejores. Si hay un rastro en Internet, es muy probable que lleguemos hasta ella.

—Perdóneme, Saduj, es que hay días que son más negros que otros y hoy es uno de ellos. Son esos en que tu vida es un infierno, no ves luz por ningún lado y solo quieres salir pitando.

—Tómese esta noticia como una luz de esperanza, Mario. Agárrese a ella y no la suelte. No piense en nada más. Centre sus esfuerzos en buscar el lado positivo. Seguro que lo encuentra. Vamos a encontrar a su hija y necesitamos energías positivas.

No dijo nada y se mantuvo en silencio, como si valorara lo que le había dicho. Hasta que oigo su voz entrecortada.

—Ya lo sé. Me tomaré su información como un halo de esperanza, como una pequeña luz que ilumina esta oscuridad que nos ahoga.

—Le mantendré informado de los avances que hagamos.

—Sí, no se olvide de mantenerme informado.

—Bueno, Mario, tengo que dejarlo. Seguimos en contacto.

—Gracias por todo y por escucharme.

Corto la llamada. Pienso en el caso, duro donde los haya, y siento que me afecta demasiado. Intento abordarlo de una manera imparcial, tomar cierta distancia, aséptica, porque cuando trabajas como investigador privado, te ocupas de mucha mierda y al final te queda un poco de mal olor en la ropa, que se queda impregnada de lo que haces y no puedes quitarte la sensación extraña de que algo se pudre. No puedes evitarlo.

5. INFIEL

El fin de semana pasa sin pena ni gloria y el mes de mayo avanza sin encontrar ningún obstáculo en el camino, atisbando a lo lejos la cabeza del verano. Soy un tipo de verano. Me cambia el humor cuando los rayos del sol se hacen más intensos. Me cargan las pilas y me permiten ir a la playa a las diez de la mañana y terminar el día leyendo mientras veo los magníficos atardeceres en Las Canteras. No tiene precio, aunque esos días son pocos y tengo que buscarlos como el que busca un tesoro.

Me doy una ducha después de mis diez kilómetros de carrera continua y desayuno viendo las noticias en la televisión. Más de lo mismo.

Me meto en mi despacho y pienso que no tengo noticias ni de Rayco ni de Darlindark. Lo de Rayco me extraña. Se habrá liado y no habrá podido enviarme el informe. Tengo cita con él a las nueve y media.

Abren la puerta y oigo la voz de Ana, que me saluda desde el patio. Me levanto y salgo a saludarla. Me la encuentro mirando los helechos. Lleva una blusa de asillas azul eléctrico que se le pega al cuerpo como una segunda piel y remarca sus pechos como si fuera una escultura de la antigua Grecia. Remata su vestimenta con una falda vaquera corta que le llega hasta la mitad del muslo y tan estrecha que le resalta el culo de una forma increíble. Es una mujer espectacular. Creo que me estoy perdiendo.

—Buenos días, Ana.

Se acerca a mí y vuelvo a oler su perfume, que se queda en el aire esperando a ser recogido al vuelo. Me gusta su olor. Me contesta:

—Buenos días, señor Morín.

—Prefiero que me tutees, Ana. Lo de señor Morín lo dejamos para tu madre. Intenté que me llamara Saduj, pero me decía que no podía, que le parecía una falta de respeto.

—Mi madre es así, de la vieja escuela. Te llamaré Saduj. Además, ese nombre me gusta, jamás lo había oído.

—Sí, no es muy común. A mí también me gusta. En mi partida de nacimiento pone Judá, cosas de los curas, aunque me conocen como Saduj.

Se queda en silencio, como si no me hubiera oído, y me dice:

—Me encanta este patio. Transmite mucha tranquilidad. Debe de ser estupendo trabajar a un paso de esta zona de descanso y con el ronroneo del agua de esa fuente.

—Cuando compré la casa, no tenía la fuente ni los helechos. Tuve que gastarme una pasta en las reformas. Creo que me ha quedado bien. ¿Qué te parece?

—Que están muy bien invertidos. No hay duda, la casa es una joya y encima a cincuenta metros de Las Canteras. Bueno, jefe, ya es hora de ponerme a currar. ¿No?

—Sí, claro. El trabajo es lo primero. Por cierto, me imagino que ya habrás firmado el contrato.

—Sí, lo firmé el mismo viernes. Me lo han hecho por tres meses renovables. Quería darte las gracias por confiar en mí, por darme el trabajo y cómo te has portado con mi madre.

—Sé cómo están las cosas ahí fuera, Ana, y tu madre es una currante como la copa de un pino.

—Sí que lo es. Ha sacado a toda nuestra familia adelante a base de romperse el lomo. Se ha pasado la vida limpiando la mierda de los demás y contigo encontró una bicoca. Una persona que la respeta a ella y a su trabajo. Habla maravillas de ti. El señor Morín esto, el señor Morín lo otro. Te tiene en un altar.

—Sí que la respeto y mucho. Aunque no lo parezca, provengo de una familia humilde. Me crie en Los Arapiles, un barrio muy humilde. Un padre panadero y una madre que trabajó muchos años en la factoría que había al final de Las Canteras, justo al lado del Auditorio Alfredo Kraus. En fin, un día después del trabajo nos tomamos un café en el patio y nos contamos nuestras vidas.

No podía creerme lo que había dicho. La invitaba a tomar un café. Lo cierto es que Ana me gustaba y mucho.

—Genial. Me encantaría. Ahora sí es verdad que tengo que empezar. Mi madre me llamará para preguntarme. Ya sabes cómo son las madres.

Se mete con paso apresurado en el baño de invitados mientras yo me quedo con su perfume y con su imagen clavada en mi cerebro.

Me suena el teléfono. Es Rayco. Me explica por qué se ha retrasado y me confirma que estará a la hora convenida. Miro el reloj. Es casi la hora.

Suena el timbre y espero a que Ana abra. Oigo la voz inconfundible de Rayco, grave, alta y segura. Se ganaría bien la vida como vendedor de fruta, como los fruteros ambulantes de antaño que recorrían las calles de nuestros barrios. Aún recuerdo a aquel que se paseaba con un carro y un burro, y vendía frutas y verduras con una voz bien colocada, como si hubiera aprendido por experiencia propia que colocar la voz era fundamental para vender sus productos.

Ana da dos toques leves en la puerta de mi despacho y me dice que un chico pregunta por mí. Le digo que lo haga pasar.

Rayco entra, me sonríe, se sienta y comienza a hablar:

—Buenos días, jefe.

—Buenos días, Rayco, ¿por qué no me has enviado el correo electrónico?

—Porque no he tenido tiempo. He trabajado desde el viernes por la noche hasta casi esta mañana. Tengo fotos y vídeos de la mujer de nuestro cliente con su amante.

—¿Confirmaste ese detalle?

—Sí, amante y mujer. Tengo pruebas de ello. Se morrearon el mismo viernes a la salida de la cena, en el aparcamiento, sin cortarse un pelo. Después las seguí hasta San Felipe. Allí siguieron con su fiesta sexual. Al terminar las seguí y volvieron al aparcamiento. Se despidieron a eso de las cinco de la mañana con un morreo como si el mundo se fuera acabar. Luego seguí a la amante para saber dónde vivía. Vive en un chalet de Ciudad Jardín. Averigüe su nombre; se llama Adalgisa Brito Torrents y también está casada.

—¡Viva la fiesta!

Rayco continuó con su relato. Sabía que no quería dejarse nada en el tintero.

—El sábado volví a casa de nuestro cliente. A las doce la mujer del cliente volvió a salir con ropa deportiva y fue a un gimnasio que está en Mas de Gaminde. Allí se encontró con su amante, Adalgisa. Sobre las dos de la tarde fueron a comer a un restaurante del Muelle Deportivo y al terminar se metieron en un pequeño yate llamado Amanda. Saqué algunas fotos y volvieron los besos y los toqueteos. A eso de las siete llegó un joven moreno, alto y con un cuerpo esculpido en el gimnasio. Lo recibieron con risas. Adalgisa le dio un fuerte abrazo y luego un morreo de campeonato. La mujer de nuestro cliente no conocía al chico. Se lo presentó su amante. Al caer la noche se metieron dentro del barco. Me acerqué lo más que pude, tiré algunas fotos muy comprometedoras y grabé una media hora de vídeo. Ya lo verás. Un trío en toda regla. Al modelo se lo comieron con papas y él les dio salami del bueno. Estas son de doble vía. Les gusta la carne y el pescado.

Sonrío y pienso que el caso tiene su miga y mi cliente tenía razón: su mujer se la daba con queso.

—Déjame la tarjeta de memoria con toda esa información. Si necesito algo más, te lo diré. Como siempre, has hecho un buen trabajo. Si te necesito, te llamaré, pero creo que con esta información será más que suficiente. ¿Quieres el dinero en *cash* o te hago una transferencia?

—*Cash*, jefe, ya sabe que a los que estamos en el lado oscuro no nos gustan las transferencias bancarias. Ya habrá tiempo de que el gobierno me empiece a meter el sablazo correspondiente.

Pienso en eso, en el afán recaudatorio del gobierno y en que solo nos falta que nos cobren por respirar.

—No te preocupes, tengo efectivo para pagarte lo estipulado.

Abro el último cajón. Cojo seiscientos euros y se los doy.

—Cuéntalos.

Después de contarlos me dice:

—Aquí hay seiscientos pavos, cien más de lo acordado.

—Has hecho un buen trabajo, Rayco. Sabes que me gusta ser justo con el trabajo de los demás.

Saca la cartera, mete el dinero y me dice:

—Debería ponerme en plantilla. Me vendría muy bien un empleo fijo. Además, me encanta trabajar para usted.

—Eso es muy complicado y, con los trabajos que te doy, sales adelante.

—Cierto y me paga muy bien. Pienso en hacerme autónomo. El gobierno tiene una tarifa plana durante los primeros seis meses y creo que es una buena oportunidad para dar ese paso. Claro, depende de que usted me dé trabajo.

—No te preocupes por eso, Rayco, contaré contigo cuando tenga que hacer estas investigaciones. Cada vez me gusta menos la calle. Tú eres un tipo joven, fuerte, con muchas ganas de trabajar y además lo haces muy bien.

—Me lo pensaré, pero ya sabe que, si me hago autónomo, tendré que hacerle facturas por los trabajos que haga y no sé si usted estará dispuesto.

—No te preocupes por eso. Mi agencia es legal y no tendría ningún inconveniente en hacerte las facturas que te hagan falta. Tengo que dejarte, Rayco. Tengo que llamar al cliente. Desde que tenga algo para ti, te vuelvo a llamar.

—Vale, jefe.

Rayco se levanta y se va con una sonrisa en los labios.

Busco el teléfono del cliente y lo llamo. Me responde al segundo tono.

—Saduj, de la agencia de detectives.

—¿Alguna novedad?

—Sí, y muy importante.

—¿Cuénteme?

—No por teléfono. Mejor venga por mi oficina. Estos asuntos prefiero tratarlos en persona.

—¿No puede adelantarme nada?

—Ya le digo que prefiero hablar con usted en persona.

—Me imagino lo que me va a decir, lo sospechaba desde hace mucho tiempo. Blanco y en botella.

—Venga por aquí. Le espero.

Termino la llamada y pienso que mi cliente se espera lo que le voy a decir. No estaba mal encaminado cuando pensó que su mujer tenía una amante.

Cojo la tarjeta de memoria y la introduzco en el puerto. Espero a que mi equipo la reconozca. La carpeta se llama carne y pescado. Sonrío y pienso que Rayco es un cachondo mental. La abro. Cuento cinco vídeos. Me voy directo al último. Tiene una duración de más de dos horas. Hago un visionado a cámara rápida. Hay poco que contar. Una grabación de lo más explícita. Cierro el vídeo, le cambio el nombre a la carpeta y le pongo Contreras.

Con el tiempo me he acostumbrado a este tipo de situaciones tan engorrosas y muchas veces me planteo si dejar de hacer este tipo de trabajos, pero los tengo que hacer. No, no me dan de comer, pero me permiten mantener el nombre de la agencia y tener la cara A impoluta ante Hacienda. No me queda otra. Mis otros trabajos son los que me permiten tener la vida que quiero y mi agencia es el traje a medida. No hay más.

A los diez minutos oigo el timbre. Pongo a Mozart. El volumen al mínimo, casi imperceptible, pero suficiente para disfrutarlo de forma inconsciente. Dicen que la música amansa a las fieras. Eso espero.

Oigo los pasos de Ana, que se dirige hacia la puerta, cómo la abre y cómo, con diligencia, hace pasar al cliente. Me mantengo sentado y espero hasta que escucho dos toques en la puerta.

—Un señor pregunta por usted.

Ana me vuelve a tratar de usted, como si supiera que en estos casos tiene que hacerlo.

—Gracias, Ana, lo esperaba.

Mi cliente entra en mi despacho con cara de pocos amigos. Le indico que se siente. Percibo su nerviosismo; su respiración agitada y la tensión en la mandíbula lo delatan.

—¿Qué tiene que decirme?

Voy directo al grano. No me gusta estar con rodeos en este tipo de cuestiones.

—Su mujer le es infiel y como usted sospechaba es con una mujer.

Frunce el ceño y aprieta más la mandíbula.

—Me lo imaginaba. Esa puta me paga con esto.

—Sí, una mujer es su amante, aunque también hay un hombre, pero en este caso creemos que es un puto.

—No lo entiendo. ¿Qué me quiere decir? ¿Que la puta de mi mujer se folla a una guarra y encima le paga a un puto para cepillárselo también?

—Básicamente es eso, aunque lo que importa, en su caso, es la amante de su mujer. Es con ella con la que se ve con más frecuencia. El puto es circunstancial. Además, la amante también está casada. En fin, cosas que pasan. Aquí tengo una tarjeta de memoria con fotos y vídeos que demuestran que su mujer le es infiel y un informe completo por escrito. Al final no hizo falta una segunda fase. Hicimos el trabajo este fin de semana.

El silencio se vuelve a instalar entre nosotros. No sé en qué pensará mi cliente, pero me lo imagino.

—¿Le importa que le pague en efectivo? Tenía el dinero preparado desde el viernes. Hice un cálculo aproximado más un treinta por ciento.

—Sí, claro, pero tendré que hacerle una factura.

—Si quiere, deje la factura. Sé que muchos trabajan así.

—Sí, muchos. Sin embargo, prefiero hacerle la factura porque me imagino que el informe, los vídeos y las fotos pasarán por otras manos y no quiero problemas con Hacienda. Usted me entiende, ¿verdad?

—Sí, claro.

Abro la carpeta y cojo la factura. La leo por si hay algún error. Está correcto.

—Son mil ochocientos euros. Están los gastos detallados.

Mi cliente coge la factura, la dobla y se la guarda en el bolsillo interior de la chaqueta. Saca un sobre, me lo entrega con la mano izquierda que le tiembla y me dice:

—Hay dos mil euros. Con el resto, invite a comer a su novia.

Le entrego la carpeta con el informe y la tarjeta de memoria.

—No le dé más vueltas a la cabeza. Haga lo que tenga que hacer y a vivir que son dos días.

Se levanta y me sonríe con una mueca forzada. Me detengo en sus ojos. Sé que está a punto de llorar.

—Ojalá fuera así de fácil. ¿Ha estado usted enamorado?

Pienso en Leonor. En sus ojos cristalinos, en su mirada, en sus caricias, aquellas tan especiales, en sus besos tiernos, en sus abrazos y en la forma que tenía de decirme «te quiero». Y también pienso que la echo mucho de menos, tanto que me duele solo pensarlo. Sí, señor Contreras, me digo para mí, he estado enamorado, pero eso lo voy a decir porque no viene a cuento.

—Nos conocimos en el instituto —me dice sin esperar una respuesta— y desde que la vi me enamoré de ella. Rubia, alta, inteligente, alegre y de muy buen ver. Primero fuimos amigos. Ya sabe cómo son esas cosas; el roce hace el cariño y luego nos hicimos novios. Pensé que ella se merecía algo mejor. Ya me ve. Soy un tipo del montón y usted ha visto cómo es mi mujer. A sus cuarenta y siete años parece que está mejor que nunca. Yo sigo enamorado. No sé qué voy a hacer sin ella. Llevamos veinticinco años juntos.

No sé qué decir porque el dolor es de uno y de nadie más. Sé que el dolor se lleva por dentro y que nada ni nadie te puede calmar la angustia, la desesperación y la impotencia. Soy tan consciente de eso. El dolor te lo tienes que comer con papas, masticarlo hasta hacerlo papilla, tragarlo, volver a regurgitarlo para masticarlo y volverlo a tragar. Así es el amor cuando se acaba. Se pudre.

—Tiene que tranquilizarse, señor Contreras. No le queda otra. Tómese algún tranquilizante. Le vendrá bien. Las pastillas están para eso. Hay momentos que no podemos hacer otra cosa sino doparnos.

—Llevo más de seis meses con tranquilizantes y me calman. Si no fuera por esos malditos calmantes, no sé qué sería de mí. Quizás no estaría aquí hablando con usted. Gracias, ha hecho un trabajo muy profesional.

Me levanto y le estrecho con firmeza la mano. Su mano está tan fría que me sobrecoge.

—Gracias a usted por confiar en nosotros.

Veo cómo sale de mi despacho como si llevara un bloque de hormigón de tres mil kilos a sus espaldas, arrastrando los pies, abatido, vencido y destrozado. Esa es la parte de este trabajo que menos me gusta. Esa a la que asisto como un espectador, viendo cómo la cruda realidad apuñala a un cliente y sé que no puedo hacer nada de nada. Solo observar y callar.

Oigo la puerta cerrarse y al mismo tiempo entra Ana con café y galletas.

—Parece que vamos a tener que tomarnos el café tú y yo. El cliente ya se ha ido.

—Una pena, pero el café tiene su tiempo. A mí me gusta hacerlo a medio fuego. Así me enseñó mi madre porque dice que si no el café se arrebata y pierde parte de su sabor.

—No lo sabía. Tu madre hace el café muy bueno y será por el medio fuego. Venga, vamos al patio a tomarnos el café y las galletas.

La sigo y me quedo con ese leve perfume que deja a su paso como una estela invisible para que no me pierda y llegue sano y salvo a mi destino.

Nos sentamos en la mesa del patio. Los primeros rayos del sol asoman por el este como siempre y mis helechas gigantes lo agradecen porque no volverán a verlo hasta mañana.

Ana me sirve el café, luego se sienta y se sirve el suyo. La observo. Es una mujer muy atractiva. Ella lo sabe y explota sus cánones de mujer al cien por cien. Treinta años de belleza. Un volcán en plena erupción. En ella no cabe otra cosa que el calor y el fuego, y no quiero volver a quemarme.

—Despachaste muy rápido al cliente —me dice después del primer buche de café.

—Cuando los asuntos están claros, no hay que darles muchas vueltas. Es como tu café, si está hecho, está hecho. En este caso es igual.

—No tenía muy buena cara el pobre hombre. Parecía muy jodido.

—Es para estarlo. No le di muy buenas noticias. Las noticias que damos los investigadores rara vez son buenas y más si se trata de matrimonios mal avenidos. Estos temas casi nunca acaban bien.

—Dímelo a mí. Sé de qué hablas.

—¿Estás divorciada?

—No, nunca me casé. Viví muchos años con un chico mucho mayor que yo. La cosa fue bien los primeros años, pero al final se convirtió en un celoso patológico.

Sonrío, la miro y pienso que yo también me convertiría en un celoso patológico si la tuviera a ella como novia.

—¿Qué te hace gracia? —me pregunta muy seria y apretando los dientes.

—Solo pensaba en una tontería que me hizo sonreír.

—¿Me la puedes decir?

—Sí, claro, no hay problema; pensaba que eres una mujer muy hermosa y cualquier hombre podría perder la cabeza por ti.

—Sí, una cosa es tener celos. Todos los tenemos porque no queremos perder aquello que amamos, pero eso es una cosa y otra cosa es la desconfianza y la violencia por esa desconfianza.

—Perdona, Ana, si te molestó mi sonrisa. Es que muchas veces mi cabeza va a su bola. Tienes razón, los celos nunca son buenos compañeros de viaje en una relación y menos si hay de por medio violencia.

Se queda en silencio unos instantes. Se toma el último buche de café, se levanta y me dice:

—Todavía me queda mucho trabajo y sabes cómo es mi madre. Le tengo que decir qué he limpiado y qué no por el dichoso WhatsApp. Sabes que se toma muy en serio su trabajo y ahora el mío. Gracias por este ratito y por el café, jefe.

Le vuelvo a sonreír y le digo.

—Perfecto, Ana.

Observo cómo se aleja y se pierde por las habitaciones de mi casa. Pienso en ella, en su cuerpo, en su olor, en su mirada, en los celos, en su novio y en la violencia de género. Nunca he soportado que un hombre pegue a una mujer. Nunca. Me hierve la sangre y sé que puedo perder los papeles si asisto a un incidente violento entre un hombre y una mujer.

Me viene a la cabeza mi padre. Tendría yo, no sé, diez años o quizás nueve. No lo recuerdo muy bien. Subíamos por la calle Faro, en La Isleta, en dirección a casa de mi abuela. Oímos unos gritos, vimos que un hombre sacaba por los pelos a una mujer de un bar. Le dio un puñetazo que la dejó tirada en el suelo. Luego una patada en la barriga. Al tiempo que la llamaba puta, zorra y demás improperios que no recuerdo. Cuando la iba a volver a coger por los pelos, mi padre se acercó, lo agarró por un brazo y tiró con fuerza hacia un lado. Logró alejarlo y le dijo:

—Ya está bien, amigo. Ya tiene suficiente.

Mi corazón empezó a latir con fuerza. Nunca había visto a mi padre meterse en líos. Esa iba a ser la primera vez y la última.

—¿Quién coño te ha dado vela en este entierro, cornudo?

Mi padre me miró y me dijo con serenidad que me apartase a un lado.

—Tú mismo, amigo. Nadie se merece que se le trate así. A las mujeres hay que respetarlas.

Sin previo aviso, el hombre le soltó un puñetazo a mi padre. Dicen que el que pega primero, pega dos veces, pero lo esquivó con un ligero movimiento de cadera. Al mismo tiempo que lo esquivaba, le metió un gancho con su mano izquierda justo en la barbilla; sin esperar, sacó la derecha y se la metió en el estómago. El abusador se retorció de dolor hacia delante y mi padre le dio con la rodilla otra vez en la barbilla. El tipo cayó hacia atrás y no se movió más. Estaba inconsciente. Mi padre se acercó a la mujer y la levantó. Los clientes del bar sacaron una silla y la sentaron hasta que recobró el aliento. A los pocos minutos llegaron los municipales y se llevaron al agresor a comisaría. La señora se acercó a mi padre y le dio las gracias por haberla defendido.

Me quedé impresionado con mi padre, que se había convertido en mi nuevo héroe y había sustituido a los de Marvel; bueno, casi, porque la Masa era y es insustituible.

Mientras subíamos por Faro, le pregunté dónde había aprendido a pelear así, tan bien, casi sin despeinarse había dejado fuera de juego a aquel individuo. Sonrió y me dijo que en su juventud había sido boxeador de los pesos wélter y que llegó a ser campeón de Canarias, pero que luego fue a la mili, dejó de entrenar, se casó y su sueño de ser un boxeador profesional dejó paso al trabajo y a tener que mantener a nuestra familia.

Al caer la tarde llegamos a casa, sacó una caja de galletas inglesas, de aquellas de lata, que estaba guardada en uno de roperos de su habitación, me enseñó muchas fotografías y los recortes de los periódicos de la época. Sí, mi padre fue un gran boxeador.

Durante muchas noches soñé con ser boxeador hasta que le pedí que me enseñara a boxear y, para mi sorpresa, no lo hizo, pero me inscribió en un pequeño club de boxeo que estaba en el sótano de un local del barrio. Yo era el más joven. Allí aprendí a respetar al contrario y que la forma física te puede salvar la vida.

Con una sonrisa vuelvo al presente. Nunca fui tan bueno como mi padre, ni gané títulos y nunca hice ningún combate. Mi padre me dijo que del boxeo solo comen los excelentes boxeadores y que me dedicara a estudiar.

Sí, acepté el consejo. Entrené hasta casi los treinta años y soy un buen boxeador, pero solo en la intimidad.

6. EL QUE AMA TAMBIÉN MATA

Me despierto temprano y huelo el mar, ese olor tan particular que tanto me gusta. Abro el balcón y el olor se intensifica. Estoy convencido de que hay marea baja. El aroma de la barra y de los lisos de la playa de Las Canteras me llega con claridad.

Me visto para salir a correr. Miro el reloj. Son las seis y media de la mañana, una buena hora para empezar el día. Antes de salir, estiro un poco y me concentro en las piernas, porque son ellas las que se van a llevar el mayor trabajo.

Mi casa está en silencio. A veces echo de menos que se oiga una voz aparte de la mía, pero me he acostumbrado a vivir solo y estoy bien.

Después de estirar un poco, empiezo a correr despacio, al trote, para que mi cuerpo se acostumbre a la actividad. A los diez minutos subo el ritmo, ese que me mantiene el corazón en el lugar que yo quiero, que bombea la sangre suficiente para seguir corriendo. Sé que puedo ir más rápido, pero me gusta llevar la misma cadencia porque me permite pensar. Sí, corro y pienso.

Los primeros diez minutos pienso en Ana. Llevo algunos días pensando en ella. Mis hormonas se han puesto en guardia y eso no me gusta, pero no puedo controlarlas. Así es la naturaleza. Anoche tuve un sueño erótico y estaba ella. Bueno, más que erótico, pornográfico. Sí, yo era el protagonista, el tío duro que se la cepillaba en la mesa del patio antes de que se tomara el café y se comiera las galletas. En el sueño tocaba churros con chocolate.

Reconozco que Ana me gusta y mucho, y eso es muy peligroso porque me conozco. Además, está la diferencia de edad, casi veinte años, aunque en el amor eso no cuenta; en el sexo, sí. Soy consciente de ello. A medida que me hago más viejo, la potencia y el deseo caen poco a poco. No te das cuenta hasta que te ves en la cama con una mujer y no puedes estar a la altura, a su joven e insultante altura. El deporte sé que me ayuda. Al final es la sangre quien mantiene la cosa preparada para el ataque, pero no corro todos los días para follar mejor, no; corro porque sé que me puede salvar la vida. Tener una forma física óptima es fundamental en mi profesión porque sabes que algún día tendrás que correr, esquivar un puñetazo, una botella, la hoja afilada de un cuchillo y, en algunas ocasiones, correr lo más que puedas para que no te peguen un tiro en la cabeza y te encuentren a la mañana siguiente en un callejón oscuro dentro de un puto contenedor de basura.

Yo sé que ella sabe que me gusta. Las mujeres saben eso, aunque no me importa. Nunca me ha importado que una mujer sepa que me la comería a besos. Ana lo sabe y juega sus cartas. La partida comenzó el día que se cruzaron nuestras miradas y ella me cazó mirándole el escote. Estoy más que perdido.

Miro el pulsómetro. Mi corazón está en su punto. Ahí quiero estar. Me quito de la cabeza a Ana y me concentro en la chica secuestrada: Paula Zurita. Aprieto la mandíbula y mi corazón comienza a latir con más fuerza. Hijos de la gran puta.

Necesito tener alguna información pronto, porque el tiempo en estos casos es fundamental. La suerte, si se puede llamar así, es que la niña sigue con vida y eso vale su peso en oro, aunque a veces pienso que las secuelas psicológicas serán tan grandes que es preferible estar muerto. Sin embargo, el ser humano está hecho de otra pasta. Es una rata con dos patas. Nos adaptamos al medio y, cuando activamos el modo supervivencia, aguantamos lo que nos echen. Solo hay que pensar en los campos de concentración en los que han metido a millones de seres humanos y muchos viven para contarlo.

Solo necesito saber dónde está para ir a buscarla. Sé que será una de mis acciones más peligrosas, pero no hay otro camino. Tendré que planificar muy bien ese plan de rescate.

Llego a mi casa empapado en sudor. Ya ha amanecido. Estiro con tranquilidad. Le dedico el tiempo preciso porque con la edad lo que más perdemos es la elasticidad. Nos anquilosamos y nuestras articulaciones, con el tiempo, se convierten en hierros oxidados que se rompen si no los movemos.

Me ducho, hago café y desayuno con tranquilidad en el patio, oyendo de fondo la letanía de las noticias de las ocho en la radio. Para mí se ha convertido en un ritual que me gusta, y es así porque en él se entremezclan gustos, olores y sensaciones. De alguna manera se activa alguna parte de mi cerebro que hace que me sienta muy a gusto. Me gusta y disfruto como un niño con un juguete nuevo.

Oigo la puerta. Sé que es Ana. Se acerca, me saluda y le pregunto:

—¿Has desayunado?

—Sí, no puedo dar un paso si no tengo el estómago lleno. Cosas de mi madre y sabes que todo se pega. Siempre estaba con esa retahíla de desayuna como un rey, almuerza como un burgués y cena como un pobre y la verdad es que así lo hago. Me viene genial para mantenerme en línea.

Me quito de la cabeza las imágenes del sueño erótico que había tenido anoche e intento centrarme.

—Es de los mejores refranes que conozco. Yo también intento llevarlo a cabo. Si no desayunas, puedes tomarte un café. Está recién hecho.

—Voy a tener que venirme a las seis de la mañana para hacerte el café. Si mi madre se entera de que te lo haces tú, me mata.

—No te preocupes. Tu madre no se va a enterar. Lo cierto es que ella llegaba sobre las ocho.

—A partir de mañana vendré a esa hora. No me importa madrugar. Solo tengo que acostarme una hora antes. No quiero cambiar tu forma de vida.

La miro y le sonrío.

—Ana, no le des más vueltas, ven a esta hora. Ya le tengo cogido el truquillo al café. A fuego lento; casi lo hago como tu madre y con los sándwiches soy un experto. Cosas de soltero. ¿Te tomas el café o qué?

Me sonríe y se sienta a mi lado. Coge la cafetera y se sirve el café. Levanta la cabeza, me mira unos segundos y vuelve a sonreír. Sé que sabe que me gusta y eso es un puto problema.

—Por lo que veo, sales a correr todas las mañanas. Yo soy muy vaga. Eso del ejercicio no va conmigo.

—Sí, correr significa estar en forma y en mi profesión hay que estarlo. No es la primera vez que tengo que salir por patas para escapar de algún marido celoso. Además, al correr se queman muchas paranoias y mucha mierda se queda atrás. A cierta edad la mochila de problemas y manías es cada vez más grande y tienes que aprender a soltar lastre.

—¿Alguna vez te casaste?

No, no espero esa pregunta y me coge con el pie cambiado. La imagen de Leonor asalta como un corsario sanguinario y me cambia la cara. Intento sonreír, pero no lo consigo. Un silencio incómodo se abre paso. Un ejército de ángeles camina delante de nosotros y nos piden un café. Al final le contesto.

—Nunca me casé, Ana, pero viví muchos años con una mujer. Fui feliz mientras duró, pero se nos acabó el amor. Si te soy sincero, a ella se le acabó el amor porque se hartó de las esperas, de estar sola en casa y, si esperas, pueden ocurrir muchas cosas. Esta profesión es muy jodida porque no sabe de horarios. Tienes que estar preparado para lo que venga, pero ahora no quiero hablar de eso, Ana. Como dicen los psicólogos, todavía estoy en la etapa de la aceptación. En mi caso es como si me hubieran cortado un brazo. Muchas mañanas me levanto y pienso que aún está junto a mí. Si cuadra, algún día te contaré la historia.

—Perdona, no era mi intención molestarte. Era solo pura curiosidad. Nada más.

—No te preocupes. Ya sabes lo que dicen; no hay mal que dure cien años ni cuerpo que lo aguante.

Se toma el último sorbo de café, se levanta y se va.

Me como el último sándwich de jamón y queso que me había preparado e intento borrar de mi cabeza la imagen de Leonor, pero no puedo. Tengo que trabajar para que desaparezca de mi vida. Ella ya lo ha conseguido. Se casó hace dos años con un compañero de trabajo. Un tipo de lo más normal que está en casa para cenar y la acompaña todas las mañanas en el desayuno. Yo jamás pude hacer eso.

La vibración del móvil me saca de mis ensoñaciones. Miro el número en la pantalla. No lo conozco, pero contesto. Puede ser un cliente.

—Sí, ¿dígame?

—¿El señor Saduj?

—Sí, ¿quién es?

—Me llamo Fabelo y soy inspector de la Policía Nacional.

Me pongo en guardia. Pocas veces me llaman los maderos. Ellos tienen su clientela y yo tengo la mía.

—¿Se podría pasar por la Supercomisaría a eso de las diez? Es para un asunto delicado y que está relacionado con usted.

—¿Y no lo podemos hablar por teléfono? Tengo mucho lío en mi empresa.

—Me hago cargo, pero no puedo hablar este tema por teléfono. Lo espero a la hora indicada. No falte, por favor.

—Ya, pero también tengo mi agenda y tengo asuntos que atender. ¿Oiga? ¿Sigue ahí?

Dejo el teléfono encima de la mesa. El muy cabrón cortó dando por cerrada la reunión. Pienso en llamar a un viejo compañero de la Escuela de Criminología que se hizo policía y que es inspector, pero lo dejo correr. Seguro que es una tontería relacionada con algún caso que he llevado y que ellos investigan.

Miro el reloj. Tengo una hora y media escasa. El cabrón del polizonte me va a romper la mañana con su dichosa reunión. Decido ir a visitar a mis padres. Hace más de una semana que no los veo.

Subo a mi habitación y me visto. Me pongo uno de mis mejores trajes. Cuando termino de vestirme. me miro en el espejo. Perfecto.

Bajo las escaleras y al llegar al patio oigo un piropo a modo de silbido. Muevo la cabeza de un lado para otro buscando su origen, que no puede ser otro que de Ana. Solo estamos ella y yo.

Veo que se me acerca con una amplia sonrisa y me dice:

—Está claro que lo tuyo son los trajes. Estás guapísimo, jefe. Si algún día me invitas a cenar, ponte este traje. ¡Guau! Me voy que puedo cometer una locura.

Se va como vino. Estoy sorprendido porque no me esperaba esa reacción, aunque tengo que reconocer que me encanta. Los hombres maduros con cierta edad necesitamos ese tipo de refuerzos psicológicos y más si vienen de mujeres jóvenes y vitales como Ana.

Cojo mi moto, una vieja Harley de 1970 que compré y mandé a restaurar hace más de quince años. Llego a casa de mis padres en menos de quince minutos. El tráfico a esta hora es fluido. Aparco en el primer hueco que encuentro cerca del portal de mis viejos. Un joven me mira. No es frecuente ver gente trajeada por estos barrios y menos con una Harley de los años setenta. Me detengo y observo que el barrio sigue igual que hace cuarenta años, pero más viejo y abandonado de la mano de Dios; ni Dios se acuerda de él.

A los responsables políticos los vecinos del extrarradio no les interesan; solo son rentables a seis meses de las elecciones. Entonces sí se acercan con las promesas de haremos esto, lo otro y lo de más allá, pero al final esas promesas se pierden por los sumideros y se quedan en nada.

Los edificios se caen a trozos y les haría falta una buena mano de pintura que les quitara ese aspecto de enfermo al que le quedan unos meses de vida.

Me detengo ante el bloque en el que viven mis padres. El edificio es de los pocos que tiene comunidad de vecinos. Antes de irme logré, después de muchos esfuerzos y discusiones, convencer a los vecinos de que la unidad hace la fuerza. Desde entonces la organización del edificio ha cambiado mucho y a mejor. Al final los hechos me han dado la razón porque se logró poner la antena colectiva, poner una puerta nueva y el portero automático, cambiar las ventanas comunitarias de cada piso, el pasamanos de las escaleras, los buzones y, desde hace dos años, hay una derrama para pintar el edificio si al final no lo hace el gobierno o el ayuntamiento. Los vecinos están contentos.

Toco el portero automático y contesta mi madre con la voz cansada. Le digo quién soy y me abre. Subo las escaleras de dos en dos y llego al segundo piso. Ahí viven mis padres. Desde fuera huelo el aroma del café. Toco y mi padre me abre.

—¿No tienes un juego de llaves? —me pregunta molesto.

—Sí, papá, pero se me olvidan. Tengo la cabeza en mil sitios.

Cierro la puerta y busco a mi madre con la mirada, pero no la encuentro. Me dirijo a la cocina y la veo sentada en la mesa, cortando verduras. Hoy toca potaje. Le doy un beso. Ella me pregunta cómo estoy. Le contesto que muy bien. Le pregunto por su salud y me contesta que va tirando, que los viejos no tienen otra cosa que achaques y más achaques. La dejo con sus tareas, me voy al salón y me siento junto a mi padre, que ve un combate de boxeo en la televisión.

—¿Han pensado en lo de la mudanza? Llegará el día en que no podrán subir esas escaleras.

—Todavía las podemos subir, hijo, aunque a tu madre cada día le cuesta más.

—¿A qué esperan? En mi casa hay espacio suficiente y, además, me encantaría que se vinieran a vivir conmigo.

—Sabes cómo es tu madre. No hay manera de sacarla de esta cueva. Llevamos casi cincuenta años viviendo entre estas cuatro paredes y no quiere irse.

Miro a mi alrededor y pienso en las palabras de mi padre. Los cuarenta y cinco metros cuadrados de la casa, los veo diminutos. Tres habitaciones, un salón, un minibaño y una cocina en la que solo cabe una persona. Sí, casi una cueva bien distribuida.

—Sé que ustedes son felices aquí, en el barrio, en casa, aquí está la vida que conocen, pero sabes que algún día habrá que irse. Vamos a hacer una cosa, papá, esperaremos lo que haga falta, pero el límite será cuando alguno de ustedes no pueda subir las escaleras.

Mi padre ve la televisión, viendo cómo los dos boxeadores se daban de lo lindo hasta que dijo:

—No queremos molestar, hijo. Además, esa es tu casa y tú tienes tu vida. A tu madre y a mí nos gusta vivir solos. No sé si me entiendes.

Sí lo entiendo. Claro que lo entiendo. Ellos tienen su vida y a todos nos cuesta aceptar los cambios.

—Podemos plantearnos buscar un alquiler cerca de mi casa, hay algunas a buen precio.

—No te preocupes, si hay que irse, nos iremos. El tiempo nos marcará el paso.

—Tú encárgate de convencer a mamá y del resto me ocupo yo. No te preocupes por el dinero que te conozco. Me voy que tengo una reunión en media hora.

Me levanto, le doy un beso a mi padre y me despido de mi madre con otro beso.

Bajo las escaleras pensando en ellos, que se merecen todo y más. Los hijos somos unos desagradecidos y unos egoístas. Solo pensamos en nosotros y olvidamos los sacrificios que han hecho nuestros padres porque creemos que es lo que tenían que hacer. Estamos equivocados. Nuestros padres se dejan la piel para sacarnos adelante y no dudarían en cortarse un brazo si lo necesitásemos.

Me subo a mi moto y pongo dirección al Muelle Deportivo. Al llegar aparco al lado de la entrada del garaje de la Supercomisaría.

Llego a la entrada principal, me identifico y le digo al policía de guardia que tengo una cita con el inspector Fabelo. El polizonte me toma nota y luego llama por teléfono. Después de hablar no sé con quién, me indica cómo llegar a la quinta planta y que allí vuelva a preguntar por el inspector.

Cojo el ascensor y pulso el número cinco. Recuerdo la última vez que estuve en este edificio. Hace ya más de veinticinco años. Era carnaval y le habían dado una paliza a un amigo mío en uno de los mogollones. Estuvo en coma inducido casi un mes. Por aquella época estaba de moda que los chandaleros tiraran una botella vacía al aire y al que le cayera le daban una paliza. Esos cabrones estuvieron a punto de acabar con la fiesta, pero nuestros gobernantes supieron reaccionar a tiempo y pusieron en la calle a brigadas especiales de la Policía Nacional y de la Policía Local. Acabaron con el problema a base de porrazos.

Salgo del ascensor y no sé a dónde ir. Izquierda o derecha. Decido ir hacia la derecha. En la primera oficina que encuentro pregunto por el inspector Fabelo. Me atiende una joven de paisano, me dice que tengo que ir hasta el fondo del pasillo y que allí encontraré al inspector Fabelo.

Sigo las instrucciones y vuelvo a preguntar por el inspector Fabelo. Un joven de paisano se levanta y toca en una de las puertas de una oficina que está frente a nosotros. El joven me indica que entre. Al entrar me encuentro un hombre concentrado en la pantalla del ordenador. Es moreno, lleva gafas y el pelo blanco. Su cara me suena de algo, pero no logro encuadrarlo. Deja de mirar a la pantalla, me mira un instante y me dice:

—Tome asiento, señor… —mira sus notas y hace una pausa— Saduj. Tiene usted un nombre poco común.

—Sí, no es muy común —le contesto al tiempo que me siento.

—Lo he mandado llamar por un asunto relacionado con un cliente suyo, un tal Contreras.

Doy por sentado que sabe a qué me dedico. El tipo sabe muy bien lo que hace. Va al grano y eso me gusta.

—Sí, es cliente mío.

—Era.

—¿Cómo que era? ¿Le ha pasado algo?

—Sí, por eso está aquí. Ayer por la noche asesinó a su mujer, luego a su amante y para rematar el asunto se pegó un tiro en la boca.

Me quedo en silencio sin saber qué decir.

—Me imagino que tendrá su negocio en regla, señor Morín. Ya sabe que los jueces suelen mirar por debajo de las alfombras y nosotros también.

—Sí, mi negocio es legal si es a eso lo que se refiere. Lo que no logro comprender es por qué estoy aquí. Mi relación con el difunto era profesional.

—Sí, claro, pero la información que usted le dio, ese vídeo y el informe fueron el detonante para que ese pobre hombre perdiera la cabeza.

—Eso es mucho suponer, inspector. Yo solo hago mi trabajo. Investigo y doy información. El cómo utilizan mis clientes esa información no es asunto mío.

—¿Quizás haya algo ilegal en esa investigación, no lo sé?

—Si no lo sabe, se lo digo yo, inspector. Sé cuáles son mis limitaciones y no voy a arriesgar mi licencia por nada.

—¿Tiene licencia de armas?

Sonrío y le contesto:

—Sí, claro que tengo. Usted debe saberlo.

—Usted es un hombre de mundo, ¿verdad, señor Morín? ¿Cómo cree usted que el señor Contreras se hizo con una pistola sin número de serie y que no estaba registrada en ningún fichero?

Sé que él lo sabe e intenta ponerme nervioso con sus insinuaciones.

—No tengo ni idea, inspector, pero seguro que usted sabe dónde la ha podido adquirir. Ese es su trabajo. Saber qué hacen los malos y por qué lo hacen.

—A lo mejor él le preguntó, así como el que no quiere la cosa, dónde podría encontrar un arma.

—No, inspector, no me preguntó. Lo único que sé es que estaba desolado. Estaba muy enamorado de su mujer y me imagino que fue un gran impacto enterarse que le era infiel. El amor, cuando es visceral, tiene estas cosas. No obstante usted lo tiene claro: dos víctimas, un asesino que se suicida y el arma homicida. Caso resuelto. Entiendo que usted quiera conocer los pormenores de mi investigación, pero lo que sé está en ese informe y el vídeo que usted tiene. No busque fantasmas donde no los hay, inspector.

El policía permanece concentrado en el expediente sin decir nada y no sé si me escucha.

—¿Sospechó usted que iba a matar a su mujer?

—No, no sospeché nada. Me pareció un tipo de lo más corriente, desesperado porque iba a perder a la mujer de su vida, pero no pensé que la fuera a quitar de en medio. Gran parte de mi trabajo consiste en mirar debajo de las alfombras y ahí, en la mayoría de las ocasiones, hay mucha mierda. Los seres humanos somos así, inspector Fabelo, en muchas ocasiones no sabemos por dónde vamos a salir.

—Eso es todo, señor Morín. Solo espero que sea verdad que su empresa está al día porque si no tendrá problemas muy serios. ¿Usted es consciente de ese aspecto?

—Por esa parte estoy bastante tranquilo, inspector. Todo está en regla. No me gusta jugar con mis garbanzos. Siento mucho esta situación. Si hubiera sospechado algo, no dude que hubiera actuado sin dudarlo. Ya sabe dónde puede encontrarme.

—Y perdone si se ha sentido molesto, usted sabe cómo son las investigaciones policiales, no podemos dar nada por hecho ni por sabido y tenemos que atar todos los cabos posibles.

—Soy consciente de ello, inspector. Usted hace su trabajo de la mejor manera posible y, si hiere susceptibilidades, pues qué le vamos a hacer. Le reitero que puede llamarme si lo estima oportuno. Colaboraré en lo que pueda.

—Lo tendré en cuenta. Gracias por venir —dice levantándose y estrechándome la mano.

Salgo del despacho preocupado no por mi empresa, que está en regla, sino por las acciones colaterales que este asunto pueda acarrear, aunque el caso está bastante claro: un asesinato más que resuelto. El juez le dará carpetazo cuando tenga los datos sobre su mesa, pero no me puedo permitir que me hagan una investigación exhaustiva porque podrían saltar algunos resortes, como mis cuentas en los paraísos fiscales.

7. PRIMER CONTACTO

Al llegar a mi casa huelo a café. Me dirijo a la cocina y me encuentro con Ana, que toma un café. Se levanta como si hiciera algo que no tenía que hacer.

—Huele muy rico, ¿me invitas a un café?

—Claro, jefe, estás en tu casa. Yo necesito un segundo café a esta hora porque si no me quedo dormida en cualquier esquina de la casa.

—Yo también necesito un buchito de café a media mañana para seguir con la guerra diaria.

—Pues no se hable más.

Me sirve el café, me mira a los ojos y sonríe.

—Perdona si esta mañana te molesté con mi pregunta. A mí también me cuesta hablar de mis antiguos amores. Un día nos tomamos una copa y nos contamos nuestras vidas. Las copas ayudan, y sí, me gustaría salir a tomar algo.

—Sí que es verdad, el vino ayuda.

—A mí me gusta tomarme un roncito de vez en cuando, pero no creas que soy una alcohólica. ¿Qué te parece este sábado?

—¿Este sábado? —repito para ganar algo de tiempo porque no sé qué contestar. Bueno, sí sé qué contestar, pero tengo que analizar los pros y los contras de una cita tan precipitada. Me gusta organizarme. Una cita con una mujer de este calibre tiene sus riesgos. La testosterona me indica el camino, pero ella es muy mala consejera porque, si por las hormonas fuera, quedaría con ella sin pensarlo ni un minuto—. No tengo nada para este sábado, pero mi trabajo es impredecible. Déjame tu teléfono y te llamo el mismo sábado, ¿te parece?

Ella vuelve a sonreír. Me gusta su sonrisa pícara. Me gustaría estar en su cabeza para saber qué piensa.

—Bueno, bueno, mi jefe pidiéndome el teléfono. Eso es acoso laboral. Apunta.

Cojo mi móvil y apunto su teléfono. Al poco recibo un mensaje de Darlindark. Me levanto y le digo:

—Creo que es hora de que nos pongamos a producir, amiga.

—Sí, jefe, a sus órdenes.

Después de cambiarme de ropa, me voy a mi despacho. Me conecto a Internet y entro en Tor. Espero y al poco se me abre el chat.

Darlindark: Tengo información muy importante.
Saduj: Cuéntame.
Darlindark: Creo que tengo localizada a la niña.

Me sube un escalofrío de los pies a la cabeza. Si se confirma, es una magnífica noticia.

Saduj: ¿Qué me dices? ¿Cómo sabes que es ella?
Darlindark: la he visto. Tengo un vídeo.
Saduj: ¿Un vídeo?
Darlindark: Sí, estoy segura de que es ella. No dura mucho. Te lo puedo enviar para que se lo enseñes al padre. En el vídeo está desnuda.

Saduj: Sí, envíamelo, pero hazle algo para que su padre no la vea desnuda. Solo quiero que se vea la cara.

Darlindark: No te preocupes. Eso lo arreglo en cinco minutos.

Saduj: ¿Dónde crees que está?

Darlindark: Turquía. Estambul.

Saduj: ¿Seguro?

Darlindark: Sí, incluso te puedo decir las coordenadas exactas. La señal estaba encriptada, pero logré localizarla. No hay error. Tengo la IP desde donde salió el vídeo. A ese cabrón lo tengo cogido por los cojones.

Saduj: Necesitaré una dirección para poder actuar.

Darlindark: La busco y te la envío.

Saduj: Has hecho un gran trabajo.

Darlindark: Si el padre confirma que es ella, entonces será un buen trabajo.

Saduj: ¿Cómo la localizaste?

Tarda unos segundos en contestarme.

Darlindark: Ha sido un trabajo duro. He tenido que pasarme por uno de ellos, camuflarme y engañarlos. No ha sido agradable. Al final estos hijos de puta son una mafia y, como todas las mafias, buscan dinero. Solo hay que seguir el olor del dinero. Así, como en las putas pelícu-

las. Ofrecí una cantidad razonable por encon-
trarla y picaron el anzuelo.
Saduj: Te pagaremos esa parte.
Darlindark: Ya me pagas muy bien, viejo.
Saduj: Sí, te pagamos bien, pero tú vas más
allá. Has tenido iniciativa y eso hay que pagar-
lo, amiga. ¿Cuánto pagaste?
Darlindark: Mil pavos.
Saduj: Ok, daré la orden para que te los ingre-
sen junto con el último pago. Haces un trabajo
increíble.
Darlindark: Es que estoy especialmente moti-
vada. Ya lo sabes. Si por mí fuera, acabaría con
los putos pederastas.
Saduj: Sí, yo también acabaría con ellos. Ami-
ga, te tengo que dejar. Tengo que llamar al pa-
dre y confirmar la identidad de la niña. Envía-
me el vídeo.
Darlindark: No te preocupes te lo mando en
diez minutos. Hasta luego, viejo.

Cierro el Tor. Pienso en la niña y en su padre. Tengo una extraña sensación de alegría que se entremezcla con un sentimiento de tristeza e impotencia. Solo me viene a la cabeza esa niña y lo que tiene que estar pasando.

Busco el teléfono de Mario Zurita y lo llamo. Me contesta al instante.

—¿Tiene alguna novedad?

—Sí, pero me gustaría hablarlo en persona. Sé que vive en Las Palmas, ¿dónde le vendría bien?

—¿Usted vive en Las Palmas?

—Sí, nacido y criado.

Se queda en silencio, como si procesara la información que le acabo de dar.

—No le dé más vueltas, es pura casualidad. La mayor parte de mis clientes son internacionales, usted es la excepción que confirma la regla.

—Podríamos vernos en Las Canteras, a la altura del Hotel Reina Isabel. Llevaré un sombrero de paja y un pañuelo azul en el bolsillo de la camisa.

Miro el reloj.

—Sí, perfecto. ¿Le vendría bien a eso de las once?

—Sí, esa es una buena hora. ¿No podría adelantarme algo?

—No, señor Zurita. Nos vemos en media hora. Saludos.

Corto la comunicación y pienso en el padre. Él también pasa su calvario y nunca olvidará lo que han hecho con su hija. Este hecho se le quedará incrustado en su corazón como un anzuelo y jamás será capaz de sacárselo. Se le pudrirá y se morirá con ese dolor.

Salgo de mi casa quince minutos antes de la hora de la cita. Darlindark me acaba de enviar el vídeo. Lo visiono. Ha hecho un buen trabajo. Solo se ve la cara de la niña.

Camino por el paseo de Las Canteras. El tiempo acompaña. Luce el sol y corre una suave brisa que llega del norte. Esta será una primavera calurosa, como la del año pasado y como la del anterior. El cambio climático hace de las suyas y, si no le ponemos freno, el planeta no lo podrá soportar y explotará por algún sitio. La tierra terminará adaptándose, buscará el equilibrio que siempre ha tenido, pero esa adaptación la pagaremos muy cara. De hecho ya la estamos pagando y nosotros miramos para otro lado. Hasta que nos obliguen a mirar de un zarpazo.

Llego al punto de encuentro cinco minutos antes de la hora prevista. Veo a lo lejos al señor Zurita. Lo distingo por el sombrero. Me acerco a él, lo saludo y le tiendo la mano:

—Encantado de conocerlo, señor Zurita.

—Encantado, Saduj. Por favor, llámeme Mario. ¿Qué tiene que contarme?

—Vamos a sentarnos en una terraza. Me apetece tomarme un refresco. ¿Le parece bien?

—Sí, claro. Yo tomaré una cerveza sin alcohol.

Nos sentamos en una de las terrazas y le pregunto:

—¿Cómo se encuentra?

—¿Usted qué cree? He perdido casi quince kilos y parezco un zombi viviente.

Hace una pausa para coger resuello. Lo observo con detenimiento. Está bastante delgado y tiene unas ojeras muy marcadas.

—No sé cómo vamos a salir de esta, pero vamos al grano, Saduj. ¿Qué tiene que decirme?

—Creo que hemos localizado a su hija.

De forma inconsciente me coge el brazo, lo aprieta con fuerza y me mira con los ojos llenos de lágrimas.

—¿Qué me dice? ¿Dónde está? ¿Está bien?

—Tengo un vídeo que quiero que vea con detenimiento. Solo necesito que me confirme que es ella. Hemos pixelado el resto su cuerpo porque está desnuda.

—¡Hijos de puta! —dio un grito que llamó la atención de los que estaban a nuestro alrededor.

—Tranquilícese, Mario. Necesito que se tranquilice. Si no, tendremos que dejar esta conversación.

No me dice nada y observo que aprieta las mandíbulas con fuerza.

—Respire hondo, Mario. Sé que esto es muy jodido, pero necesito que esté tranquilo. ¿De acuerdo? Si no, lo dejamos para esta tarde o mañana.

—No, mi hija no puede esperar, Saduj. Muéstreme el vídeo.

El camarero se nos acerca. Mario está a punto de decirle algo, pero lo detengo con un gesto. Le pido un zumo de mango con un hielo para mí y una cerveza sin alcohol para mi acompañante.

El camarero se va, cojo el móvil, busco el vídeo y se lo muestro a Mario.

Lo observo y no puede contener el llanto. Entre sollozos me dice:

—Sí, es mi hija, Saduj. Es mi pequeña. ¿Me puede enviar el vídeo? Quiero enseñárselo a mi mujer para que sepa que está viva.

—No, no se lo voy a enviar, Mario. No es prudente y además sería contraproducente que su mujer lo vea. Usted solo dígale que está viva. Eso será suficiente y no hable con nadie de este tema.

—Lo comprendo. ¿Sabe dónde está?

—Está en Turquía.

—¿Turquía?

—Sí, es muy fácil llegar hasta allí en coche. Con un europeo al volante es muy fácil cruzar las fronteras hasta llegar a Turquía.

—¿Y cuál es el plan? Podíamos pedir la colaboración de la Policía.

—Usted puede hacer lo que quiera, Mario, pero yo recomiendo seguir con nuestra línea de trabajo. En último remedio podemos acudir al Séptimo de Caballería. En estos casos hay que actuar lo más rápido posible y nosotros podemos hacer eso. Mi plan consiste en montar un equipo de rescate en menos de una semana.

—¿Y eso cómo se hace, Saduj?

—Es complicado, pero con dinero se abren muchas puertas. Solo necesito que usted me dé el visto bueno. Si quiere que intervenga la Policía, está en su derecho. Yo le dejaré los datos del lugar exacto en donde está su hija.

Mario guarda silencio y luego me dice:

—Tiene mi visto bueno, Saduj, pero prométame que si necesita ayuda, la pedirá. Quiero que me traiga a mi hija sana y salva.

—No se preocupe. Será una operación muy complicada, pero me rodearé de buenos profesionales que darán la respuesta que tienen que dar. Le traeré a su niña de vuelta.

—Gracias, Saduj.

—Vamos a tomarnos los refrescos tranquilos, ¿no le parece?

—Sí, pero el tiempo corre en nuestra contra. Usted más que nadie es consciente de ello.

—Tranquilícese. Tómese la cerveza, Mario. Usted también se merece un descanso.

Mario coge la cerveza casi se la bebe de un trago y después me dice:

—Solo descansaré cuando mi hija esté en mi casa.

Se levanta, me da la mano y se va.

Yo no me levanto, dándole vueltas al asunto. Me tengo que poner en marcha ya. Yo tampoco puedo perder más tiempo, pero me tomo el zumo con tranquilidad, disfrutando del momento.

Vuelvo a mi casa despacio, pensando en organizar el equipo para rescatar a la chica. Trabajo solo y nunca lo he hecho en equipo, aunque para mí eso no es ningún problema. Soy un tipo bastante sociable.

Ya en casa, me encierro en mi despacho, enciendo el ordenador, abro el Tor y busco a MacGyver. Espero delante de la pantalla y al poco responde:

> *MacGyver: ¿Qué hay, amigo?*
> *Saduj: Hola, Mac, necesito tres hombres de confianza que hablen inglés fluido y uno de ellos turco, que sean expertos en el combate cuerpo a cuerpo y en la utilización de armas.*
> *MacGyver: ¿Cuánto les pagarás?*
> *Saduj: Treinta mil pavos por cabeza y, si conseguimos el objetivo, otros veinte mil.*
> *MacGyver: Dame veinticuatro horas, amigo.*
> *Saduj: Ok, Mac.*

Cierro Tor y pienso en Rayco. Podría llevarlo conmigo, pero no sé si está preparado. Cojo el móvil, busco su contacto y lo llamo. Me contesta al instante:

—¿Qué pasa, jefe?

—¿Puedes venirte por aquí? Necesito hablar contigo.

—Ok, estaré en quince minutos.

Rayco llega puntual. Oigo cómo Ana lo recibe y lo lleva hasta mi despacho. Entra y me saluda.

—¿Más trabajo?

—Cierra la puerta y siéntate. Quiero comentarte dos asuntos. El primero tiene que ver con tu último trabajo.

—¿Alguna queja?

—No, ninguna, solo quiero informarte de algo que ha ocurrido.

—No me tenga en ascuas.

—Nuestro último cliente, el señor Contreras, asesinó a su mujer y a su amante y luego se pegó un tiro en la boca.

—¡Joder! El tipo debió de volverse loco.

—Esta mañana he estado con la Policía. Me han interrogado. Formalidades, aunque el inspector es un poco toca huevos, pero no hay por qué preocuparse en lo que a ti respecta. En los papeles aparezco como el único que hizo los trabajos de investigación. Solo quería que lo supieras.

Hago una pausa de esas dramáticas y le digo:

—La otra cosa de la que quiero hablarte es más que confidencial, Rayco.

—Soy una tumba.

—Hay que ser más que una tumba. Hay veces que los muertos hablan y en este caso no quiero que ni ellos hablen.

Le cambia el semblante. Sé que camino por un terreno peligroso, pero me dejo llevar por mi intuición, que no me ha ido mal.

—Lo que te voy a contar es secreto y te lo cuento porque quiero saber si estás preparado para trabajar conmigo de una manera diferente.

—De acuerdo.

—Lo primero que tengo que decirte es que, aparte de este trabajo, el de mi agencia de detectives, hago trabajos especiales para clientes que pagan muy bien, trabajos que están al borde de la legalidad y con los que se corren algunos riesgos.

—Entonces, ¿la agencia es una tapadera?

—Más o menos, aunque es legal. Mi agencia es necesaria para desarrollar mi segunda actividad sin levantar muchas sospechas. Suelo trabajar solo, pero tengo un trabajo muy importante y peligroso y necesito algunos hombres.

—¿Qué grado de peligrosidad?

—Alto, muy alto.

Me mira, casi se ruboriza y luego me dice:

—No creo que sirva para ese tipo de trabajos. Siempre he sido un cagueta, no tengo lo que hay que tener para afrontar esos asuntos. Soy bueno con los seguimientos y con las investigaciones en las que el riesgo sea el mínimo.

Me falló la intuición. Sonrío y le digo:

—No pasa nada, Rayco. Todos tenemos nuestras preferencias. A mí me gusta la acción, que la adrenalina corra por mis venas y que casi explote mi corazón. Por esa razón te encargo a ti ese tipo de trabajo. Tú eres más de estar en la calle y vigilar.

—Me hubiese encantado tener los huevos para decirle que sí, pero no le voy a engañar.

—Eres muy bueno en lo que haces y con eso te tienes que quedar. El resto son milongas. Solo pensé en ti porque era una oportunidad de ganar unos miles de euros. Lo que sí me gustaría es tu total discreción con lo que te he contado.

—No se preocupe, jefe, no soy de los que muerden la mano de los que te dan de comer. Usted me ha dado la oportunidad de trabajar en lo que me gusta y eso no lo olvido.

—Eso es todo, Rayco. No obstante, deberías buscar la forma de quitarte ese temor. Podrías entrenar algo de boxeo, kárate o judo y sacarte la licencia de armas. Nunca sabes cuándo te puede hacer falta y estar preparado te puede salvar el culo. En nuestro trabajo no sabemos dónde nos podemos encontrar con un problema. Recuerda que los maridos celosos o los defraudadores pueden ser muy peligrosos.

—No crea que no lo he pensado, pero cuando no es por Juana es por la hermana. Lo acabo posponiendo, aunque sé que tarde o temprano tendré que meterle mano. Lo de la licencia he estado a esto de sacarla, pero me pregunto para qué, si aquí nunca pasa nada.

—Cierto, esta ciudad es muy tranquila, pero hay que estar preparado por lo que pueda pasar. Entonces nada, amigo. Recuerda lo que hemos hablado. Cuando tenga algún caso, te daré un toque.

Se levanta, me da la mano y con una sonrisa me dice:

—Gracias y pensaré en lo que me ha dicho. Usted es un hombre con mucha experiencia y, cuando sea mayor, quiero parecerme a usted.

—Copia lo bueno, amigo, para copiar lo malo ya están los chinos.

Le doy vueltas a las palabras de Rayco, si he hecho bien hablándole de mi segunda actividad, pero sé que es un tipo serio y que guardará mi secreto. También pienso por qué hay gente que no vale para el enfrentamiento directo. Tiene que

ser cuestión de carácter y también de entrenamiento, de mucho entrenamiento.

Una alerta en el móvil me avisa de que tengo un mensaje
en Tor.

Vuelvo a entrar en la red y el mensaje es de Darlindark.
Abro el chat con ella:

> *Darlindark: Ya tengo la dirección exacta. Te la
> enviaré a través de la mensajería de Tor. Sabes
> que tienes cinco minutos para copiarla porque
> después de ese tiempo se borrará. Ponla a buen
> recaudo.*
> *Saduj: Ok, así lo haré.*
> *Darlindark: ¿Algo más, viejo?*
> *Saduj: ¿Tienes alguna base de datos con las IPs
> de los pederastas?*

No me contesta y sé por qué.

> *Darlindark: ¿Qué pretendes?*
> *Saduj: Pues meterle un palo en el culo a todos
> ellos. Quiero enviar esa lista a la prensa o la
> Policía.*
> *Darlindark: No las tengo. Muchos se conectan
> a través de servidores anónimos, pero hay mu-
> chos que no. La podría hacer, aunque me lleva-
> ría tiempo, pero primero sería conveniente ter-
> minar el primer trabajo. Ellos están organiza-
> dos y comunicados. Si se enteran de que hay*

una operación policial en marcha, podrías poner en peligro la operación que quieres montar.
*Saduj: Así lo haré. No me la envíes hasta que yo
te diga, pero consigue toda la información que
puedas, te la pagaré bien.*
*Darlindark: Eso corre de mi cuenta, viejo. Yo
también se la tengo jurada a esos cabrones de
mierda. Me pondré a trabajar en ello en cuanto
me lo pidas.*
Saduj: Gracias.
*Darlindark: De nada. Por cierto, ya recibí la
transferencia. Pagando eres de los mejores.*
*Saduj: No me gusta jugar con el trabajo de los
demás y menos cuando lo hacen tan bien como
tú.*
*Darlindark: Gracias, pero vamos a dejarnos de
ñoñerías que tengo un montón de trabajo.*
*Saduj: Tienes razón. Espero no tener que mo-
lestarte por unos días.*
*Darlindark: Tú moléstame cuando tú quieras,
que eres mi mejor cliente.*
*Saduj: No te preocupes, así lo haré. Adiós, ami-
ga.*
Darlindark: Hasta mejor ver, viejo.

8. EL PLAN

Un mensaje en el móvil me despierta. Miro el reloj. Las cinco y media de la mañana. Cojo mi *smartphone* y compruebo que es MacGyver. Me levanto, bajo a mi despacho y enciendo mi portátil. Entro en Tor y abro un chat. Espero. Pasan pocos segundos y mi interlocutor responde.

MacGyver: ¿Te desperté?

Saduj: Sí, pero no importa, me gusta madrugar. ¿Qué tienes?

MacGyver: Tengo dos opciones: una en Estambul y otra en tu ciudad.

Saduj: ¿En mi ciudad? ¿Y es de fiar?

MacGyver: Sí, fiable cien por cien.

Saduj: ¿Y la opción de Estambul?

MacGyver: También fiable, pero su inglés no es muy bueno y eso puede ser un problema.

Saduj: ¿Qué opción me recomiendas?

MacGyver: Yo me quedaría con los de tu ciudad. Hablan español, ruso e inglés y podrías contratar a uno de los de Turquía. Es bueno tener en el equipo a alguien que conozca el terreno.

Pienso que tiene razón, lo mejor es combinar las dos opciones porque es muy importante tener un enlace en el país turco.

Saduj: Perfecto, así lo haré. Envíame los con-
tactos. Gracias por el trabajo. Te haré la trans-
ferencia a tu cuenta.
MacGyver: Oka. Es un placer trabajar para ti.
Ya sabes dónde estamos.
Saduj: Hasta mejor ver.
MacGyver: Hasta luego, amigo.

Espero y recibo la información de los contactos. Apunto los nombres y los números de los teléfonos móviles en mi bloc de notas.

Cojo mi teléfono y envío un SMS al gestor de mis cuentas para hacer una transferencia. Solo pongo el nombre de MacGyver y la cantidad. Él se encargará del resto.

Al regresar de correr y entrar en mi casa huelo a café. Entro y pienso en mi abuela Antonia, en su café *colao*. Voy directo a la cocina y veo de espaldas a Ana, que está fregando. Me acerco y le digo:

—Buenos días, Ana. No tenías que haber venido tan temprano. Te dije que no era necesario.

—Buenos días, jefe. Ya sé que no tenía obligación, pero llama a mi madre y explícaselo porque yo no he podido.

—Aunque, siendo sinceros, me gusta encontrarme con el café hecho. Ese olor mezclado con el del mar me lleva a mi infancia, a mis días en casa de mi abuela, cerca de El Confital. Ella madrugaba mucho porque se acostaba muy temprano. A eso de las ocho de la tarde, ya rezaba el Rosario con aquella letanía susurrante que invadía toda la casa hasta que se quedaba dormida. Luego, antes del amanecer, ya la oías trajinar en la cocina, haciendo su buchito de café para continuar con las tareas de la casa.

—Así que te criaste en La Isleta.

—Sí, viví la mayor parte de mi infancia en La Isleta. Vivimos unos años en casa de mi abuela, hasta que a mi padre le dieron la casa en Los Arapiles. Después mi padre me llevaba los viernes, me quedaba el fin de semana entero y mi tío Fidel me llevaba a *pulpiar* al Confital cuando había marea baja. Me encantaba. Se me iba el día volando. Bajábamos temprano, al poquito de amanecer, pertrechados con las fijas, los bicheros curvos y un paño blanco para asustar a los pulpos. Recorríamos los charcos y metíamos la fija con el paño blanco en los agujeros. Si había un pulpo pequeño, huía y, si había uno grande, salía a defender su guarida. El primer pulpo que cogíamos lo poníamos en la fija y volvíamos a empezar. A media mañana teníamos cuatro o cinco, que llevábamos a casa de mi abuela, quien luego vendía a los bares de la zona y se sacaba algunas perrillas. Luego, por la tarde, íbamos a pescar en Las Salinas, a coger samas, seifíos, brecas, palometas… En fin, me encantaba la vida en El Confital.

—Ya veo que te lo pasaste muy bien cuando eras un pibe.

—Sí, fue la mejor etapa de mi vida. Cuando eres un niño, vives en un mundo en el que los problemas y las responsabilidades no existen y, si existen, se diluyen con el juego y con los amigos.

—Eso es verdad, aunque nosotras, las niñas, maduramos de repente. De la noche a la mañana nos damos cuenta de que algo ha cambiado, de que algo no sigue como antes. Cuando nos viene la regla, nuestro mundo de fantasía explota en mil pedazos. Mientras que ustedes viven en los mundos de Yupi,

nuestras madres nos sientan y nos aleccionan con las primeras normas sexuales, por llamarlas de alguna manera.

—Nunca había pensado en eso y es cierto, muy cierto. Las
mujeres están hechas de otra pasta y quizás es porque madu-
ran antes, no lo sé, pero lo que tengo claro es que en quince
años ustedes dominarán el mundo. Solo tienes que echarle un
vistazo a las facultades, hay una mayoría abrumadora de mujeres. Hace unos meses fui a dar una conferencia a la Escuela
de Criminología. El auditorio estaba lleno y la mayoría eran
mujeres. Ustedes lo tienen claro. Nosotros en la adolescencia,
una etapa fundamental para decidir qué camino seguir, qué
estudiar, solo pensamos en meterla en caliente. Nos dejamos
llevar por las hormonas, que toman el control absoluto de
nuestro cuerpo y parecemos pollos sin cabeza. Luego nos
tranquilizamos, pero cuando somos conscientes, ya han pasado unos cuantos trenes que teníamos que haber cogido. En
cambio, ustedes, a pesar de su cambio hormonal, en esa etapa
se vuelven más cautelosas y estudiosas y no pierden el tino.

—Bueno, no todas somos tan responsables. Yo perdí la
cabeza en esa etapa, se me escapó el tren de los estudios y lo
estoy pagando.

—Nunca es tarde para estudiar, Ana. Yo comencé mi carrera a los veintiséis años y la acabé a los treinta. Eres una
mujer joven y también inteligente. Si quieres estudiar, no te
lo pienses, busca algo que te apasione y ve a por ello. ¿Qué te
gustaría estudiar?

—En su día quise estudiar Enfermería, pero como te dije
se me escaparon los trenes.

—Esa es una bonita profesión, ¿a qué esperas?

92

Se queda en silencio, como buscando una respuesta que tiene, pero no quiere oír.

—Tendría que empezar de cero y me da mucha vergüenza.

—¿Vergüenza? Formarse no es ninguna vergüenza. ¿Qué estudios tienes, Ana?

—Terminé la EGB y me quedé ahí. No seguí estudiando.

—Esa es una buena base. Existen muchos programas de estudio para adultos que puedes compatibilizar con el trabajo. Solo tienes que decidirte.

—Me lo pensaré.

—No te lo pienses mucho. Estamos en abril y en estas fechas se abren las matrículas.

—Vale, tomaré una decisión pronto. Gracias por tus ánimos.

—No es por nada, pero creo que eres una mujer que puedes conseguir lo que te propongas. Solo tienes que hacerlo. Dar el primer paso y estar convencida de ello.

—Muchas veces lo pienso.

—Solo tienes que subir el primer escalón, el resto es cuestión de voluntad.

—Lo sé, pero vamos a dejar de hablar que tengo mucha tarea.

—Sí, mejor sí. Gracias por el café. Estaba delicioso, casi como el de tu madre. Tienes que practicar más.

—Será cuestión de practicar. Supongo que desayunarás. En quince minutos lo tienes preparado.

—Gracias, Ana.

Le sonrío y la dejo en la cocina. Subo a mi habitación, me doy una ducha y bajo a desayunar. Ana me tiene preparado el desayuno: zumo de naranja natural, *muesli* con yogur, pasas y nueces, y cuatro tostadas recién hechas.

A las once de la mañana salgo a la calle y busco una cabina de teléfono, se han convertido en piezas de museo. Encuentro una en el Parque de Santa Catalina. Está lleno de guiris que van de un lado para otro, buscando un bar o una cafetería en la que poder conectarse a la red wifi, para luego volver a meterse en alguno de los cuatro cruceros que han llegado al Puerto de la Luz y de Las Palmas.

Saco mi bloc de notas y busco el teléfono del ruso. Introduzco dos euros y marco el teléfono. Me contesta en ruso al segundo tono.

—¿Dimitri?

—Sí, ¿quién eres?

Tiene un fuerte acento y arrastra las erres como si tuviera dos bolas de hierro atadas a su lengua.

—Me gustaría hablar contigo para comentarte un negocio que te puede interesar.

—¿Tú eres el amigo de MacGyver?

—Sí, el mismo.

—Él me dijo que buscabas trabajadores y que estabas en Las Palmas.

—Sí, pero me gustaría hablar contigo en persona. ¿Dónde podemos vernos, Dimitri?

—¿Dónde estás tú?

—En el Parque de Santa Catalina.

—Bien, podemos quedar en quince minutos en el centro comercial El Muelle. En la tercera planta hay un McDonald's. Yo iré con una gorra roja. ¿Te parece bien?

—Perfecto, allí estaré.

—Hasta ahora.

Cuelgo el teléfono y recojo los cincuenta y cinco céntimos que me sobraron. Miro el reloj. Necesito un café y me siento en la cafetería La Alemana. Lo pido solo. Necesito estar muy despierto para hablar con el ruso.

Al lado oigo el murmullo de los jubilados que juegan al ajedrez, al dominó y a las cartas. Llevan años en el mismo sitio, echando la mañana, retándose y apostando el honor de haber ganado ayer. Una camarera me trae mi café. Me lo tomo con tranquilidad. Está buenísimo. Me lo termino en cuatro buches. Me acerco a la barra, pago y me voy.

Atravieso el Parque de Santa Catalina con dirección al centro comercial El Muelle. Me detengo a contemplar los cuatro cruceros que están atracados. Los cruceros se han convertido en el nuevo negocio emergente del puerto y de la ciudad. Un día como el de hoy se pueden bajar de golpe seis mil cruceristas que quieren quemar, cueste lo que cueste, sus horas en tierra para luego volver a sus ciudades flotantes, a beber y a comer hasta reventar en un ciclo finito de siete días.

Llego al centro comercial y subo a la tercera planta. A pocos metros de la escalera está el McDonald's. Me acerco, busco a Dimitri y lo encuentro sentado comiéndose una hamburguesa. Hay gente que tiene el estómago de hierro reforzado porque yo sería incapaz de meterme entre pecho y espalda ni un gramo de esa comida basura.

Camino hacia donde está el ruso y sin decir nada me siento a su lado. Él me mira, me sonríe y devora su comida. Bebe un trago de refresco y me dice sin dejar de masticar:

—Me encantan estas putas hamburguesas. En Rusia tienen algo especial. No sé qué coño le ponen, pero sea lo que sea les da un toque sabroso. Es que en mi país no abrieron una de estas hasta 1990. Ya sabes, con la Perestroika, y las colas eran interminables. El capitalismo nos invadía por el estómago, que es un buen lugar para empezar una invasión. Desde el momento que probé una en el noventa y uno no he dejado de comerlas. Estoy enganchado, como dicen por aquí. ¿Quieres pedir una?

—No, gracias. Ya he desayunado y además esta comida no es de mi agrado. Prefiero una comida más sana.

—Ja, ja, ja —se ríe a carcajadas—. Ya, ya, eres de los tipos que se cuidan. De esos que llaman, cómo les dicen, metrosexuales.

—No, Dimitri, no soy un metrosexual. Es simple, no me gusta la comida demasiado elaborada, pero vamos al grano que no tengo mucho tiempo.

—Claro, amigo. Estamos aquí para eso. Nuestro amigo en común me dijo que necesitabas tres hombres bien preparados para una misión de rescate en Turquía. Yo y un ucraniano estamos dispuestos a participar.

—Sí, tres, pero de esos tres uno será un turco que nos sirva de guía en Estambul. Es primordial tener ese tipo de apoyo sobre el terreno.

El ruso se termina la hamburguesa y asalta de una forma voraz las papas fritas, que baña en kétchup. Pienso que Dimitri tiene un saco sin fondo en vez de un estómago.

—Tienes razón, eso es muy importante, aunque yo estuve muchos años en esa ciudad y la conozco muy bien, pero no hablo turco, solo conozco algunas palabras.

Hago una pausa mientras contemplo cómo se termina el plato de papas y después le pregunto:

—¿Cuánto llevas en Gran Canaria? Porque conoces muy bien el idioma.

Antes de contestar se limpia las manos y bebe un buche largo de refresco para bajar el último bocado de papas con salsa roja.

—Entre una cosa y otra, diez años. El armador nos dejó tirados en nuestro barco pesquero. Muchos compañeros se han ido, pero yo decidí quedarme hasta que me echen del puerto, que será un día de estos, pero ya tengo algún dinero ahorrado y quizás me vaya de esta ciudad. Volveré a Moscú solo de vacaciones. Aquí se vive muy bien. Estas islas son un paraíso, pero necesito nuevos aires.

—Dimitri, no necesito un pescador, necesito un experto en armas y con experiencia en asaltos. La operación que vamos a llevar a cabo es muy complicada.

El ruso me sonríe, se bebe el último buche de refresco y me contesta:

—Antes de pescador fui militar y miembro de las Septenas, los comandos militares de las fuerzas especiales de élite rusas. Estuve casi veinte años, pero caí en desgracia. Tuve una aventura con la mujer de un general— hizo una pausa—, me obligaron a irme del ejército y casi me deportan a Siberia. Al final me dejaron que me enrolase en un barco de pesca y aquí estamos.

—¿Me imagino que habrás hecho alguna operación en estos últimos años?

Me vuelve a sonreír y me dice:

—Sí, hace seis meses estuve en Italia, en Nápoles, en una operación de rescate del hijo de un capo de la mafia. Sin embargo, la operación no salió como esperábamos; en medio del asalto le volaron la tapa de los sesos al pobre muchacho. Aquello fue una puta carnicería. Tengo un bonito recuerdo en el hombro izquierdo. Si conoces bien a MacGyver, sabes que él nunca te recomendaría a nadie que no tuviese un buen currículo.

—Tienes razón, pero me desconcertó el asunto de que fueras pescador.

—A mí también me extrañaría, pero llevo diez años dedicándome a resolver cuentas pendientes de los que me contratan. Entonces, ¿hablamos de negocios, Saduj?

Le cuento en qué consiste la operación, qué necesito y las fechas en las que quiero salir hacia Turquía.

—Y el ucraniano, ¿es de fiar?

—Se llama Sergei. Fue policía, pero lo expulsaron porque tenía un problema con el dinero. Es un buen tipo, sabe muy bien lo que hace y en el cuerpo a cuerpo no hay quien le gane. Te gustará tenerlo a tu lado si hay problemas. Es un tanque. Ya lo verás.

—Me fío de tu palabra, Dimitri. Tienes que dejarme una cuenta para transferirte el primer pago y también la de tu amigo.

—Utilizaremos la misma. Yo me encargo de pagarle a él.

—No quiero problemas con el dinero.

—No te preocupes por ese asunto. Tú me contratas a mí y yo lo subcontrato a él. Así funciono yo. Los intermediarios se llevan un porcentaje. Así es el negocio, amigo.

—De acuerdo. Cuando tenga resuelto el asunto del turco, te llamo. Yo me encargo de comprar los billetes de avión. Necesitaré copia de los pasaportes y también que vayan a comprar trajes nuevos para el viaje.

—Sin problemas. El que paga manda.

Me levanto y le doy una tarjeta.

—Envíame el número de cuenta por WhatsApp a este número y las copias de los pasaportes a este correo electrónico.

—Así lo haré.

Le doy la mano, me la aprieta con mucha fuerza y me dice:

—Espero tu llamada y la transferencia.

—Haré ambas cosas. No te preocupes.

Lo dejo sentado en la mesa. Me voy pensando en el plan y en el ruso. Me ha dado buena impresión. Parece un tipo seguro y sé que MacGyver nunca falla. Sabe hacer muy bien su trabajo.

9. NOS PONEMOS EN MARCHA

Es sábado y me levanto tarde. Miro el reloj. Las diez de la mañana. Una buena hora para levantarse y tomar un buen desayuno. Me lavo la cara y bajo a desayunar. Pongo la cafetera a fuego lento para que se cuele bien el café. Mientras se hace, me preparo el *muesli* y pongo dos rebanadas de pan en la tostadora. Cojo mi móvil y compruebo que no tengo ningún mensaje. Abro el WhatsApp, busco el teléfono de Ana y le envío un mensaje en el que le digo que, si quiere, podemos quedar para cenar esta noche si le apetece.

Me responde con tres emoticonos de caritas sonrientes y, a continuación, con tres emoticonos de unas manos aplaudiendo. Luego me contesta que está encantada de ir a cenar conmigo. Le contesto que yo también lo estoy, que me diga a qué hora paso a buscarla y dónde. Me dice que a eso de las nueve y me escribe su dirección. Me pregunta si voy a ir a buscarla en moto o en coche. Le digo que en coche. Me dice que perfecto y que estará preparada a la hora fijada. Me despido con dos besos en forma de emoticonos y ella hace lo propio.

Pienso en las futuras consecuencias de la cita y sé que las habrá, pero si algo que me ha enseñado la vida es que hay que vivirla como te viene, así, sin más, porque mañana no sabemos qué nos va a pasar. Hay que seguir al pie de la letra aquel adagio latino *Carpe Diem*. Ser consciente del presente, que es lo que importa. El pasado solo nos vale para aprender y no cometer los mismos errores que hemos cometido y el futuro solo vale para hacer cábalas que no valen para nada.

Desde hace algún tiempo intento preocuparme por el instante y nada más, y es por esa razón por la que he quedado para cenar con Ana.

Busco en el móvil el teléfono de Casa Carmelo en Las Canteras y llamo para reservar mesa. Buena carne y buen vino para una cena con una mujer extraordinaria.

Al terminar de desayunar, recibo una notificación de MacGyver.

Ya en mi despacho, y después de haber encendido mi portátil, entro en Tor y abro un chat con mi conseguidor.

Saduj: ¿Alguna novedad?

Espero mientras navego por la prensa digital para ponerme un poco al día de cómo va el mundo y la mierda de la política. Antes de empezar a leer, mi amigo me contesta:

MacGyver: Sí. Tengo a un tipo interesado en el trabajo, pero tiene un pequeño inconveniente.
Saduj: ¿Cuál?
MacGyver: Que es policía.
Saduj: ¿Policía? ¿Un policía corrupto?
MacGyver: No necesariamente. En Turquía los policías están muy mal pagados y tienen otras actividades para completar su mísero sueldo.
Saduj: No sé, amigo. Nunca he trabajado con policías en activo.
MacGyver: Si quieres contratarlo, no tendrás ningún problema. Es cien por cien fiable. No es la primera vez que doy su nombre y los clientes

están satisfechos. Sabes que no te doy un nombre si no ofrece garantías y este las tiene todas. Te viene bien un tipo de su perfil. Está bien relacionado y además tiene mucho interés en el asunto.

Saduj: ¿Por qué?

MacGyver: Le secuestraron a una hija y luego la violaron. Ya me entiendes. Está sensibilizado. Cuando le conté de qué iba el asunto, se mostró más que interesado y además le vas a pagar muy bien. No te lo pienses. Este es tu hombre, Saduj.

Saduj: Oka. Envíame sus datos. Me pondré en contacto con él hoy sin falta. El tiempo corre en nuestra contra.

MacGyver: ¿Cómo te fue con el ruso?

Saduj: Muy bien. Ya he cerrado el trato. Es un tipo formado.

MacGyver: Sabes que yo solo te doy nombres de confianza. Por cierto, necesitarás armas, ¿has pensado en eso?

Saduj: Sí, pero prefiero tener el equipo cerrado. Cuando lo tenga al completo, te diré qué necesito.

MacGyver: Si al final cierras el acuerdo con el turco, él podrá ser mi enlace para dejarte el paquete.

Saduj: Lo que sea más seguro y más fácil, amigo.

MacGyver: Oka, así lo haré. Espero tus noticias.

Saduj: Que tengas un buen día.

Cierro el Tor y recibo un mensaje de MacGyver. Apunto el nombre y el teléfono del policía turco.

Abro el cajón de la mesa del despacho, cojo el viejo *smartphone*, le pongo la tarjeta de prepago que no está a mi nombre, la batería y lo enciendo. Cuando está operativo, abro la aplicación y marco el teléfono del turco. A los diez tonos me coge el teléfono. Le hablo en inglés.

—¿El señor Iskander?

Se queda un segundo sin decir nada y después contesta.

—Sí, el mismo. ¿Quién es usted?

—Me llamo Saduj y MacGyver me dio su nombre. Estoy interesado en contratarlo para un trabajo que voy a realizar en Estambul.

Se vuelve a quedar en silencio. Luego continúa.

—¿Conoce usted la aplicación RedPhone?

—Sí, sí la conozco. La tengo instalada. ¿Quiere que lo llame a través de ella?

—Sí, por favor.

—Oka.

Corto la llamada, busco la aplicación, la abro y añado el teléfono de Iskander. Me conecto a mi red wifi con fibra óptica. Espero que la aplicación haga su trabajo y al poco aparece el turco en mi lista de contactos. Lo vuelvo a llamar y me responde:

—Esta línea es más segura, señor Saduj. Es un placer hablar con usted. Me dijo nuestro amigo que estaba interesado en contratar mis servicios.

—Sí, muy interesado. Necesito un hombre que conozca bien el terreno y usted parece que es el candidato perfecto.

—Sí, tengo mucha experiencia y podría serle de gran ayuda. Nuestro amigo me dijo que era una operación muy peligrosa, que estaba relacionada con una niña que ha sido secuestrada por una mafia internacional de pederastas y que quería actuar sin el conocimiento de las autoridades turcas.

—Exacto. Usted mejor que nadie sabe que las mafias tienen los tentáculos muy largos y suelen llegar a muchos sitios. No sé si me entiende,

—Sé lo que me dice, amigo. No se preocupe. Haremos un buen trabajo. ¿Qué necesita que haga?

—Por ahora nada. Actuaremos cuando lleguemos a su ciudad.

—Yo podría hacer alguna investigación preliminar sin que levantara sospechas. Así tendríamos algún camino recorrido. ¿Qué le parece?

Sopeso su propuesta. Estaría muy bien tener un estudio detallado de la situación y nadie mejor que él para hacer ese trabajo.

—Perfecto, Iskander.

—Me puede llamar Iskan; así me llaman los amigos.

—Bien, Iskan, como le digo, me gusta su iniciativa. Encárguese de hacer un estudio detallado del lugar y luego nos informa. Le enviaré la dirección mediante un mensaje. Solo tengo una calle y un número. No tengo nada más.

—No se preocupe, esos datos serán más que suficientes. Haré mi trabajo y tendrá toda la información al llegar. ¿Ya tiene dónde hospedarse?

Todavía no había llegado a ese punto, no tenía ni los billetes comprados. Esperaba por Dimitri.

—No, no tenemos. Había pensado en un hotel del centro. Somos tres personas.

—No se preocupen por el hotel. Les buscaré uno de los mejores. Tengo amigos que me deben favores y es hora de que paguen. También me tienen que decir cuándo llegan al aeropuerto. Me gustaría ir a buscarlos. Muchas veces los compañeros se ponen muy pesados con los extranjeros y no quiero que se lleven una mala impresión al llegar a mi tierra.

—Eso estaría muy bien, Iskan. Necesito que me diga una cuenta corriente en la que hacerle el ingreso del primer pago.

—¿Podría ser en efectivo?

Sé que puedo llevar diez mil euros sin problemas y hablar con Dimitri y su amigo para que lleven cinco mil.

—Podría ser, Iskan. Le daré quince mil euros en billetes de quinientos. ¿Le parece bien? Al finalizar le pagaré el resto. El último pago buscaré la forma de hacerlo en efectivo.

—Hablamos de treinta mil euros, ¿me equivoco?

—No, no se equivoca, pero si logramos nuestro objetivo, habrá una gratificación de otros veinte mil.

—¿Otros veinte mil? Esa parte no me la dijo nuestro amigo en común, pero es fantástico. Cincuenta mil euros es un buen pago para un trabajo como el que usted propone.

—Sí, pero es un trabajo muy peligroso.

—Ya lo sé, soy consciente de ello. Es el primer trabajo en el que me pagan tan bien. No se arrepentirá de contar con mis servicios. Conozco muy bien esta ciudad y también mi trabajo.

—Espero que consigamos nuestro objetivo porque de esa manera ganaremos todos y más esa pobre chica.

—Sí, sobre todo por esa niña que vive un infierno. Haremos lo posible por sacarla de allí.

Recuerdo las palabras que me escribió MacGyver sobre su hija.

—Lo tengo que dejar, señor Saduj. Empieza mi turno. Estamos en contacto. Envíeme la dirección y hoy comenzaré a hacer las primeras indagaciones. Recuerde usar RedPhone cuando quiera contactar conmigo.

—Así lo haré, Iskan.

Cortamos la comunicación. Tengo una sensación muy buena de este policía turco. Parece un tipo muy serio.

Cojo mi bloc de notas, busco el lugar donde anoté la dirección de Estambul y se la transcribo en un mensaje a través de RedPhone.

Llamo a Dimitri. No me coge el teléfono. Lo vuelvo a intentar y al cabo de unos cuantos tonos de llamada lo coge. Su voz es ronca. No cabe duda, se acaba de levantar. Me contesta en ruso y después le digo:

—Buenos días, Dimitri. Soy Saduj.

—Hola, amigo. Me acabas de despertar. Ayer tuve una fiesta a bordo. Llegaron unos amigos rusos con buen vodka y unas cuantas compatriotas y no me pude resistir.

—Quiero que te descargues una aplicación en tu móvil, se llama RedPhone. A partir de hoy ese será nuestro único canal de comunicación.

—Ya la tengo instalada. Es una aplicación muy útil para los que estamos en el lado oscuro.

—Sí, pues añádeme a tus contactos y yo haré lo mismo. Te vuelvo a llamar.

Corto la llamada y añado a Dimitri a mi lista de contactos del RedPhone. Espero unos minutos y lo vuelvo a llamar mediante el aplicativo. Me contesta al instante.

—Hola de nuevo, amigo. Si se entrecorta la comunicación, es porque la cobertura no es muy buena en el Muelle Sofía, pero ahora parece que va perfecta.

—Te escucho bien. Todavía espero que me envíes los pasaportes para sacar los billetes de avión y los visados.

—Ya lo sé, amigo, pero he tenido un pequeño problema con mi pasaporte que ya está resuelto. En una hora te envío las copias de los dos documentos.

No me imagino qué problema habrá tenido y prefiero no pensar en ello. Si ya lo resolvió, mejor que mejor.

—Sí, porque quiero dejar ese tema zanjado esta mañana. Ya he establecido contacto con el turco. Se llama Iskander y es policía. Me ha dado muy buena impresión. Parece un tipo muy profesional. Se encargará de hacernos un informe preliminar de a quiénes nos enfrentamos. También se ocupará de irnos a buscar al aeropuerto y de buscarnos un buen alojamiento en Estambul. Por cierto, ¿has hablado con tu amigo?

—Sí, ayer le conté de qué iba el trabajo. Está encantado. Le gusta la acción. Vive para eso. Es un tipo que debería estar en el campo de batalla, pero le gustan mucho las mujeres y por aquí hay muchas. Además, aquí lo tratamos muy bien.

—Perfecto, Dimitri. Vete haciéndote a la idea de que en tres o cuatro días partimos hacia nuestro destino y quiero tenerte en las mejores condiciones. Deja las fiestas, ¿de acuerdo? Ya tendrás tiempo de celebrarlas cuando regreses.

—No te preocupes, Saduj. Conozco a la perfección cuál es mi trabajo y me lo tomo muy en serio. Sé que hay mucho en juego.

—Sí, lo hay, sobre todo la vida de esa niña. Tenemos que rescatarla sana y salva. Lo dicho, espero que me envíes las copias de los pasaportes.

—Así lo haré, jefe.

—Adiós, Dimitri.

Apago el portátil. Me levanto y recibo la llamada de Mario Zurita. Contesto.

—Buenos días, Mario.

—¿Alguna novedad?

—Trabajamos en ello y en unos días nos vamos.

—¿Cuándo?

—Si no hay contratiempos de última hora, la semana que viene. No se preocupe, antes de salir tendré una reunión con usted y le explicaré los detalles. Esa reunión es muy importante para que nuestro barco llegue a buen puerto.

—¿Sabe algo más de mi niña?

—No, solo lo que hemos hablado. Mario, confíe en mí. Saldrá bien.

—Eso espero, eso espero. Que tenga un buen día, señor Saduj.

—Usted también.

La llamada se corta y siento un peso en la boca del estómago. Aunque quiero mantenerme frío y distante, no puedo. En mi trabajo procuro que la imparcialidad y los sentimientos queden aparcados a un lado. Así me ha ido bien. Cuando tienes un trabajo como este, tiene que ser de esa manera. No puedes permitir que te afecte porque al final tendrías que ir algún psiquiatra. Sin embargo, con este caso es diferente. Me afecta más de lo debido. También es verdad que es el primer caso de secuestro que intento resolver, el primero en el que hay una niña de por medio y, para añadir más leña al fuego, está en manos de una mafia de pederastas. Este caso tiene los ingredientes para ponerme en guardia. También para tocarme la mayor parte de mis fibras sensibles y lo consigue.

10. LA CENA

Miro el reloj. Me queda una hora para la cita con Ana. Cojo la carpeta donde he guardado las copias de los billetes electrónicos. Dimitri al final cumplió su palabra y me envió los documentos. Saqué los billetes para el miércoles siguiente y los tres visados. Lo llamé, le dije que nos íbamos el miércoles y que el lunes nos veríamos a las once en el mismo lugar de la última reunión.

También volví a contactar con MacGyver y le envíe un listado de las armas que iba a necesitar, cuatro Glock de nueve milímetros, dos cajas de balas y un equipo completo de comunicación. Decidí que la ropa la compraríamos en Turquía, dejándome aconsejar por Iskander.

Pongo un poquito de música. Billie Holiday y su voz irrepetible me acompañan. *Lover Man* suena mientras me afeito y me ducho. Me pongo unas gotitas de perfume, de ese que me costó un ojo de la cara en París. Me pongo uno de mis trajes. Esta vez me decido por el de lino de corte italiano, con una camisa celeste claro, sin corbata y zapatos de tela color beis. Me visto y me miro en el espejo de cuerpo entero. Sonrío. Nada que objetar. Remato mi acicalamiento con un poquito de gomina para meter en vereda mi pelo.

Ya estoy preparado. Cojo mi teléfono y llamo a Ana. Espero. No contesta y los tonos juegan a rivalizar con la voz de la Holiday, pero no tienen nada que hacer. No los oigo. Me pierdo en su *Blue Moon* hasta que oigo la voz de Ana:

—Hola, hola, perdona, es que terminaba de vestirme. Casi estoy.

—No te preocupes. Solo era para decirte que estoy preparado. ¿Cuánto tiempo necesitas para estar lista?

—Dame diez minutos.

—Ok, son las ocho y cuarto. Te paso a buscar a y media. ¿Bien?

—Sí, sí, esa es una buena hora.

—Si necesitas más tiempo, dímelo.

—No, no, a las y media.

—Hasta ahora, Ana.

Al terminar la llamada cojo mi cartera, las llaves del coche y bajo al garaje. Ahí está mi Audi TT Roadster, un capricho que me di hace algunos años después de cerrar un buen trabajo. Se lo compré de segunda mano a un arquitecto con el agua al cuello que lo perdió todo a los pocos años de empezar la crisis del ladrillo. Me lo dejó a un precio irresistible y, la verdad, no me arrepiento. Es una buena máquina.

Subo al coche y pongo un CD de Sade, sus grandes éxitos. Me pongo en marcha y me dirijo hacia el barrio de Schamann, a la calle Pío Coronado. La mayor parte de sus calles tienen nombres de obras o personajes que creó el insigne paisano Benito Pérez Galdós. Es un barrio que conozco muy bien porque desde Los Arapiles, barrio también galdosiano en el que nací, está a tiro de piedra. Muchas tardes me las pasaba en el Parque Don Benito y muchos domingos me iba al desaparecido Cine Plaza para ver las películas de la época, aquellas del Oeste o las clásicas de romanos.

Pienso en aquellos cines. Hago memoria y nombro en voz alta a los que yo solía ir, el Plaza, el Sol, el Apolo, el Scala, los Ángeles, el Rex, el Royal, el Bahía, el Capitol y el Guanarteme. Todos han desaparecido y fueron sustituidos por los multicines; quieras o no, algo se perdió en su extinción. En mi caso una parte de mi infancia se fue con aquellos cines siguiendo la estela invisible de su magia y de su pasión, pero me dejaron el amor por el séptimo arte. Eso nunca me lo podrán quitar.

Subo por la avenida de Escaleritas, luego cojo por Obispo Romo, enfilo por la calle Zaragoza y bajo por Pío Coronado. Busco el bloque número dos, que es el último de la calle. No hay ni un solo aparcamiento. Veo un hueco a la derecha y ahí me meto. Son las ocho y media. Salgo del coche. Sade suena con su voz melodiosa haciéndome más llevadera la espera. Nunca me ha gustado esperar. Soy un puto maniático de la puntualidad. No puedo llegar tarde a ningún lado y, como decía mi abuela, «El barco se espera en la playa» y así hago, esperar el barco en la playa.

La puerta del portal número dos se abre. Sale Ana con un traje rojo palabra de honor tan estrecho que no sé cómo se ha podido meter dentro, con un diminuto bolso a juego y unos zapatos rojos con un tacón que da vértigo. Se acerca despacio, baja el bordillo de la acera con un movimiento de cadera como si fuera hacer la finta del siglo, baja primero la pierna derecha y sin perder un ápice de estilo baja la pierna izquierda. Atraviesa la carretera despacio, controlando a la perfección el equilibrio de su cuerpo y los pilares de sus pies. Sabe lo que tiene entre manos. Se detiene delante de mí y me dice:

—¡Qué guapo estás, Saduj!

Yo la miro. Me detengo en su rostro, en sus ojos, en sus labios carnosos recubiertos de un carmín arrebatador, sigo hacia la frontera que marca la línea de su palabra de honor y ahí me detengo. Vuelvo a subir la mirada hacia el encuentro de sus ojos y le sonrío.

—Tú estás espectacular, Ana. Serás la reina de la noche.

—¿No me has dicho a dónde me vas a llevar a cenar?

—He reservado mesa en Casa Carmelo.

—¡Bien! Me han dicho que ahí se come de maravilla.

—Sí, son especialistas en carne, pero si quieres pescado, también te lo pueden servir, aunque yo te aconsejo carne y un buen vino.

—Esta noche me dejaré llevar por ti, jefe. Como ves, estoy preparada para que me lleven.

Sí, pienso, esta noche está hecha para conquistar el mundo y revolucionar todas y cada una de mis hormonas.

Le abro la puerta del pasajero y ella se mete no sé cómo, pero lo hace. Yo sería incapaz de hacerlo con en ese traje.

Pongo el coche en marcha y voy dirección al puerto. Sade canta sus melodiosas canciones y Ana me dice:

—Tienes un coche precioso. A juego con tu traje.

—El beis pega muy bien con el azul eléctrico y también el rojo.

—Sí, también le va muy bien el rojo. ¿Sabes? —hace una pausa y luego me dice—. Estoy súper feliz. Hace muchos años que no me invitan a cenar. Aunque mi madre, como siempre, ha puesto el grito en el cielo. Que si esto, que si aquello. Ya sabes cómo son las madres. ¿A ti te parece mal que salgamos?

—No, me parece que dos personas adultas pueden hacer lo que les venga en gana. Yo estoy encantado de invitarte a cenar.

—Es que mi madre está chapada a la antigua. ¿Sabes qué me dijo? Que no estaba bien, que no era correcto y casi te llamo para decirte que lo dejáramos para más adelante.

—Tienes que comprender a tu madre. Ella piensa que no está bien que salgas a cenar con tu jefe. Desde su óptica, no lo comprende. Sin embargo, no podemos permitir que nos gobiernen las opiniones y las perspectivas de los demás. Aquí lo único importante somos los que estamos sentados en este coche. Solo espero que estés aquí conmigo porque quieres estar, porque te apetece salir a cenar, así, sin más.

Ella juguetea con su bolso, lo abre y lo cierra. Luego me dice:

—Ya te lo dije. Estoy feliz y me apetecía mucho ir contigo a cenar. Te mentiría si te dijera que no hay nada más porque sí lo hay.

Eso era lo que me temía. Nuestras miradas no engañan a nadie. Sade canta una balada perfecta para esta ocasión.

—Eres un tipo muy interesante, Saduj, en muchos senti-dos. Tienes algo que me gusta y quiero saber qué es porque son un montón de sentimientos que revolotean como maripo-sas en un campo de margaritas. Cualquier mujer desearía estar aquí sentada y ocupar mi puesto esta noche. Ya sé que me llevas casi veinte años y quizás a los ojos de los demás eso es un obstáculo, ya lo sé. Para mí no lo es. Hoy solo quie-ro disfrutar de tu compañía. Nada más.

—Podemos decir que pensamos de igual manera, Ana. Eres una mujer que me gusta. Tienes algo que me atrae y mucho, pero como tú bien dices vamos a disfrutar de nuestra compañía.

Llegamos a La Puntilla y meto el coche en el aparcamiento municipal que está por aquella zona. Salimos en dirección al restaurante caminando por la avenida de Las Canteras y me percato de que hombres y mujeres no le quitan ojo a mi acompañante. No es para menos. Está espectacular y además camina con los tacones como si lo hubiera hecho toda la vida. Para caminar con esos zapatos hay que saber porque si no corres el riesgo de parecer un pato mareado y te puedes ver en el suelo al primer traspiés.

Ana camina como si se fuera a comer el mundo en porciones y sabe que es el objeto de las miradas por donde quiera que va. Yo solo soy el que va junto a ella. El invisible.

Ya en el restaurante nos atiende el *maître*, que nos lleva hacia la mesa que nos tiene reservada y de la que tenemos una preciosa vista de Las Canteras, que también por la noche tiene esa magia que la convierte en una de las playas urbanas más importantes del mundo.

El camarero nos trae la carta de vinos. Elijo un rioja del año 2000. La ocasión se lo merece. Pedimos un caldo de carne de primero, ella de segundo pide vaciado de solomillo y yo, secreto ibérico.

El camarero me da a probar el vino. Está excelente. Después de que nos sirve, levanto la copa y brindamos:

—Por nosotros.

—Por nosotros —repite ella.

Mientras esperamos por nuestro caldo le pregunto a Ana:

—¿Dónde aprendiste a caminar tan bien con los tacones? Porque por lo que he visto tienes mucha práctica. Caminas con un estilo que parece que llevas haciéndolo toda la vida.

Ella sonríe y me dice sin dejar de sonreír.

—Aunque no lo creas, mi madre es muy coqueta y siempre le han gustado los zapatos altos. De hecho, si te fijas bien, ella va con zapatos que tienen algo de tacón. Además, tengo tres hermanas mayores que yo y todas sabemos caminar con tacones porque cuando éramos niñas nos poníamos los zapatos de mi madre y, claro, a base de practicar se perfecciona el estilo.

—¿Tres hermanas? Yo soy hijo único. En tu casa no debiste de aburrirte.

—La verdad es que no y al ser la más pequeña fui la niña de la casa. Me consentían lo que no está escrito y así me ha ido, Saduj. Mis hermanas supieron trabajar su futuro. Las tres son funcionarias: una maestra, otra cartera y la otra auxiliar de justicia. Yo me quedé por el camino. Ya ves, treinta años y todavía en casa de mamá y sin un futuro claro.

Le sirvo un poco más de vino y también me pongo un poco en mi copa.

—Eres joven y como dicen por ahí: que te quiten lo *bailao*. Tú eres la única que puede dar un giro a tu vida. El otro día me dijiste que querías estudiar Enfermería. Tú sabes lo que tienes que hacer. Solo tienes que hacerlo. Ya lo dijo Julio Verne: «No hay obstáculos imposibles; solo hay voluntades fuertes y débiles», traducido a nuestro idioma «el que quiera lapas que se moje el culo».

Ella toma un sorbo de vino. Yo la imito. El vino comienza a hacer su efecto, me calienta el estómago y atolondra mis neuronas. Cojo un poco de pan, lo unto con mantequilla y se lo ofrezco. Me da las gracias, se lo come y después me dice:

—Ya he dado el primer paso, Saduj. Me he preinscrito en Radio Ecca para empezar la ESO.

—Esa es una buena noticia. Las grandes escaleras se suben dando el primer paso. Además, serás una buena estudiante. Las personas adultas que retoman sus estudios suelen ser más perseverantes que cuando eran unos niños porque tienen los objetivos muy claros. Ya verás que te saldrá bien.

—Eso espero porque no quiero quedarme limpiando la mierda de los demás.

—Sí, para coger un bloque o fregar cien calderos siempre hay tiempo. La formación no es garantía de encontrar un buen trabajo, pero sí una puerta abierta por la que puedes entrar. Mira, tengo un amigo que terminó Economía y el primer año no encontró ni un puesto de trabajo. Se fue a Fuerteventura a trabajar de maletero en un hotel de Jandía. Allí estuvo casi seis meses cargando y llevando maletas de los clientes hasta que el jefe de contabilidad tuvo un accidente de tráfico cuando iba para su casa. El jefe de personal buscaba a un sustituto para ese puesto y vio que tenía un empleado que era licenciado. Lo llamó, le hicieron una prueba y la pasó. Hoy por hoy es el director contable de esa cadena de hoteles. Es lo que te digo, la formación es una puerta abierta.

Ella toma un sorbo de vino, me mira y me dice:

—Eres un tipo con las cosas muy claras, Saduj.

—No creas, le doy muchas vueltas a los asuntos; tanto, que hay noches que no puedo dormir.

Una joven camarera nos trae el caldo de carne y damos buena cuenta de él. Está delicioso, para chuparse los dedos. Al terminar matamos lo que queda del vino, pido una segunda botella y Ana me pregunta:

—¿Me vas a contar que pasó con tu gran amor?

—Mi gran amor se llamaba Leonor —comencé a contarle llevado en volandas por las alas etílicas del vino—. La conocí en primero de Criminología y enseguida nos hicimos buenos amigos porque teníamos muchas cosas en común: la música, la lectura, la playa, el campo y éramos buenos estudiantes. Ella tenía veintiuno y yo veintiséis, y como el roce hace el cariño, en menos de un año ya nos habíamos hecho novios. Poco a poco me enamoré hasta las trancas de aquella rubia de ojos pardos, tanto que me volví un celoso enfermizo que no soportaba que ningún hombre la mirara y controlaba hasta su sombra. Me convertí en un ser despreciable que mató el amor que había entre nosotros. Para no cansarte, al acabar la carrera, a ella le concedieron una beca para una investigación a nivel europeo sobre las víctimas de la violencia de género. No lo pensó y se fue. Yo puse el grito en el cielo y, presa de los celos, le dije de todo: que no me quería, que solo pensaba en ella, que qué iba a ser de nuestro amor, etcétera, etcétera. Ella se fue y nunca más volvió. Sé que se casó con un juez de la Audiencia Nacional. Yo me quedé solo y con una pala para enterrar el amor enfermizo que sentía por ella. Hace unos meses me la encontré en un congreso de criminólogos. Estaba guapísima. Hay mujeres a las que la madurez les sienta como un calcetín y Leonor es una de ellas. Ya sabes qué ocurre en esos casos. Yo no sabía dónde meterme, pero ella tuvo el aplomo suficiente para acercarse y, con aquella sonrisa maravillosa, preguntarme cómo me trataba la vida y yo le dije que muy bien, porque era la verdad. El último día del congreso se acercó a mí y me dijo que si quería cenar con ella. Yo le dije que sí. En aquella cena cerramos el círculo, Ana, porque los círculos hay que cerrarlos porque, si no los cerramos, nos martirizan toda la vida. Yo, entre lágrimas, le pedí disculpas. Había esperado casi veinte años para hacerlo. Cierto es que muchas veces lo intenté, porque tenía su teléfono y su dirección, pero nunca pude hasta aquella noche. Esa noche supe que aún existía aquel hilo invisible que nos unió en primero de carrera porque después de mis lágrimas y de las suyas vinieron las risas y el buen rollo. Ella es una mujer felizmente casada, con dos hijas adolescentes y yo solo conservo la pala de enterrador.

Me bebo de un trago la copa de vino que me había servido el camarero. Noto que alguna lágrima se había escapado de mis lagrimales y que Ana también me acompaña con un sollozo.

—¿Sigues en contacto con ella?

—No, quedamos en que nos llamaríamos, pero lo dejé estar. Ella tiene una familia de la que ocuparse y preocuparse, y yo tengo un negocio que mantener a flote.

—Una historia muy dura, amigo.

—Sí, muy dura, porque yo estaba enamorado de esa mujer y los celos me cegaron. Pagué el precio más alto que se puede pagar por un error. Lo bueno es que esa cuenta ya está saldada y aprendí muy bien la lección.

Me sirvo un poco más de vino para tragarme la pena y, para salir a escape, le pregunto:

—¿Y tú qué me cuentas?

—Yo tengo poco que contar. Tuve un gran amor, por llamarlo de alguna manera. Al igual que tú, me enamoré hasta las trancas. Lo conocí una noche que salí de copas con las amigas. Él me entró directo y yo me dejé hacer. Las copas y las noches son malas consejeras. Esa misma noche me acosté con él en un hotel de la ciudad del que no recuerdo su nombre. Una noche pasional. No voy a entrar en detalles. Cuando me levanté, él ya no estaba. Esa misma tarde me llamó para decirme que si podíamos vernos para hablar. Acepté. Nos vimos en una cafetería de Siete Palmas y me contó una milonga que me tragué como una boba. Me dijo que era piloto y fue lo único cierto que dijo. Nos veíamos dos o tres veces por semana, cuando su cuadrante se lo permitía. Así estuve casi siete años. Él prometiéndome el oro y el moro: que si iba a pedir plaza definitiva en Gran Canaria para casarse conmigo, que si esto y que si aquello. Una noche, mientras estábamos en la habitación de un hotel, sonó su teléfono móvil. Me acerqué y vi la foto de una mujer. Él no lo oyó porque estaba en la ducha. Me armé de valor y contesté. Le pregunté quién era. Ella pensó que se había equivocado y cortó. Volvió a llamar y volví a contestar. Ella comprendió qué pasaba y yo también. Después de un rato de silencio me dijo que ella era su mujer y me preguntó quién era yo. Solo tuve el valor de contestarle que le preguntará al hijo de puta de su marido. Me salió así, Saduj. Me terminé de vestir y me fui llorando de aquel lugar, intentando que el corazón no se me rompiera en más pedazos. El cabrón volvió a llamarme, que quería verme para pedirme perdón. Nunca le di esa oportunidad. Los cabrones no necesitan segundas oportunidades.

Ella bebe el resto del vino que le queda en su copa y yo hago lo propio. La miro y le digo:

—Parece que en el amor no hemos sido muy afortunados, amiga. No hemos salido indemnes. Somos animales heridos.

—Eso parece. ¿Y no te has vuelto a enamorar?

Vuelvo a llenar mi copa y pienso en algunas mujeres, en sus rostros, en sus nombres y en otras de las que no recuerdo nada. Se han esfumado, se borraron de mi memoria.

Le contesto con un no rotundo, como si fuera un gancho a la mandíbula de mi impotencia.

—No, no me he vuelto a enamorar. Después de lo de Leonor me quedé como un barco a la deriva después que lo destrozara un huracán, sin velas, sin palo y sin timón. He tenido alguna que otra relación, pero ninguna ha llegado a buen puerto. Unas veces era el trabajo, que no me dejaba tiempo ni para respirar; otras era el corazón, que se negaba a dar un paso más hacia el amor porque, me imagino, tenía miedo a volver a enamorarme. No quería sentirme como me sentí. Así que mis relaciones fueron muchas, pero fugaces.

El camarero nos trae el segundo plato. El olor a carne se apodera de nuestros sentidos y no puedo evitar empezar a salivar como el perro de Pavlov. Sirve primero a Ana, luego a mí. Sin mediar palabra comenzamos a comer. Yo ataco mi secreto ibérico y mi acompañante corta el primer trozo de solomillo. Mi plato está delicioso, un sabor muy especial, algo picante y con el punto exacto de cocción y de sal.

Con el paso del tiempo me he convertido en un sibarita. El gusto por la buena comida se ha convertido en algo primordial. He llegado al punto de gastarme casi mil euros en Madrid para probar treinta y cinco platos solo por el gusto de disfrutar de los sabores distintos y especiales. Una experiencia única.

—¿Cómo está tu solomillo?

—Uff, riquísimo. La carne parece mantequilla de lo tierna que está y tiene un sabor espectacular. ¿Lo quieres probar?

—¡Claro! Después prueba mi secreto.

Ella corta un trozo de solomillo y al tiempo que me lo pone en la boca me dice con media sonrisa:

—Lo de 'prueba mi secreto' ha sonado muy sugerente.

—Sí, mucho, aunque tengo mis secretos, en el que has pensado ya no lo es.

—Para mí sí lo es.

—Parece que el vino rompe en mil pedazos nuestras inhibiciones.

Ella me mira con una mirada pícara y me sonríe. Yo saboreo el solomillo. Está en su punto, o por lo menos el punto que a mí me gusta y, por lo que observo, Ana y yo tenemos el mismo gusto.

Le corto un trozo de carne y se la ofrezco. Ella abre la boca con una delicadeza que pareciera que fuera a morder una nube. Sí, el vino ha destrozado todas las fronteras que me mantenían alerta. Sin embargo, tengo que permanecer en mi trinchera. No quiero morir en el primer ataque.

—Uhmm, rico, rico, rico —me dice mordiéndose el labio inferior—. Tiene un sabor especial. Nunca había probado una carne de cerdo tan buena. Habrá que felicitar al cocinero. Se ha salido.

—Sin duda, ambos platos están para chuparse los dedos.

Cuando acabamos de comer el segundo plato, la camarera nos trae la carta de postres. Yo pido un tiramisú para ir a lo seguro y Ana, un *mousse* de chocolate. Como hicimos con nuestros segundos platos, catamos uno el postre del otro. Ella se declaró amante del chocolate y yo, por supuesto, un amante del buen café.

Terminamos con la botella de vino. Brindamos por segunda vez por la buena comida, por el buen vino y por la magnífica compañía.

Salimos con los ojos vidriosos y con la euforia que da el vino, pero Ana mantiene su estilo, camina con los tacones recta como una vela y mueve las caderas como si fuera una pantera negra preparada para atacar a una presa.

Me detengo a colocarme los bajos del pantalón y mis ojos se detienen en el trasero de mi acompañante. Mi imaginación, llevada en volandas por mis hormonas calenturientas y por las copas de vino, se me escapa y pide a gritos un buen polvo. Sin embargo, tengo que contenerme.

Llegamos a la Plaza Saulo Torón. Ana se descalza y va en dirección a la orilla. Llego a su altura y me coge de la mano. Su mano está caliente y pienso en aquello de «manos calientes, amor ardiente». Llegamos a la orilla, de un tirón me pone frente a ella y se pega a mí como una lapa. Siento el calor de su cuerpo y no puedo evitar tener una erección brutal que ni mi pantalón de lino y ni mis bóxer de tela pueden enmascarar. Ella coge mi culo con las dos manos y se pega a mí como si al segundo siguiente una ola gigante nos fuera a engullir. Me suelta las manos, se sube el traje hasta las caderas, me mira y me dice:

—Estoy como un volcán a punto de explotar. Me he puesto como una moto al sentirte y quiero que me folles, Saduj.

Pienso en sus últimas palabras, la miro; sin pensarlo, la beso en la boca, al tiempo que la agarro por el culo y soy yo quien busca su sexo ardiente.

Nos besamos con pasión. Ella me mete mano hasta llegar a mi miembro, lo agarra con tanta fuerza que creo que me lo va a arrancar.

Lo suelta, me mira. De un movimiento rápido se quita el vestido, lo deja en el suelo y de un salto se tira al agua.

—Ven, Saduj, ¿a qué esperas?

Me desvisto mientras sonrío y pienso que estamos locos. Me dejo los calzoncillos y me meto en el agua. Está fría, muy fría. Ana me agarra, me vuelve a besar con pasión, me quita los calzoncillos y los tira a la orilla. Ya estamos los dos desnudos. Nos besamos y jugamos con nuestros sexos. Ella me muerde la oreja y me dice:

—Ya sabes lo que tienes que hacer.

La levanto en volandas mientras que ella abre las piernas y la vuelvo a besar con lujuria. La penetro con fuerza y siento que el calor me engulle mientras que las olas nos ayudan a culminar nuestro juego sexual. Culminamos en la orilla, ella sobre mí, desnuda y sonriente.

—Tenía muchas ganas de hacer esto —me dice después de darme un beso.

—Yo también. Hacía muchos años que no hacía una locura de estas.

Ana comienza a tiritar porque el frío nos empieza a afectar.

—Venga, vamos a vestirnos porque vas a coger un buen resfriado.

Se levanta despacio, como si no quisiera desprenderse de mí. Yo me levanto tras ella. Cojo mi chaqueta de lino y se la doy.

—Sécate bien porque si no vas a coger una pulmonía.

—Sí, sí —me contesta castañeteando los dientes.

Empiezo a secarme con la camisa y termino usando el pantalón, que me pongo enseguida. Ella ya se ha puesto su traje, pero sigue temblando.

—Ponte la chaqueta y vámonos a buscar el coche. Allí entraremos en calor.

—Sí, porque estoy congelada.

Después de terminar de vestirme, me acerco a ella, la abrazo con fuerza, la miro y la beso con pasión. Caminamos por la orilla cogidos de la mano. Estoy feliz. Hace mucho tiempo que no me sentía así.

Ya dentro del coche pongo la calefacción y, poco a poco, entramos en calor. Ella me mira y me pregunta:

—¿Y ahora qué?

—No eres un polvo más, Ana, y espero que yo tampoco sea uno más. Me gustas y después de esta noche, mucho más. Me gustaría seguir viéndote y conociéndonos. ¿Qué te parece?

—Me parece muy bien, Saduj. Ir despacito y con buena letra. Está claro que nos gustamos, pero tanto tú como yo estamos escaldados y, como tú dices, vamos a vivir el presente y el   presente   es   esto.

Se acerca a mí, me da un beso en la boca y me dice:

—Me encanta como besas. Es como si te comieras un caramelo. Uhmm.

—Gracias, nunca me lo habían dicho, pero si lo dices tú debe de ser verdad. ¿Qué quieres hacer ahora? Yo había pensado en ir a mi casa, ducharnos, tomarnos la última copita de vino y, si te apetece, quedarte a dormir.

Ella guarda silencio. Sus ojos brillan y me dice con un susurro:

—Sería una perfecta forma de acabar la noche.

Ya en mi casa y después de ducharnos nos sentamos en el salón. Ella lleva un albornoz blanco que casi no uso y yo, mi viejo pijama azul. Le sirvo un poco de vino, un rioja de reserva y le pregunto:

—¿Qué tal te encuentras? ¿Entraste en calor?

—Sí, la combinación del agua caliente y ahora este vino hacen su efecto. Además, este albornoz es una gozada.

—Me lo he puesto dos veces, me parece muy chic. Aunque viéndotelo a ti, parece que me lo pondré más a menudo.

—Si quieres, me lo quito.

—No, no, si te vuelvo a ver desnuda, no respondo de mí y a mi edad tengo que ir reservándome. Ojalá te hubiera conocido con diez años menos.

—Uff, yo con veinte años y tú, ¿con cuántos?

—Treinta y ocho. Hubiera sido una verdadera locura.

—Me encantan las locuras, Saduj. ¿Sabes? Hoy me has hecho la mujer más feliz del mundo mundial. Nadie me ha tratado tan bien como me has tratado tú. Eres un caballero de los   pies   a   la   cabeza.

—Yo también lo he pasado muy bien, tanto, que tendremos que repetirlo un día de estos.

—¿Qué te parece el sábado que viene? Pero esta vez invito yo. No te llevaré a un restaurante de esos de moda, sino a un bar en el que ponen una comida que te chuparás los dedos.

—Me encantaría, Ana, pero la semana que viene salgo de viaje y no sé cuándo regresaré.

—¿Uno de tus casos?

—Sí, uno y muy complicado.

—Pensaba que solo te dedicabas a resolver asuntos relacionados con divorcios, seguros y ese tipo de cosas.

—Sí, es a lo que me dedico. Sin embargo, a veces hago trabajos más complicados, como es el caso de la próxima semana. Parto el miércoles.

—¿También te dedicas a resolver asuntos fuera de la isla?

—No siempre, pero tengo casos en los que sí.

—¿Una especie de detective internacional?

No quiero seguir por ese camino. Todavía no. Algún día le explicaré en qué consiste mi otra actividad.

—Más o menos. Como te dije, realizo trabajos fuera del país.

—Eres una caja de sorpresas, Saduj.

—Ya nos conoceremos poco a poco. Algún día te explicaré en qué consiste mi trabajo.

Nos terminamos la botella de vino, le digo que ya es hora de irse a dormir y que se quede en la habitación de invitados porque en mi habitación solo hay una cama y me gusta dormir solo.

Una mueca de incomprensión se asoma en su rostro y le explico que hace mucho tiempo que duermo solo y que me gusta dormir a mis anchas. Ella parece que lo entiende.

Subimos, en el rellano de la escalera me besa y se va.

A las siete de la mañana me despierto. Me acerco a la habitación de invitados y Ana no está. Bajo a comprobar si está en la cocina, pero tampoco la encuentro allí. Subo a buscar el móvil y compruebo que tengo un mensaje de ella. Me lo mandó a las cinco de la mañana. Un escueto y lacónico «Nos vemos mañana».

Bajo a hacerme un café. Mientras se hace, pienso en Ana y en la noche que hemos pasado juntos. En resumen me gustó. Me lo pasé muy bien. También pienso en su madrugadora marcha, en el mensaje subliminal que me quiere dejar; sin embargo, no le doy más vueltas. Tengo que organizar la partida   hacia   Estambul.

11. EL VIAJE

El lunes por la mañana suena el despertador a las seis y un ligero olor a café entra en mi habitación. Pienso en Ana y en que ayer no supe nada de ella. Quise llamarla, pero lo dejé estar. No quería forzar la situación. Soy de los que piensa que hay que dejar madurar las relaciones, dejarlas respirar para que se desarrollen de forma natural. Cojo el albornoz y lo huelo como hice ayer. Todavía tiene su aroma impregnado. Me lo pongo y bajo a la cocina. Me encuentro con Ana, sentada y con la mirada perdida.

—Buenos días.

—Buenos días, jefe. Ya veo que le coges gusto al albornoz. Además, estás muy chic. Te hace más atractivo.

—¿Sí? Me lo puse porque todavía tiene un ligero olor a ti. Me gusta el olor natural de las mujeres, aunque tu perfume tiene algo especial, no es fuerte ni empalagoso.

Ella permanece en silencio y sonríe.

—Sí, un hombre recién duchado, ese olor a limpio, a nuevo, me gusta y diría que me excita. Los hombres huelen diferente a las mujeres. Las hormonas tendrán mucho que ver en eso.

Ella se levanta, me sirve un café y lo deja encima de la mesa. Se acerca a un palmo de mí. Observo que sus ojos recorren mi cara sin dejar de sonreír y luego me dice:

—Me gustas mucho, Saduj, mucho. Hacía tiempo que un hombre no sacudía mi vida de la forma en la que lo has hecho tú. Ayer quería llamarte para volver a oír tu voz, quería verte para volver a sentirte, para volver a besarte y para que me volvieras a hacer el amor, pero no quiero agobiarte. Ya sabes eso que dicen del amor a primera vista, pues a mí me ha pasado contigo. Desde que te vi no he dejado de pensar en ti y después de lo que pasó el sábado, estoy como un pollo sin cabeza. Ya está, ya lo he dicho. Si no te lo digo, reviento como una olla mal cerrada.

La cojo de las manos. Las tiene muy calientes, me acerco aún más ella y nuestros cuerpos se juntan. No, no puedo evitar la erección y mi miembro busca respirar por algún hueco del albornoz. La beso en los labios y después le digo:

—Ese sentimiento es mutuo, Ana. Yo también me quedé prendado de ti el primer día que te vi. Me gustaste mucho. ¿Amor a primera vista? No lo sé, lo único que sé es que me siento muy a gusto contigo.

Ahora ella es la que me besa, me muerde los labios y recorre mi cuello con su lengua al tiempo que sus manos desatan el nudo del albornoz. Me lo quita despacio, hasta que cae al suelo. Estoy desnudo. Ella me abraza con fuerza y me besa. Me mira y me vuelve a besar mientras me acaricia la barra de hierro incandescente que tengo entre las piernas. Su mano cálida masajea su juguete erótico. Me besa, esta vez con más pasión. Yo meto las manos en su blusa y le desabrocho el sujetador. Le quito la blusa y mi lengua comienza a jugar con sus pezones, duros como piedras. Le desabrocho el pantalón, que cae hasta sus tobillos, y me pego a ella. Vuelvo a sentir el fuego que sale de su cuerpo y la beso. Mis manos juegan con su cueva húmeda y mis dedos se pierden dentro de ella. La oigo gemir y me dice que siga y que no pare. Me suelta, se separa de mí y se da la vuelta. Se apoya en la mesa con sus manos, abre las piernas y me ruega que se la meta. La cojo por la cintura y mi miembro entra por su vagina húmeda, la atraviesa sin encontrar ninguna resistencia. En la primera embestida el vaso cae sobre la mesa y el café la recorre hasta caer al suelo. Yo la embisto, al ritmo de sus «sí, sí, sí, sí», y sus «dámelo todo, Saduj, dámelo todo» Siento que ya no puedo más, que llego al clímax y me dejo ir hasta que me vacío dentro de ella. Ella se da la vuelta despacio, me mira, me abraza con fuerza y me dice:

—No me esperaba esto a estas horas de la madrugada.

—Ni yo tampoco. Es una magnífica forma de terminar de despertarse.

—Me voy a dar una ducha, jefe, que todavía me queda mucha faena —me dice mientras recoge su ropa del suelo y la veo alejarse desnuda como una amazona después de cazar a su presa.

A media mañana llamo a Dimitri por la línea segura y quedo con él a las once de la mañana en el mismo lugar donde habíamos quedado la primera vez que nos vimos.

Llego al McDonald's cinco minutos antes y distingo a Dimitri a primera vista. Esta vez acompañado por un tipo que le saca dos palmos, un ropero de cuatro puertas con una espalda en la que se podría acampar un fin de semana.

Saludo a Dimitri, que me presenta a su amigo:

—Este es Sergei, el amigo del que te hablé.

—Hola, Sergei. Me imagino que Dimitri te ha puesto al tanto de la operación que vamos a realizar.

—Sí, está claro. Dimitri me lo explicó. No hay preguntas —habla como Dimitri, arrastra las erres, como un tubo de escape que roza el asfalto, pero con una voz más grave y profunda.

—Salimos el miércoles vía Madrid —les digo mientras les hago entrega de los localizadores de sus vuelos—. Lleven solo una maleta, nada de artilugios que puedan hacer que los paren en el control de acceso a la terminal. Y como le dije a Dimitri, compren trajes nuevos, todo, incluso la ropa interior. No quiero tener problemas con los detectores de explosivos del aeropuerto. Ya saben que en estos casos lo más importante es pasar desapercibidos. ¿Alguna pregunta?

Dimitri le pega un bocado a su hamburguesa triple y, después de tragársela, pregunta:

—¿Cuántos trajes compramos?

—Los que te hagan falta, pero ten claro que corren de tu cuenta. Sabes que ese gasto no es nada si lo comparamos con los que van a cobrar.

—¡Claro, amigo! Solo quería saber el número de trajes para llevar. No lo tenía claro porque no sabemos cuánto tiempo vamos a estar en Estambul.

—Espero estar el tiempo suficiente para culminar nuestro trabajo con éxito.

—¿El turco es de fiar? —me pregunta Sergei—. Porque muchos tienen fama de ser unos buscavidas que te dejan tirado como una colilla a la primera oportunidad.

—Se llama Iskander. Le gusta que le llamen Iskan. Mi contacto me asegura que es de fiar, al igual que lo son ustedes dos. Me fío de las referencias de mi contacto. Además, lo poco que hablé con él me corrobora que es un tipo de garantías. ¿Alguna duda más?

—¿Cuándo nos harás el segundo pago?

—Dimitri, te lo expliqué en nuestro primer encuentro. ¿No te quedó claro?

Se revuelve en su silla, coge cinco o seis papas, se las mete en la boca y, cuando termina de tragárselas, me dice:

—Sí, como el agua, pero Sergei quiere oírlo de tu propia voz.

Me dirijo al ropero de cuatro puertas, levanto un poco la cabeza para mirarle a los ojos y le digo:

—El segundo pago se lo haré cuando terminemos el trabajo.

El gigante mueve la cabeza en modo afirmativo, dando por entendido lo que yo había manifestado.

—Hechas las aclaraciones, tenemos dos días para terminar de organizarnos y rematar los flecos. Si no hay problemas de última hora, nos veremos en el aeropuerto el miércoles a las doce de la mañana. Nos enviaremos un mensaje para confirmar que estamos y nos buscaremos para hacer una comprobación visual porque no viajamos juntos, iremos como si no nos conociéramos de nada. Nos uniremos en el destino.

Me levanto y me despido con un apretón de manos. Los dejo engullendo las papas fritas y sus hamburguesas.

Ya es miércoles. La noche anterior había preparado la maleta y el traje que me iba a poner para el viaje. También el dinero que le iba a dar al turco. Bajo a desayunar y me encuentro con Ana en la cocina. Me sonríe y me dice:

—Hoy no has bajado temprano a desayunar.

—Cuando viajo, duermo un poquito más. Me gusta ir descansado y más cuando el viaje es largo.

—¿A dónde vas?

—A Turquía, a Estambul en concreto.

—¡Guau! Pues sí que te vas lejos a trabajar.

—Sí, es un viaje largo. En mi trabajo nunca sabes dónde vas a ir a parar, pero hay que ir. Hay que pagar las facturas y la hipoteca. Por cierto, ¿cómo está tu madre?

—¿No estás contento con mis servicios? —me dice acercándose a mí.

—No me quejo por ahora.

—Mi madre está bien. La operación salió perfecta. Esta semana comienza con la rehabilitación.

—Me alegro mucho. Dale recuerdos de mi parte.

—Ya se los di. Mi madre te aprecia mucho y le encanta saber que te acuerdas de ella, por esa razón cada tres o cuatro días le digo que le envías recuerdos. Me gusta hacer feliz a la viejita.

—Gracias por preocuparte.

—¿Cuándo vuelves? Recuerda que tenemos una cena pendiente.

—No me olvido de la cena. Respecto al regreso, no lo sé. En menos de una semana lo quiero resolver si no se complica, que espero que no, aunque nunca se sabe. Hay trabajos en los que estamos al límite del precipicio.

—¿Corres peligro, Saduj?

—Cuando eres detective, algunos de tus trabajos son peligrosos porque el peligro puede estar en cualquier sitio. Hay que estar preparado para ello, aunque los hay que de por sí su nivel de peligrosidad es alto y este es uno de ellos.

—¿De qué trabajo se trata si se puede saber?

—No me gusta hablar de mis casos, Ana, y menos de los que tengo en marcha. Espero que lo comprendas.

—Claro que lo comprendo. Es cuestión de confianza.

Es el primer dardo que me lanza y no me lo esperaba.

—No es cuestión de que no confíe en ti, Ana, es cuestión de que no me gusta hablar de mi trabajo y menos en un caso como este. Cuando lo finalice, no tendré inconveniente en contarte de qué va el asunto.

—No importa. Era simple curiosidad.

—Oka, ya hablaremos cuando regrese. Tengo que terminar de completar el equipaje.

Subo a mi habitación con una sensación extraña, pero en mi cabeza solo tengo un asunto y es traer de vuelta a la niña.

Ya en el aeropuerto, facturo, paso el control sin problemas, en una bandeja pongo el portátil y en otra el *ebook*, el *smartphone*, el reloj y la cartera. El guardia de seguridad me mira con seriedad. Paso por el arco y suena el temido pitido.

Pongo cara de incredulidad y recuerdo que no hace una semana hice una práctica de tiro y quizás ha cantado los restos de pólvora. Me llevan ante otro guardia que está sentado y me pide que recoja mi equipaje de mano. Después de recoger mis pertenencias, me pasa una tira de papel fina por ambas muñecas y por los bolsillos. Después la pasa por el móvil, por el *ebook* y por el portátil. Al acabar me mira y me dice.

—Todo correcto, puede continuar. Buen viaje.

—Gracias —le digo al tiempo que recuerdo que había leído que iban a realizar controles aleatorios de explosivos en los aeropuertos y me ha tocado a mí.

Después de coger mis cosas, tomo el móvil y le envío un mensaje a Dimitri. Me contesta. Está desayunando en el Café Tagoror, en la zona de salidas. Busco el café y los veo a escasos cincuenta metros. Dimitri y Sergei sentados, uno enfrente del otro, en mesas separadas. Han seguido al pie de la letra mis instrucciones. Me acerco a la cafetería, pido un café, medio bocadillo de jamón y queso y me siento. Dimitri es el primero que me ve. Me sonríe y levanta el dedo pulgar como signo de aprobación.

Esperamos dos horas en Madrid. En la espera abro RedPhone y llamo a Iskander. Tarda en responder, pero al final lo hace:

—Hola, amigo. ¿A qué hora llegan?

—Salimos a las nueve cincuenta y cinco. Estaremos en Estambul en cinco horas.

—Los esperaré en el aeropuerto. Necesito que me dé su apellido para ponerlo en un cartel en la salida.

—Mi apellido es Morín. Te lo enviaré por un mensaje. No te preocupes.

—De acuerdo. Ya tengo reservadas tres habitaciones individuales en un buen hotel, muy céntrico. También he alquilado un coche todo terreno, pero creo que deberíamos tener dos para tener las espaldas cubiertas. Nuestro amigo en común ya me ha dado las señas para ir a buscar los materiales que necesitamos para el trabajo. Como puedes comprobar, está todo listo.

—¿Hiciste el trabajo que te encargué?

—Sí, te daré los detalles cuando estemos en el hotel.

—Ok, Iskan. Nos vemos en cinco horas.

—Adiós y que Alá los proteja.

—Gracias.

Corto. Me quedo con su última frase: «Que Alá los proteja». Recuerdo que Turquía se ha vuelto un país peligroso. Los coches bomba estallan por doquier; cuando no son los kurdos, son los del Daesh, que ponen en jaque al gobierno de Erdogan, que no veía la forma de acabar con los ataques terroristas y que afectaba a su economía, que desangraba día a día su potente turismo, que en los últimos años había florecido mucho, pero que los terroristas destrozaban a base de dinamita.

Solo esperaba que la suerte nos acompañara. Los coches bomba eran una lotería porque podían estallar en cualquier sitio y sin previo aviso. Ese era el objetivo. Sembrar el pánico y que hubiera el mayor número de víctimas posible.

Llegamos al aeropuerto de Atatürk a la hora prevista: las tres de la tarde. Nos demoramos un poco porque a mí me hicieron abrir la maleta y me interrogaron sobre el motivo de mi viaje. Turismo, claro, ¿qué otra cosa íbamos a hacer en la preciosa ciudad de Estambul?

En la salida me encuentro con Iskander, que tiene un cartel con mi apellido. Es un tipo muy moreno, alto, calculo uno ochenta y cinco, y muy fuerte. Tiene un mostacho y una chiva recortada al estilo del ilustre Quevedo. Me acerco y lo saludo con una sonrisa.

—Buenos días, Iskander. Soy Saduj Morín.

—Hola, hola. ¿Qué tal fue el viaje?

Su inglés no es muy bueno, pero suficiente. Ya lo había comprobado cuando hablamos por teléfono, aunque tiene un acento árabe inconfundible.

—Perfecto. Ningún contratiempo. Esperamos al resto del equipo.

—Sí, claro. Tengo el coche en el aparcamiento y he reservado en el Hotel Sultania, un hotel pequeño, con pocas habitaciones, pero de mucha calidad. Muy céntrico y sobre todo discreto. Es lo que necesitamos. Además, me han hecho un buen precio. Hay que tener amigos hasta en el infierno.

—Sí, claro.

Dimitri y Sergei salen juntos. Levanto la mano para que me vean. Sergei, el expolicía, es el primero que me ve, le da un leve codazo a su compañero y se dirigen hasta donde estamos nosotros.

—Dimitri, este es Iskander, él prefiere que lo llamen Iskan.

El ruso le estrecha la mano con fuerza y lo saluda en inglés.

Termino con el ritual de las presentaciones e Iskander nos dice que lo sigamos.

Llegamos al *parking*. El turco saca el mando del todoterreno, un Volvo color negro de ocho plazas y con las lunas traseras tintadas.

Abro el maletero y metemos nuestras maletas. Una vez dentro del coche, Iskan lo pone en marcha y arranca.

Cuando estamos fuera del aeropuerto, el turco nos dice:

—Ayer estuve en la zona. Es un barrio que está a las afueras de Estambul. Está controlado por las mafias de proxenetas, que están muy arraigadas en Turquía y conviven con las mafias albanesas y rusas, que se pelean por un pastel muy codiciado. No he podido averiguar qué mafia tiene a la niña secuestrada. Espero que sea la turca, porque así tendré algo más de margen de maniobra. Si está en manos de los albaneses, será muy complicado porque son tipos que no tienen escrúpulos, unos hijos de puta. Los rusos también son muy peligrosos. No se andan con tonterías y solo les interesa ganar dinero. Es fundamental que tengamos en el equipo a dos rusos porque ellos respetan mucho a su gente. Si le hablas en su idioma, están dispuestos a dialogar.

—¿Nuestro amigo te informó sobre las armas? —le pregunto sin quitar la vista de la carretera.

—Sí, ya las tengo. Contactó conmigo. Tengo un piso franco que utilizo para este tipo de asuntos. Has hecho un buen trabajo con la elección de las armas cortas. No es recomendable ir por la ciudad con armas que sean muy ostentosas. Desde los atentados de los kurdos y del Daesh, los militares tienen carta blanca y no se paran un segundo a pensar. Disparan y después preguntan. Así está la situación. Respecto a la ropa, tengo un contacto que nos puede facilitar ropa oficial militar que nos puede dar cierta ventaja en caso de conflicto. Nuestro amigo nos facilitó cuatro chalecos antibalas de última generación. Espero que no sean necesarios, pero hay que estar prevenidos.

—¿Tienes algún plan en tu cabeza, amigo? —me pregunta Dimitri.

—No, todavía no, pero esta tarde nos pondremos a ello. Yo suelo actuar solo. Es la primera vez que lo hago con un comando. Reconozco que mi experiencia es limitada.

—Si quieres, me puedo hacer cargo. Sé lo que tenemos que hacer. Lo tengo en la cabeza —dice Dimitri, tocándose la sien derecha—. Aunque no tengo ningún problema si tú quieres llevar el peso del operativo.

Sí, él podría dirigir la operación. No tenía dudas. Es un tipo con mucha experiencia en el campo militar.

—Dimitri, me parece perfecto que tú te encargues. Eres el que tiene más experiencia en este tipo de actuaciones. La única condición que te pongo es que intentemos que haya cero bajas. Si es posible, claro.

—Eso será muy complicado. Tiros habrá seguro y las balas no tienen madre. Las mafias no dudarán en disparar si se sienten amenazadas y lo que vamos a hacer nosotros es un ataque en toda regla —argumenta Iskander con mucha razón.

—Tenemos que preparar un buen plan de ataque y un plan de escape seguros. Para ello, tenemos que actuar con mucha diligencia. En el plan de ataque está claro quiénes vamos a actuar, pero en el de escape vamos a necesitar a un buen conductor que conozca muy bien las calles de Estambul —dice Dimitri.

—Sí, Dimitri, tienes razón. Mi idea es ir esta tarde a hacer una inspección ocular para preparar ambos planes, ver el edificio en el que tienen retenida a la chica e intentar averiguar en qué piso está, incluso en qué habitación.

—No te preocupes por eso, el edificio lo tengo controlado. Está en el extrarradio de Estambul. Es un edificio viejo de cuatro pisos con cuatro viviendas por planta. Existe una sola entrada y está vigilada por dos hombres que están armados. Habría que actuar muy rápido para salir sin muchas dificultades, aunque mucho me temo que será muy complicado. El edificio, a primera vista, es una ratonera —dice Iskan.

—¿Hay edificios a los lados? —pregunta por primera vez Sergei.

—Sí, hay dos igual de viejos y de la misma altura. En esta ciudad no se deja un metro cuadrado ni para respirar.

—¿Quién controla esos edificios? —pregunta el ruso.

—No lo sé. Solo me concentré en la dirección que me dio Saduj, aunque me imagino que estarán controlados por las mafias.

—Sé por dónde va mi compañero Sergei. Hay que saber en manos de quién están esos edificios porque alguno de ellos se podría utilizar para entrar y salir. Nadie se espera que se ataque desde arriba y ganaríamos un tiempo que nos puede salvar la vida.

—Intentaremos averiguar esos detalles para plantear el plan de ataque —les digo dándole vueltas a un posible plan de ataque.

Iskander se detiene en un semáforo y dice:

—Yo puedo hacer ese trabajo. En un día o dos tendré la información. No te preocupes.

—Mejor un día, Iskander. Vamos contrarreloj.

—De acuerdo. Esta misma tarde me pongo a ello. No te preocupes. Ya estamos llegando. El hotel está en una zona peatonal. Les va a encantar. Es lo que ustedes necesitan.

El turco se detiene, habla en su idioma con un policía que está en la entrada de una de las calles peatonales. El policía le escucha asintiendo con la cabeza y lo deja pasar. Atravesamos la calle despacio hasta que veo el cartel del hotel labrado en madera. Iskan se detiene en la misma puerta. Nos bajamos y sacamos nuestras maletas. Miro hacia arriba. El hotel tiene tres plantas, combina el color ocre claro de la primera planta con el color rojo teja para la segunda y está rodeado por tres calles peatonales. Sin duda es un hotel muy tranquilo.

Entramos. En el suelo hay una gran alfombra roja que nos guía hasta la recepción, que es minimalista, pero al mismo tiempo espectacular, con una gran mesa redonda de color blanco. Nuestro amigo se dirige con seguridad hacia la recepción y saluda efusivamente al recepcionista. Están un minuto hablando en turco. Iskander nos pide los pasaportes. A continuación nos dan las llaves electrónicas de las habitaciones. También nos dice que tenemos el almuerzo preparado por si queremos comer. Le digo que sí, que algo habrá que comer y que nos veremos a las cinco en punto en mi estancia.

Subo a mi habitación y hago una inspección rápida. Estoy impresionado por su calidad; tienen cuidado hasta el último detalle, con un recipiente en forma de cúpula arábica con cinco bombones y un pergamino enrollado que te da la bienvenida. Entro en el baño, que está decorado con un mural que representa motivos turcos, con tres toallas de tres colores, blanco, azul celeste y amarillo, y un albornoz blanco con rayas azules en sus mangas colgado en una percha.

Salgo, me siento en la cama y cojo un bombón que tiene un sabor a dátil muy sutil que se mezcla con el chocolate. Hay hoteles cuyo único objetivo es que te sientas como un marajá y este es, sin duda, uno de ellos.

Cuando estás aquí, piensas que te quieres quedar para toda la vida. Iskander sabe lo que hace.

Pienso en Ana. Cojo el móvil y miro la hora. Las cuatro menos cuarto. La diferencia horaria con Canarias es de tres horas. Decido llamarla por el WhatsApp. Busco su contacto y la llamo. Responde al quinto tono.

—¿Saduj? ¡Hola! ¿Qué tal fue el viaje?

—Perfecto. Sin problemas. ¿Y tú qué tal?

—Bien, casi terminando de limpiar. He aprovechado que no estás para hacer limpieza general. ¿Ya estás instalado?

—Sí, en un hotel pequeño, pero que es una maravilla. Un lujo. Tenemos que venir a pasar unos días.

Está en silencio y luego responde.

—Tendré que esperar a ahorrar un poco. No me puedo permitir esos lujos.

—Si me sale bien este trabajo, te invitaré yo. No te preocupes por el dinero.

—No voy a rechazar esa invitación. Juntos lo pasamos muy bien, Saduj.

—Sí, sí, muy bien. Tenemos pendiente una cena.

—Ya lo sé. Cuando regreses, resolvemos esa cuestión. No lo dudes.

—Oye, tengo que dejarte. Aquí son casi las cuatro. No he probado bocado desde hace dos horas y me esperan para comer. Te llamaré en unos días, cuando termine el trabajo.

—Ok, amigo. Gracias por llamar.

—Adiós, Ana. Espero verte pronto.

Corto la llamada y pienso en ella. No terminamos muy bien, pero esto tienen las relaciones humanas, que por una razón o por otra se terminan complicando.

Entro en el cuarto de baño, me lavo las manos y bajo a comer. Son las cuatro de la tarde y me acompaña la llamada al rezo de una mezquita cercana.

12. LOS PREPARATIVOS DEL RESCATE

Después de un excelente almuerzo subo a la habitación. Me quedan veinte minutos que aprovecharé para echar una siesta porque necesito dormir un poco para desconectar y estar centrado en lo que tenemos por delante. La siesta tiene ese elemento reparador que me permite cargar las pilas y estar preparado para lo que me echen.

Me despierta un toque de la puerta. Me levanto y abro. Es Iskander, que es muy puntual.

Lo saludo y nos sentamos en un sillón que está junto a la ventana.

—¿Qué tal la habitación?

—Una maravilla. Todo un lujo. Tendré que volver, pero de vacaciones.

—Es un hotel pequeño, pero no tiene nada que envidiar a los grandes hoteles.

—Sí, nada que envidiar. Por cierto, tengo una parte de tu dinero. Hago gestiones para entregarte el resto antes de irnos. Si no fuera posible, buscaríamos la fórmula de hacerte llegar el dinero. No te preocupes.

—Para mí es vital el efectivo. El euro es una divisa muy apreciada en Turquía y tenerlos te garantiza un futuro mejor. Tengo mis contactos, que pagan muy bien el cambio. Esa es la única razón por la que he insistido tanto con ese detalle.

Cojo el móvil, le envío un mensaje a los rusos para que se vengan a la reunión y traigan parte del dinero de Iskan.

147

—No te preocupes. Te entiendo. Sin embargo, es mucho dinero para tenerlo en efectivo por ahí, rondando.

—Sí, sé que es mucho dinero. Lo tendré a buen recaudo por la cuenta que me trae.

—Perfecto. ¿Cómo ves el asunto, Iskan? ¿Complicado?

—Las mafias no se están con chiquitas, amigo. El negocio es muy grande como para estar con tonterías. Los proxenetas saben que el negocio de la prostitución deja mucho dinero y el de las niñas, más. Ese mercado va en un aumento y lo pagan a precio de oro. Hay hijos de puta que pagan una fortuna por estar con una niña que sea virgen.

Yo lo sabía. Muchos europeos se recorrían el mundo en busca de ese tipo de turismo, un turismo asqueroso, pero que daba grandes y rápidos beneficios y, detrás del beneficio, hay gente interesada y deja un reguero de muchas víctimas.

—Ya lo sé, Iskan. El dinero que mueven esas mafias es mucho y lo defenderán a muerte. Por esa razón debemos proceder con mucha cautela, intentar cogerlos con los pantalones en los tobillos y actuar muy rápido. Si no, lo vamos a pasar muy mal.

—Tenemos un buen equipo. Esos rusos parecen saber lo que tienen entre manos.

Dos toques en la puerta interrumpen nuestra conversación. Me levanto y abro.

Entran Dimitri y Sergei, que tiene que bajar la cabeza para poder entrar.

Les acerco unas sillas para que se sienten. Luego vuelvo a mi sitio y comienzo la reunión:

—Vamos a actuar en dos grupos para intentar saber con seguridad dónde está la niña. Cuando lo sepamos, montaremos el plan de rescate del que discutiremos los pros y los contras y, cuando esté cerrado, lo llevaremos a rajatabla. ¿Ok?

Asienten y continúo:

—Un primer grupo lo formarás tú, Dimitri, con Sergei. Irán al prostíbulo con la disculpa de pasarlo bien con algunas de las chicas. No necesito decirles cómo actuar. Quiero que se interesen por chicas jóvenes, pero que no se les note que están ansiosos. Y por supuesto ni se les ocurra tener sexo con niñas o adolescentes.

—Pero, si entramos, algo tenemos que hacer porque si no pueden sospechar.

—De acuerdo, si tienen que correrse una juerga, pues háganlo, pero no olviden que están trabajando. Su objetivo es hacer un reconocimiento del terreno, entradas, salidas, número de habitaciones, número de mafiosos, etc. Ustedes saben a qué me refiero. Cuando entremos, quiero que nos sepamos ese edificio como la palma de nuestra mano.

Los dos rusos asintieron y Dimitri dijo:

—No te preocupes, amigo. Sabemos lo que tenemos entre manos.

—El otro grupo estará formado por Iskan y por mí. Él se hará pasar por un turco que trae a un turista español con ganas de buscar niñas o adolescentes. Nuestro objetivo es averiguar dónde está la niña. Esperemos contar con algo de suerte.

—¿Qué hay de las armas, Iskan? —le pregunto al policía turco.

—Como ya le dije, están en el piso franco. Las iremos a buscar solo cuando vayamos a hacer la operación. No es conveniente ir con armas por las calles. Aunque las Glock que elegiste son perfectas para portarlas encima. Se pueden llevar en la cintura, pero es mejor quedarnos como estamos. También comprobé el estado del equipo de transmisión. Hay ocho audífonos con sus respectivas petacas. Todas funcionan a la perfección. También tengo los chalecos, que espero que no nos hagan falta, y he estado dándole vueltas al asunto del conductor. Tengo un compañero bastante joven, recién incorporado al cuerpo, que nos podría ayudar en esa cuestión. Conoce bien las calles porque antes había sido policía municipal. ¿Intento un contacto?

Está claro que necesitamos un conductor. Ese aspecto se me pasó por alto.

—Sí, inténtalo a ver por dónde te sale. Ofrécele tres mil por el trabajo.

—Mil euros estará bien. Solo será un día. Si lo necesitamos más, pues se le pagará más.

—Oka, pues que sean mil. ¿Algo más? ¿No? Pues toca descansar. Son las cinco y veinte. Cenaremos a las nueve y a las diez salimos para comenzar el preoperativo. Esto es todo.

Los dos rusos se despiden con un leve movimiento de cabeza. Yo agarro por el brazo al turco y lo retengo.

—Tengo que pagarte. Cierra la puerta.

Iskander cierra la puerta y me pregunta:

—¿Ellos saben de mi pago en efectivo?

—Sí, están al corriente, pero eso no tiene importancia. Ellos ya tienen parte de su dinero.

Abro la caja fuerte y saco el fajo de billetes de quinientos euros. Se lo entrego.

—Cuéntalo.

—No es necesario —me contesta y se mete el fajo en el bolsillo interior de su chaqueta.

—Una pregunta, ¿por qué no te quedas en este hotel con nosotros los días que dura el operativo?

—No es conveniente que me vean hospedándome en este hotel. Saben que un policía turco no tiene tanto dinero para permitirse este tipo de lujos y esa información llegaría mañana por la mañana a los oídos de mi jefe. No quiero problemas. Tú sabes que la discreción en estos casos es fundamental.

—Tienes toda la razón. ¿En qué estaría pensando? Es una pregunta estúpida.

—Además, tengo mujer e hijos. Mi mujer podría entender que esté fuera una noche, pero por más de una pondría el grito en el cielo. Las mujeres turcas son muy celosas de sus maridos y ahí tampoco quiero problemas. Quiero mucho a mi mujer y a mis hijos, y algún día quiero llevármelos de vacaciones a España. Sé que vives en las Islas Canarias. He buscado en Google y aquello es un paraíso.

—Sí, se vive bien en Canarias. Si vas, no te arrepentirás y cuenta conmigo cuando vayas. Te haré de guía turístico.

—¿Sí? Sería un honor, pero todavía queda mucho para eso. Mis hijos estudian y tengo a una en la universidad. Tendré que esperar algunos años, quizás cuando me jubile.

—Cuando sea, amigo, cuando sea. Vete a descansar. Nos vemos aquí para cenar.

—No, no, cenaré con los míos. La cena es el único momento en que estamos juntos. Si puedo, respeto esa regla.

—Pues a las diez.

—Hasta las diez.

El turco sale de mi habitación. Un tipo muy especial para ser policía. Solo piensa en el bienestar de su mujer y de sus hijos, y arriesga su vida y su carrera con ese único objetivo.

Me doy una ducha, me acuesto y pongo el despertador del teléfono a las veinte treinta. Me despierto y no sé dónde estoy, pero pronto me hago una composición de lugar. Hacía tiempo que no me despertaba sin saber dónde estoy. Me siento en la cama con la mirada fija en un diminuto haz de luz que entra por el quicio de la ventana y rompe en mil pedazos la oscuridad en que está sumida la habitación. Sí, estoy con la mente en blanco porque no pienso en nada, mi cabeza solo se preocupa del haz de luz que entra por la ventana. Solo de eso.

Enciendo la luz y recuerdo que quedarme ensimismado mirando la nada me pasa desde que era un niño. Cuando me levantaba para ir al colegio, me quedaba sentado en la silla, en calzoncillos, contemplando la nada, hasta que llegaba mi padre, me azuzaba con un leve toque en la coronilla y me decía: «Te van a comer las moscas». Entonces reaccionaba y me ponía en marcha.

Me visto con el segundo de los trajes que me he traído. Un traje de *sport* de color gris oscuro con corbata a juego y unas botas de vestir marrones de caña corta.

Bajo y me encuentro con Iskander. Los dos rusos todavía no han llegado.

Saludo al turco y le pregunto por los coches.

—Están aparcados en la calle paralela a esta. Nosotros iremos delante, que nuestros compañeros nos sigan muy de cerca. En Estambul es muy fácil perderse. El tráfico es un caos absoluto.

—Como en todas las grandes ciudades, amigo. Llegará un momento en que tengamos que decidir entre los coches o nosotros mismos.

—Sí, aquí seguro que nos decidiríamos por los coches. Nosotros no somos nadie sin nuestros vehículos. Así está esta maldita ciudad.

Me voy a la barra y pido un café solo. Iskan le dice algo en turco al camarero, me imagino que también pide uno. Le digo que carguen los cafés a la habitación ciento uno. El camarero se pierde en el interior y al poco regresa. Me sonríe y me dice que en cinco minutos estará el café. ¡Cinco minutos! Le digo que quiero un expreso, pero interviene Iskander y me dice:

—Ten paciencia, amigo, te preparan un café turco. Si no se pide de forma expresa, te lo hacen de máquina, porque el café turco lleva su trabajo. Hay que utilizar un grano especial de buena calidad, molerlo hasta hacerlo casi polvo; luego se mezcla con agua y se hierve tres veces, se deja reposar dos minutos y luego se sirve. Es muy laborioso, pero vale la pena. Si te gusta el café, este te encantará.

Veo que entran los rusos y Dimitri pide un chupito de vodka que se bebe de un trago y Sergei, un vaso de agua.

El camarero llega con los dos cafés. El aroma llega desde la puerta que da a la cocina.

—Huélelo, amigo, y déjalo reposar unos segundos.

Me lo acerco a la nariz y sí, tiene un olor diferente. Distinto, con un ligero olor a canela.

Después del debido reposo, le doy un pequeño sorbo. Este café es especial, distinto a los que había probado hasta el momento. Su sabor es tan intenso que despertaría a un muerto. Lo termino de saborear e Iskander, sonriendo, me pregunta:

—¿Qué te parece?

—El mejor café que he probado nunca. Rico, rico.

—El secreto está en su elaboración. Las tres ebulliciones le dan una textura única e intensifica su sabor. El café de primera calidad se funde con el agua. Alrededor de este tipo de preparación se socializa mucho, es una forma de fortalecer una amistad, una familia e incluso cerrar un negocio. Cuando invitas a un amigo a un café turco, es que es de verdadera confianza. Es un mensaje de compromiso, de decirle a tu acompañante que le ofreces lo mejor de ti.

Le doy vueltas a esas palabras: compromiso y amistad. Este turco cada hora que pasa me cae mejor.

—Gracias por ofrecerme este tipo de café.

—Gracias a ti por confiar en mí y en mi trabajo, pocas veces en la vida nos tropezamos con gente de honor y creo que tú eres una de esas personas, Saduj.

Los dos rusos nos miran extrañados, como si no comprendieran lo que pasa en aquel momento. Lo cierto es que Iskander parece un tipo también de honor, de los de la vieja escuela, de los que nunca te apuñalaría por la espalda, de esos que van de cara, sin ningún tipo de subterfugios.

Nos terminamos el café y le hablo a los rusos después de entregarles quinientos euros para los posibles gastos que puedan tener en el prostíbulo.

—Vamos a ir en dos coches diferentes. Nosotros iremos delante. Ustedes se bajarán primero. Nosotros esperaremos una media hora antes de entrar. ¿Tienen sus móviles?

—Sí, sí, los tenemos.

—Solo los utilizaremos en caso de necesidad y utilizando el RedPhone. ¿De acuerdo? ¿Alguna pregunta?

—No, ninguna —me responde Sergei.

—Pongámonos en marcha.

Iskander le entrega las llaves del coche a Dimitri y este se las entrega a Sergei. Salimos del hotel. La noche es más fría de lo habitual y me abrocho los botones de mi americana. Seguimos a paso ligero al turco, que nos guía con diligencia hacia el lugar en el que están los coches.

Estambul es distinto cuando oscurece, se transforma y se convierte en otra ciudad. Sus gentes salen a la calle en busca de los atractivos que esconden sus rincones.

En cierta forma me recuerda a Marrakech, esa ciudad marroquí que se desperezaba al caer el sol, cuando la penúltima llamada al rezo salía del minarete de la Mezquita Kutubía y los hombres y mujeres salían en dirección a la Plaza de Yamaa el Fna a disfrutar del espectáculo que les ofrecía la noche, que se llenaba de vendedores de todo lo que era susceptible de ser vendido.

Subimos al coche, Iskan lo pone en marcha y arranca en dirección al prostíbulo. Cuando llevamos algunos minutos en el coche, él me comenta:

—El prostíbulo está a las afueras de la ciudad, en el distrito de Bağcılar. Es un suburbio que está controlado por las mafias, pero es muy seguro. La Policía casi no interviene porque no suele haber muchos actos delictivos. Solo prostitución y tráfico de drogas. Ellos saben que, si sus clientes son asaltados en sus calles o en sus edificios, el negocio se les acaba de la noche a la mañana. Te puedes pasear por sus calles con tranquilidad. No te pasaría nada. Es más fácil que te asalten en el centro de Estambul que en sus calles. Ellos tienen sus leyes. Las conocen y las respetan y el que no, el que se las salta, sabe que tendrá que irse fuera del país porque si no aparecerá muerto de un tiro en la cabeza. Hoy no vamos a tener ningún tipo de problema mientras no levantemos sospechas.

—Lo que me preocupa es cómo vamos a averiguar el paradero de la niña. Tendremos que preguntar. Tengo una foto de ella en mi teléfono.

—Lo de preguntar es muy peligroso. A no ser que contemos con la suerte de cara y que nos muestren a un grupo de niñas y que esté entre ellas.

—Sé que es peligroso porque mostraremos nuestras cartas. Sin embargo, habrá que hacerlo si no queda otro remedio. No podemos irnos sin saber si la niña está en su poder y dónde.

Iskander se queda en silencio sin dejar de prestar atención al tráfico hasta que dejamos atrás el bullicio de los coches. Las luces nos abandonan y las calles se hacen cada vez más oscuras.

—Nadie dijo que iba a ser fácil. Esta situación es muy complicada y tenemos que actuar de manera rápida y segura. Lo principal es sacar a la niña de ese tugurio.

—Sí, eso es lo principal.

—¿Ya sabes a dónde la vas a llevar cuando la rescatemos? —me preguntó Iskander sin quitar la vista de la carretera.

—Al lugar más seguro al que se puede llevar a una española en Estambul.

—¿A la embajada?

—Sí, a la embajada. Allí tengo pensado dejarla cuando la rescatemos. Estará con nosotros solo el tiempo necesario, ni un minuto más ni un minuto menos.

—Es un buen plan. Sacar a una niña de Estambul por tu cuenta es casi imposible. Además, tendrías que dar explicaciones que nadie creería y te podrías pasar unos cuantos meses en la cárcel, por no decir años. La embajada sabrá qué hacer con ella y en unos días estará en casa con sus padres. Los gobiernos saben cómo llegar a este tipo de acuerdos. Muy bien pensado, amigo.

—Se me pasó por la cabeza sacarla por mi cuenta y riesgo. Tengo contactos suficientes para hacerlo. No sería muy complicado. En una semana tendría los pasaportes necesarios para sacarla del país sin problemas haciéndola pasar por mi hija. Sin embargo, sé que las mafias no se darán por vencidas. Nos buscarán por tierra mar y aire y no quiero poner la vida de la niña en peligro. La salida de la embajada es la que más garantías me da sobre el papel y así lo haré.

Recorrimos los últimos kilómetros oyendo música turca en una emisora de radio que debía de ser la preferida de Iskander, quien acompañaba el ritmo de la música con los repiqueteos de sus dedos pulgar y meñique.

—Ya hemos llegado —dijo aparcando en un hueco en el que cabían los dos todoterrenos—. Es aquel, en el que hay un cartel luminoso rojo que dice Show Woman and Girls.

Al poco el otro coche aparcó detrás del nuestro. Iskander y yo nos bajamos y nos dirigimos hacia donde estaban los rusos.

—El local es aquel, el del letrero rojo. Se pueden acercar en coche y aparcar donde encuentren sitio. Nosotros dejaremos el coche aquí e iremos caminando. Esperaremos un poco para hacer algo de tiempo. No olviden a lo que van. Abran bien los ojos. Si hay alguna novedad, nos llamaremos; en caso contrario, nos veremos a las doce de esta noche en mi habitación. ¿De acuerdo?

—Todo claro, jefe. Estaremos allí a la hora prevista y te daré un informe completo —dijo Dimitri.

Dimitri y Sergei arrancaron y vimos cómo aparcaron cerca del puticlub. Nosotros esperamos un tiempo prudencial y nos acercamos despacio a la entrada en la que había dos tipos con cara de pocos amigos.

Iskander habla en turco. Unos de los tipos, el más alto y fuerte, no deja de mirarme como si tuviera un escáner y buscara algo oculto dentro de mí.

Nos abren el paso. Lo primero que percibo es un olor extraño que no identifico. Una mezcla a humedad y orines. No me gusta nada. Subimos por unas escaleras estrechas y mal iluminadas. Llegamos a lo que parece el primer piso y allí nos encontramos con un tipo rubio platino con una chaqueta negra tres cuartos y una cicatriz en la cara que le recorre la mandíbula derecha. Todavía se le aprecian los puntos de sutura. Debe de ser reciente. Mi compañero se acerca y vuelve hablar en turco. El tipo suelta un taco en un idioma que deduzco que mi amigo no entiende ni yo tampoco. Vuelve a gritar y aparece un adolescente enjuto como un cinturón, sin camisa y con un vaquero mal cortado que no le pasa de las rodillas. Se acerca a nosotros y se dirige a Iskan con una sonrisa que le llega de oreja a oreja. Hablan entre ellos y, después de un minuto de conversación, lo seguimos por un pasillo en el que hay habitaciones cerradas a cada lado. Pienso que este edificio debió de ser un hotel o algo parecido. La distribución de las habitaciones y los signos que veo a cada lado así me lo confirman: luces de emergencia, mangueras de extinción de incendios y algún que otro extintor colgado en la pared. Nos detenemos y el chico nos invita a entrar en una de las habitaciones. Entramos.

La habitación está iluminada, pero con una luz amarilla mortecina que pareciera que en cualquier momento nos dejará a oscuras. Echo un vistazo a mi alrededor y compruebo que hay una cama de matrimonio inmensa, dos ventanas que dan a la calle y un cuarto de baño que huele a mil demonios. Está claro que los proxenetas no se preocupan por la atención al cliente. Les da igual, a ellos solo les preocupa la carne y el dinero fresco.

—No me he enterado de nada de lo que has hablado desde que hemos subido.

—Solo les he dicho lo que queremos. Dentro de poco nos traerán lo que hemos pedido. Les dije que quieres ver chicas jóvenes y, si puede ser, europeas. El joven me dijo que tienen dos o tres chicas que podrían gustarnos y que ahora nos las traen.

El corazón me va a mil por hora. Estamos en la boca del lobo y sin ningún tipo de ayuda externa.

—No te preocupes, Saduj. Estos tipos van a lo que van. Si no ven peligrar su negocio, no moverán un dedo. Así que relájate porque relajados pensamos mejor. Respira, amigo, está controlado.

—¿Tú crees que habrá alguna cámara? No me extrañaría que la hubiese. Estos hijos de puta son capaces de vender las imágenes al mejor postor.

—No había pensado en eso. Haré una inspección rápida para ver qué encuentro.

Hacemos la inspección y no encontramos nada. Ni rastro de cámara.

El chico aparece con una cámara en la mano y una tarjeta SD y detrás tres niñas asustadas. Habla con Iskander. Este niega con la cabeza y el chico hace pasar a las tres niñas. Sé para qué nos trae la cámara y la tarjeta SD. Estos cabrones saben cómo satisfacer los deseos más asquerosos y perversos de sus clientes.

Reconozco a Paula Zurita, que me mira asustada, como si supiese lo que le va a pasar, con el temor metido hasta el tuétano.

El adolescente turco las pone en fila delante de mí y sonríe. Las chicas no deben de sobrepasar los trece años. Están aterrorizadas. Huelo el miedo desde aquí. Solo pienso en los hijos de la gran puta que pagan por irse a la cama con estas niñas. Aprieto los dientes para contener a la fiera que llevo dentro, que quiere salir y no dejar títere con cabeza. Sin embargo, esta no es la misión, no. Ya habrá tiempo de hacer justicia; sí, ya habrá tiempo. Respiro e intento sonreír.

Una morena y dos rubias. Me levanto para hacer algo de teatro, como si fuera un comprador de esclavos. Examino a la primera chica, luego a Paula, que está en el centro. Intento levantarle la cabeza, pero se resiste y recibe un pequeño golpe del adolescente turco, que dice algo que no llego a entender. La miro a los ojos. Son de un verde claro precioso y están llenos de lágrimas. Ella me mira y luego desvía la mirada. Finalizo mi inspección con la última niña. Cojo de la mano a

Paula y la saco de la fila. Me mira suplicante, se resiste, agacha la cabeza y da un paso adelante.

El pequeño turco saca de la habitación a las dos niñas. Iskander me mira, le hago un gesto con la cabeza, me dice que me espera fuera y cierra la puerta.

—Hola, Paula, no tengas miedo.

—¿Habla español? ¿Es usted español? ¿Cómo sabe mi nombre? Aquí nadie sabe mi nombre —me dice casi gritando.

—No levantes la voz. Me llamo Saduj y he venido a rescatarte.

—¿A rescatarme? ¿Cómo? ¿Cuándo? —habla con sollozos y ya no puede contener las lágrimas.

Me acerco a ella y la cojo por los hombros.

—Necesito que te calmes, Paula. Cálmate, ¿vale? Lo importante es que estás viva. Necesito que resistas un poquito más. No puedo sacarte de aquí, pero antes del amanecer vendremos a buscarte y te llevaremos con nosotros.

Me agarra por las manos, aprieta con tanta fuerza que me hace daño y me dice:

—No, quiero irme. No puedo estar ni un segundo más aquí. ¿Lo comprende? Estos hombres me hacen cosas horribles. Tiene que sacarme de aquí. No lo podré soportar.

—Ya lo sé, pero tenemos un plan y no podemos llevarlo a cabo hasta mañana al amanecer. ¿Lo comprendes? Necesito que resistas unas horas más, que seas más valiente de lo que has sido hasta ahora. En este momento no podemos hacerlo, Paula. Es muy peligroso y no saldríamos con vida de aquí. Lo importante es sacarte viva. ¿Comprendes?

Se queda callada y no contesta. Parece que analizara cada uno de los elementos que tiene ante sí. Se recompone. Se seca las lágrimas y me dice:

—Vale, resistiré. ¿Mis padres saben que estoy viva?

—Sí, lo saben. Ellos me han contratado para sacarte de aquí.

—¿Puedo hablar con ellos? Hace mucho tiempo que no oigo la voz de mis padres. Por favor, déjeme hablar con ellos —me ruega suplicándome.

No me gustan este tipo de situaciones porque las expectativas podrían subir como la espuma. La situación es muy peligrosa y no está resuelta. Hemos dado un paso significativo, pero no hemos resuelto el caso. Estará resuelto cuando Paula esté sana y salva con sus padres. Sin embargo, voy a saltarme mis propias reglas, espero no tener que arrepentirme.

Miro a Paula. Saco mi teléfono, busco el nombre de Zurita y lo llamo. Me contesta al segundo tono.

—Señor Zurita, no suelo hacer esto, pero la situación es la que es.

—¿Qué pasa? ¿Ha encontrado a mi hija?

—Sí, está aquí conmigo.

—¿Qué me dice? ¿Sí? ¡Gracias a Dios!

—Escúcheme, señor Zurita. No tenemos mucho tiempo. No suelo hacer este tipo de cosas, pero la situación no está resuelta del todo. Lo he llamado porque su hija me ha rogado que la deje hablar con usted. ¿Entiende lo que le he dicho? Le repito que el asunto no está resuelto. No hable con nadie hasta que yo lo vuelva a llamar. ¿Entiende?

—Sí, lo entiendo, pero qué quiere decir que no está resuelta.

—Que Paula todavía está en peligro. Solo lo he llamado para que hable con ella, pero todavía no hemos concluido la operación. No quiero entrar en detalles.

Nos quedamos en silencio. Le doy el teléfono a la niña. Se sienta en el suelo y comienza a hablar. Miro el reloj y los dejo.

Pasan cinco minutos. Me agacho y con un gesto le pido el teléfono a Paula. Me mira como si estuviera pidiéndole que se tire al abismo más profundo y oscuro del mundo, del que no sabe si alguna vez saldrá. Dice adiós, papá y me entrega el teléfono.

—Señor Zurita, no olvide que seguimos con la operación. No hable con nadie de esto. ¿De acuerdo?

—Sí, sí, no se preocupe y gracias, no sabe la alegría que me ha dado hoy, Saduj. Solo le pido que me la traiga sana y salva.

—No se preocupe, vamos a hacer lo posible por cumplir con el compromiso.

—Gracias, Saduj, muchas gracias.

Corto la llamada. Levanto a Paula del suelo, le digo que se siente en la cama y me siento a su lado.

—¿Cuánto tiempo tengo que estar aquí? —le pregunto mirando nuestro reflejo en el espejo sucio que hay delante de nosotros.

—No lo sé. Nunca me preocupo por eso. Solo pienso en que acabe lo más pronto posible. El pequeño turco es el que nos avisa que el tiempo ha acabado.

—¿Cuántas chicas hay, Paula?

—De mi edad somos tres, pero somos muchas más. Yo he contado hasta veinte de casi todas las edades. Incluso hay niñas de corta edad. Esto es un infierno.

—¿Has podido contar cuántos guardianes hay?

—Son siete u ocho. El que manda es Caraquemada. Un tipo muy feo con media cara quemada. Es un monstruo sin escrúpulos. Le he visto matar a un hombre sin pensarlo de un tiro en la cabeza, pero a nosotras nos cuida más o menos bien, nos da de comer tres veces al día y no permite que nadie nos golpee más de lo debido. Él dice que hay que cuidar la mercancía.

—¿Sabes de qué país proceden?

—Son albanos kosovares. Lo sé porque, cuando se emborrachan, no paran de hablar de la guerra de Kosovo. Se vuelven locos. Caracortada me cuenta sus batallitas en inglés, lo habla perfectamente.

—¿Recuerdas cómo fue el secuestro?

Se queda en silencio. Quizás no tenga ganas de hablar del asunto.

—¿Por qué quiere saberlo?

Sonrío. A mí tampoco me gustaría hablar sobre ello. Olvidar y enterrar esos recuerdos.

—Es solo curiosidad profesional, pero si no quieres hablar, no importa.

—Solo recuerdo que vinieron a por mí, me cogieron, me metieron en un coche, me pincharon en este brazo y cuando desperté ya estaba aquí.

—¿Estabas sola?

—No, estaba con tres amigas de mi misma edad. Nos habíamos alejado del grupo, estábamos al final de Las Ramblas viendo a un mimo callejero. Cuando quise darme cuenta, estaba dentro del coche.

—¿Has averiguado por qué te secuestraron a ti sola? ¿Te han dicho algo sobre eso?

—No. Caraquemada dice que soy muy guapa. Una mujer en el cuerpo de una niña. Esa es la razón, la única razón por la que estoy aquí. Los hombres, esos pervertidos, me lo dicen siempre, cuando me tocan y me hacen todas esas cosas de las que no quiero hablar. Lo supe desde el primer día que puse los pies en este edificio. No querían el dinero de mi padre, me querían a mí.

Tocan en la puerta.

—Métete en el baño, Paula y no olvides que vendremos a por ti antes del amanecer.

Me mira con tristeza, pero ya no llora.

—Gracias, señor, por lo que hace por mí y por mi familia. Le esperaré.

Se levanta como si llevara el mundo a sus espaldas, se introduce en el baño y cierra la puerta. Me quito los pantalones y los pongo encima de la cama. Entra el joven turco que con el pulgar de su mano izquierda hacia arriba y con una amplia sonrisa me dice:

—*Is the best.*

Yo le contesto con el mismo gesto y con una leve sonrisa mientras me pongo los pantalones.

Salgo con la triste sensación de abandonar a su suerte a Paula, pero el plan tiene que seguir su curso. Así está establecido, no me gusta salirme de los planes y menos improvisar, aunque en este trabajo tienes que estar preparado para todo.

Iskander me espera fuera y me dice que ha arreglado el pago. Antes de salir, el Caracortada me pregunta si me ha gustado. Fuerzo una gran sonrisa, le digo que sí, que he salido muy satisfecho y que volveré un día de estos.

Bajamos las escaleras despacio. No puedo quitarme de la cabeza la imagen de Paula, el terror que le brotaba de sus poros y aquella mirada de una esperanza rota en mil pedazos. No, nadie debería pasar por esto y menos los niños que comprueban que el infierno del que tanto les han hablado existe y que no es un monstruo rojo con rabo, cuernos y patas de carnero, sino que está en el corazón de algunos hombres y de algunas mujeres que no dudan en convertirse en demonios para satisfacer sus más bajos impulsos ¡Malditos sean! ¡Malditos mil y una veces!

Me subo al coche y, cuando el turco arranca, le digo:

—Pondremos el plan esta madrugada, antes del amanecer.

—Pero no tenemos toda la información necesaria.

—Ya lo sé, pero no quiero dejar ni un minuto más a la chica en ese infierno. No, Iskander. Tú no viste su mirada, está aterrorizada. Tenemos que sacarla de ahí.

El policía turco guarda silencio y luego me dice:

—Sé de qué me hablas. Conozco esa mirada. Y sé que sabes que una de mis hijas fue secuestrada. Estuvo cinco días en manos de unos malnacidos que solo querían darme una lección por un asunto policial. Cuando la dejaron en libertad, temblaba como un perro que habían apaleado y abandonado. Nunca se me olvidará esa imagen, amigo. Sin embargo, tenemos que ser prudentes. Ese es un nido de ratas que no dudarán ni un segundo en usar sus armas para acabar con nosotros o con quien se les ponga delante.

—Lo sé, sé que es muy arriesgado, pero tenemos que hacerlo. Tenemos que actuar antes de que amanezca.

—Escúchame, en un momento como este hay que tener la cabeza fría. Vamos a esperar a los rusos a ver qué nos dicen. Después tomaremos una decisión. Ten en cuenta que no solo está en juego la vida de esa niña, también está en juego la nuestra. La seguridad es capital en este tipo de operaciones. Tú lo sabes muy bien.

No le faltaba razón a Iskander. Tenía que tranquilizarme. Había salido de aquella habitación con las pulsaciones a mil por hora y con ganas de empezar a pegar tiros a diestro y siniestro. Sí, tenía que recobrar la senda de la lógica y de la prudencia, y ambas me decían que teníamos que atenernos al plan que habíamos planteado.

—Además, ten en cuenta que a la niña no se la van a llevar de ahí. Podemos preparar el plan con tranquilidad. Incluso podemos volver mañana a la misma hora, tú como cliente satisfecho, pero esta vez con un plan bajo el brazo.

—Tienes razón, Iskander. No podemos precipitarnos. No obstante, me gustaría saber la opinión de Dimitri y Sergei. Según me dijo la niña, son siete u ocho hombres. Si esa información es cierta, no tendremos problemas para entrar y salir sin mucha dificultad. Los podemos dejar fuera de juego a la primera de cambio.

—Sobre el papel parece fácil, pero tú sabes que el papel lo aguanta todo. Hay que estar sobre el terreno. Eso es la única información que nos vale.

—Sí, así es. Vamos a esperar a los rusos y con la información que nos traigan tomaremos una decisión.

En el trayecto no dejo de darle vueltas a las palabras que me dijo Paula sobre su secuestro. Que fueron a por ella sin mediar palabra, que sabían a lo que iban porque tenían claro lo que buscaban.

Sin embargo, ese tema ya es agua pasada. Tenemos que concentrarnos en sacarla de ese infierno. Eso es lo único que importa.

13. EL RESCATE

Al llegar a mi habitación me doy una ducha. El agua tiene esa propiedad oculta de llevarse por el sumidero algunas de las preocupaciones. Después de un buen baño, ves el mundo de otra manera.

Los rusos son los primeros en llegar. Todavía falta Iskander, que quería pasar por su casa para decirle a su mujer que quizás esta noche la pasaría fuera por cuestiones del trabajo.

Dimitri se sienta junto a mí, mientras que Sergei se sienta en la cama. Les cuento que la niña está sana y salva, que la he visto y que he hablado con ella. Luego le pregunto a Dimitri cómo fue la operación de análisis del terreno.

—Bien, pudimos contar a ocho hombres. Dos en la entrada y uno en cada piso del edificio. Después está el que lleva el cotarro, que está acompañado por una especie de guardaespaldas. Con el de la cara quemada hicimos buenas migas al saber que éramos rusos. Después de pagarle, nos invitó a unos tragos de vodka y nos dijo que volviésemos cuando quisiéramos, que seríamos bienvenidos. Son albanokosovares y huyeron de Kosovo después de la guerra.

Lo interrumpen tres toques en la puerta. Me levanto y abro. Es Iskander, que me saluda con media sonrisa. Entra, cierra y se queda de pie frente a Dimitri.

—Cuando salí de allí, le planteé a Iskander la posibilidad de poner en marcha la operación antes del amanecer. ¿Qué me dices? ¿Es posible?

—Posible es, pero no fácil. Estos tipos parecen tener experiencia militar, como la mayoría de los albanokosovares de su

edad. Ellos han vivido la guerra en su propia carne y tendríamos que enfrentarnos cuerpo a cuerpo. Estoy seguro de
que tendríamos alguna baja. Contaríamos con el factor sorpresa, pero muy limitado, en el que podríamos eliminar como
mucho de uno a tres hombres y aun así no tendríamos a la
niña con nosotros. Para salir tendríamos que eliminar al resto.
Visto esto, se me antoja muy complicado actuar de esta forma y no nos garantizaría el éxito.

—¿Qué es lo que planteas, Dimitri?

—Volver mañana, pero un poco más tarde y armados hasta los dientes. Estaremos dentro sin disparar un solo tiro. Podemos tener a la chica en nuestro poder sin ningún tipo de
problema y aquí sí tendremos el factor sorpresa de nuestra
parte. Podremos eliminar a nuestros enemigos poco a poco
incluso sin usar nuestras armas. Los cogeremos desprevenidos. Seremos un caballo de Troya.

El ruso tiene razón. Su plan es inmejorable, mejor que entrar dando tiros. Sé que la situación de la niña me ha afectado
y ese tipo de sentimientos son peligrosos para el negocio
porque te llevan a actuar sin pensar y sin control.

—El amigo Dimitri tiene toda la razón, Saduj. Su planteamiento es inapelable —dice Iskander.

—¿Tú qué piensas, Sergei? —le pregunto al otro ruso.

—Estoy con Dimitri. No podemos desaprovechar la oportunidad de entrar por las buenas y sabiendo que podemos
rescatar a nuestro objetivo sin disparar una bala. Salir de allí
sin tener ninguna baja es muy importante. Tú mismo lo has
dicho.

—Está claro. Lo haremos como plantea Dimitri. Actuaremos mañana por la noche y lo haremos igual que hoy. Iremos

en un solo coche que podría conducir el amigo de Iskander. ¿Has hablado con él?

—Sí, hará el trabajo. Es un buen tipo y un magnífico conductor.

—De acuerdo. Cuando estemos en el lugar, primero entrarán ustedes y luego nosotros. Cuando yo esté en la habitación esperando por el objetivo, les indicaré en qué piso estamos. No sabemos si vamos a estar en la misma habitación que hoy. Desde que tenga a la chica, les daré el aviso y nos pondremos en marcha. Ni Iskander ni yo daremos un paso hasta que ustedes nos vengan a buscar. Dimitri y Sergei irán delante e Iskander, detrás. Yo protegeré a la chica. Bajaremos y saldremos por donde hemos entrado. No hace falta que les diga que hay que dejar fuera de combate a cualquier posible enemigo y usaremos las armas solo en caso necesario. Recuerden que contamos con el factor sorpresa y hay que aprovecharlo al máximo. Ellos no se esperan un ataque como el que vamos a dar mañana. ¿Alguna pregunta?

—Ninguna —respondió Sergei.

—Pues vámonos a descansar, amigos. Mañana nos espera un día duro —les digo después de levantarme.

Me quedo solo en la habitación, me acuesto y apago la luz. Intento dormir, pero no lo consigo, no logro quitarme de la cabeza la imagen de Paula. Si por mí hubiera sido, habría ido esta madrugada a rescatarla para salvarla y sacarla del infierno en el que está metida. Eso me dice el corazón. Sin embargo, en estos casos hay que tener los pies en el suelo y dejarse aconsejar por los expertos. Dimitri sabe muy bien lo que dice y por qué lo dice. Hay que saber atacar al enemigo y más si estos son de armas tomar. Los albanokosovares no son las hermanitas de la caridad. Estos no dudarán en pegarte un tiro en la cabeza sin pensarlo un milisegundo. Estos tipos no piensan; disparan y luego preguntan. Me gustó lo del caballo de Troya, sí, me gustó mucho. En este caso, el factor sorpresa será fundamental.

Me despierta el teléfono. Es Mario Zurita.

—Le dije que no me llamara, Mario. Cuando el asunto esté resuelto, no dude que lo llamaré. Buenos días.

—Pero es que quiero saber...

—Espere mi llamada, buenos días —le digo y corto la llamada.

Son las diez de la mañana. Llamo a Iskander y me dice que está en la cafetería tomándose un café.

Me ducho, bajo a desayunar y lo veo en la barra. Observo que tiene una bolsa deportiva entre los pies. Supongo que es el material que vamos a utilizar esta noche. Me acerco, me siento al lado de mi amigo y le pido al camarero un café al estilo turco. Me sonríe, me dice que es el mejor café del mundo y no se lo pongo en duda.

Iskander me saluda y me dice:

—He traído el material para tenerlo preparado para esta noche. También logré cerrar el trato con mi amigo. Se llama Onur. Vendrá esta noche a las nueve. Ya le he dicho en qué consiste su trabajo. Está encantado y más con lo que le vamos a pagar. Le vendrá bien ese dinero.

—Lo que me interesa es que sea discreto, Iskander. Tú respondes por él. Eso es lo que me importa. Hay mucho en juego, ¿lo sabes, verdad?

—Sí, por supuesto que lo sé. No te preocupes, es un hombre de confianza. Si no fuera así, no hubiera contactado con él.

—No le digas nada más de lo que tenga que saber. ¿De acuerdo?

—Eso he hecho. Sé lo que tenemos entre manos y sé que la información se tiene que quedar entre nosotros.

—Toma la llave de la habitación. Sube y deja la bolsa. No quiero que esté por aquí. Voy a comer algo.

Le doy la tarjeta que abre la puerta, me llevo conmigo el café al estilo turco y me dirijo al bufé.

Los rusos desayunan y comen como cosacos, como si no hubiera un mañana. Me siento con ellos y me tomo mi café. Tengo que aprender cómo hacerlo porque me encanta este sabor. Sí, me estoy convirtiendo en un sibarita del café y también de la buena comida, más que de la buena comida, de los sabores. Porque ya no busco cantidad, ni siquiera calidad, busco esos sabores que están por descubrir, que podrían estar tanto en una mesa de cuatrocientos euros el cubierto como en un bochinche de seis euros el menú con postre y bebida incluidos. Los sabores, ahí está la cuestión. No, nada más allá, solo el disfrute del sabor que te lleva hasta lugares en los que jamás has estado. Te conviertes en un explorador que solo tiene una brújula sin ningún lugar predeterminado al que llegar; solo hay un objetivo que tienes que conseguir en tu camino y no es otro que encontrar nuevos sabores que llevarte a la boca.

El bufé es sencillo, pero no falta de nada para ser un desayuno completo y los rusos dan debida cuenta de ello.

Yo voy a lo seguro: a mi yogur natural con *muesli*, a mi zumo de naranja natural, a mi bocadillo de jamón con queso. Ya veré si me salgo de la recta y me como un bollo o un trozo de queque.

Les digo a los rusos que tienen la mañana libre, pero que a las siete quiero tener una reunión para terminar de coordinar la operación de esta noche.

Termino el desayuno y vuelvo a la recepción. Iskander espera, se acerca y me dice:

—¿Tenemos la mañana libre? Si es así, te puedo hacer de guía turístico. ¿Qué te parece? Estambul es una ciudad preciosa y sería imperdonable que no quisieras verla con tranquilidad. Tenemos tiempo.

—Me parece una buena idea, aunque no sé si Dimitri y Sergei querrán. Sé que Dimitri conoce muy bien esta ciudad.

—Ya hablé con ellos y me dijeron que les apetecía ir por su cuenta a dar un paseo. Dimitri me comentó que quería visitar a un antiguo amigo ruso que vive por aquí. Por esa razón no insistí.

—Es verdad. Dame diez minutos y vamos a disfrutar de tu hermosa ciudad.

Salimos del hotel a las once y media. Tenemos poco tiempo, pero el suficiente para ver los principales monumentos de la ciudad. Ya vendré con más tiempo y pienso en Ana. Me gustaría venir con ella. Tengo la tentación de llamarla, pero lo dejo estar. Ya habrá tiempo de tener una buena conversación acompañados de un buen vino y de una buena cena.

El amigo Iskander resulta ser un gran guía turístico con casi una bula papal porque no hacemos cola en ningún lugar, y eso que son grandes en los lugares que están llenos de turistas, aunque mi compañero me dice que desde los últimos atentados el turismo ha bajado mucho. Los turistas aprecian mucho la seguridad, pagan por ella y es casi imposible ofre-cerles esa seguridad cuando hay cuatro locos dispuestos a inmolarse en nombre de Alá o en el nombre del PKK. Nunca sabes dónde pondrán el siguiente coche bomba.

Lo primero que visitamos es Santa Sofía y me impresiona la belleza de esta basílica, casi sin palabras. El hombre ha hecho muchas maravillas y esta es una de ellas.

Después me lleva a la Mezquita Azul. Me sobrecoge el si-lencio de este edificio único en el mundo, un templo diseñado para el rezo. Desde el momento que entras, lo comprendes. Su majestuosidad me deja sin aliento.

Finalizamos el recorrido turístico en el Palacio de Topkapi y compruebo lo grande que fue el imperio otomano. Esta es una muestra de su grandeza, que perdura en estos muros que se levantan delante del Bósforo.

A eso de las dos, Iskander me dice que es hora de comer. Me habla de un buen restaurante que está dentro del palacio, el Konyali. Después de una breve conversación con el *maître*, mi amigo consigue una mesa con vistas al Bósforo. No sé qué le prometió, porque nos saltamos una cola de un par de horas, pero lo cierto es que nos sentamos en una de las mejo-res mesas.

Mi amigo se encarga de pedir la comida y lo hace sin mi-rar la carta. Sabe lo que tiene entre manos. Yo me dejo llevar por los gustos del turco y salgo más que sorprendido porque la comida es excelente.

Regresamos al hotel rozando las cuatro de la tarde. Me despido de Iskander, subo a mi habitación, me doy una ducha y me acuesto.

Me despierto a las seis y media. He dormido casi dos horas, me siento lleno de energía y preparado para pasar a la acción.

En la reunión ponemos sobre la mesa cómo va a ser el operativo y cómo vamos a actuar en cada momento. Nos repartimos el equipo de comunicación y comprobamos que, a una distancia de casi quinientos metros, funciona a la perfección. Reparto las Glock y los cargadores. Suficiente para y defendernos con garantías de un ataque por parte de los albanokosovares.

Nos ponemos en marcha a las nueve en punto. Iskander nos presenta a Onur, un turco muy moreno, tanto, que parecía mulato, con un bigote fino y una mueca en su cara que parecía que estaba sonriendo.

Llegamos a nuestro destino. Los rusos se bajan primero. Cuando están en el hotel, volvemos a comprobar las comunicaciones. Se oye alto y claro. Dimitri, que está dentro de la habitación, me dice que están los mismos matones que la noche pasada, que están contentos de que hayan vuelto a por sus chicas y que son unos buenos clientes.

Iskander y yo salimos. Esta vez no nos paran en la entrada y subimos al primer piso. Allí está el de la Caracortada esperándonos y sonríe al vernos porque sabe que traemos dinero fresco. Iskander toma la palabra. Después de unos segundos, me mira muy serio, se me acerca y me dice al oído:

—La chica no está. La han trasladado.

Respiro hondo. Tengo ganas de sacar mi Glock y sacarle a culatazos dónde está Paula, pero sé que ese no es el camino.

Me acerco al matón, le digo que solo he venido por la niña rubia y le preguntó cuándo volverá.

El Caracortada se me acerca tanto que percibo su olor a sudor y a alcohol, y me dice en un inglés con mucho acento que todas las niñas son iguales y más para cabrones como yo.

Iskander interviene y se coloca entre los dos. Le dice algo al proxeneta en turco y este le contesta negando con la cabeza. Mi amigo me mira y me dice que nos vayamos, que aquí ya no hacemos nada.

Me quedo quieto pensando en Paula y en que le he fallado. Tenía que haberla sacado de allí la pasada madrugada.

El Caracortada se me acerca. Me dice con una sonrisa y en su inglés mecánico que soy un buen cliente y que hay otras chicas. Sí que las hay. El negocio es el negocio.

Mi compañero me coge del brazo y me saca de allí. Salimos del burdel despacio y nos dirigimos al coche. Una vez dentro, me comunico con Dimitri. Le digo que abortamos la operación, que el objetivo no está en el edificio, que nos vamos al hotel y que en una hora Onur vendrá a recogerlos.

Onur se pone en marcha. Iskander me mira con cara de pocos amigos y me dice:

—Sabes que era imposible saber que iban a trasladar a la chica. El operativo era perfecto para su rescate.

—Claro que sé que era perfecto y sé que, si la niña hubiera estado en el edificio, no había mejor plan que el que habíamos puesto sobre la mesa. Eso lo sé, Iskander, pero lo cierto es que estamos peor que antes porque no tenemos ni idea de dónde está Paula y que, si hubiéramos actuado ayer, la niña estaría con nosotros.

—Tú mejor que nadie sabes que en este tipo de operativos hay elementos que no podemos controlar porque es imposible. Es cierto que estamos peor que hace unos días, pero tú eres un profesional y sabrás buscar la solución. Si la encontraste una vez, la volverás a encontrar. Entonces actuaremos y la rescataremos.

—No tenemos tanto tiempo. Encontrarla no fue una tarea fácil y volver a hacerlo nos llevaría una o dos semanas o incluso meses. No sé qué ha pasado. No sé por qué la han trasladado. No lo entiendo. Algo ha tenido que pasar. ¡Maldita sea!

—No le des más vueltas al asunto, Saduj. Si tus contactos no dan con ella en cuarenta y ocho horas, buscaremos una solución rápida.

—No tenemos tanto tiempo. No quiero esperar, quiero actuar ya. Esa niña no puede estar ni un día más en manos de esos hijos de puta. ¡Ni un día más!

—De acuerdo. Esperemos a los rusos y discutiremos cuál es la mejor solución.

—Sí, eso haremos. Estamos aquí para buscar soluciones.

Llegamos al hotel y salgo abatido. Le digo a Iskander que se vaya para su casa, que se dé una ducha y que regrese en dos horas.

Ya en mi habitación, me siento en la cama e intento comprender qué ha pasado, pero sé que se me escapan muchos elementos y alguna que otra información de la que no dispongo. Tengo que pensar rápido porque Paula no puede esperar.

Enciendo mi portátil y, mientras arranca, recibo una llamada de Mario Zurita. Permanezco unos instantes mirando mi teléfono, pensando si debo contestar. Al final decido hacerlo.

—¿Alguna novedad, Saduj? ¿Por qué no me ha llamado? ¿No debería estar mi hija con usted?

—Ese era el plan, Mario. Ese era el plan, pero se ha jodido porque su hija ya no está donde estaba. La han trasladado.

—No lo entiendo. ¿Cómo que la han trasladado? —me pregunta casi gritando y jadeando.

—Su hija estaba en un lugar determinado en manos de sus captores y que nosotros teníamos controlado. Sin embargo, ya no está en ese lugar. No sabemos dónde está. Estamos elaborando un nuevo plan de acción.

Oigo la respiración agitada de Zurita y casi puedo sentir su histeria y su ansiedad.

—Usted me dijo que el caso estaba casi resuelto. Confié en usted, Saduj.

—Yo no le prometí nada, Mario. Usted habló con su hija. Logramos dar con ella. Otra cosa muy distinta es sacarla de allí. La idea era rescatarla esa misma madrugada, pero nuestros expertos nos aconsejaron que teníamos que esperar y eso hicimos. No sabemos qué ha pasado, ni tampoco por qué la han trasladado de lugar. Estoy seguro de que les ha llegado algún tipo de información, algún soplo. Alguien se ha ido de la lengua.

—¿Su equipo es de fiar? ¿Confía en ellos?

Pienso en esas palabras. Confiar. En estos casos y en este mundo, si no te fías de los que están contigo jugándose la vida, no llegarás ni a la vuelta de la esquina.

—Sí, me fio de mi equipo, Mario. ¿Usted le ha contado a alguien que teníamos localizada a su hija?

No me contesta y no sé la razón.

—Usted entendió bien lo que yo le dije, ¿verdad? Que no hablara con nadie del asunto. Dígame que no se lo contó a nadie. Quiero oírlo, Mario.

—Solo lo hablé con mi hijo Luis. Él no sabía que usted trabajaba en el rescate de su hermana porque le insinué de contratar a un detective privado y me dijo que la Policía hacía su trabajo, que no valía la pena, que eso era como tirar el dinero, pero era tanta la emoción que decidí contárselo.

—No sabía que usted tuviese otro hijo. Pensaba que Paula era su única hija.

—Luis es fruto de mi primer matrimonio. Él vive con su madre en Barcelona.

—¿En Barcelona?

—Sí, yo viví muchos años allí. Monté mi primera inmobiliaria y el negocio no dejó de crecer hasta que estalló la burbuja del ladrillo. Tuvimos que reinventarnos para escapar de la crisis y, siguiendo los consejos de mi hijo Luis, nos metimos en el negocio de la restauración y nos ha ido bien. Tenemos tres de las discotecas más importantes de Barcelona y uno de los mejores restaurantes. Luego me casé con mi actual mujer. Cuando se quedó embarazada, insistió en que nos trasladásemos a vivir a Gran Canaria y eso hicimos.

Soy yo el que guarda silencio. No conocía esa información y no me gusta nada, pero nada, nada.

—¿Cuándo habló con su hijo?

—Hablé con él después de hacerlo con usted. Estaba tan emocionado que tenía que contárselo a alguien y llamé a mi hijo. ¿No sospechará de él, verdad?

—Su patrimonio es considerable, Mario. Si no, no podría haberme pagado la cantidad que acordamos. Me imagino que tendrá hecho el testamento y que habrá hecho un reparto equitativo entre sus dos hijos.

—Sí, claro, pero ¿a qué viene eso? A mi hijo Luis no le hace falta el dinero. Las empresas van viento en popa. Me lo dice cada vez que hablo con él y lo veo a final de año cuando hacemos la junta de accionistas.

—¿Usted ya no está al frente de las empresas?

—No, claro que no, pero ¿eso qué tiene que ver con el secuestro de mi hija? ¡Dígame!

—No sé si tiene que ver, Mario, solo ato cabos.

—¿A qué cabos se refiere, Saduj? Déjese de conspiraciones sin sentido. Usted lo que tiene que hacer es recuperar a mi hija, que para eso le pago y muy bien.

—En eso estamos, Mario. ¿Usted sabe cómo secuestraron a su hija?

—No, solo sé lo que contaron sus amigas. Que se la llevaron y punto.

—Sí, así fue, pero Paula dice que fueron a por ella, como si supieran quién era ella y que era su único objetivo.

—Como todos los secuestros. Van a lo que van.

—Sí, pero este caso es distinto porque nunca se pidió rescate. Nunca pidieron ni un maldito euro. Solo se la llevaron, así, sin más.

—Porque querían meterla en esa red de pederastas esos hijos de la gran puta que están acabando con la vida de mi hija.

181

—¿Y por qué no se llevaron a la otra rubia del grupo de amigas o a la morena? ¿Por qué solo a su hija, Mario? ¿Por qué?

—¡Cállese, Saduj, por favor, cállese! Está paranoico y ve fantasmas donde no los hay. Usted limítese a rescatar a mi hija y deje de pensar en tonterías. Le pago demasiado bien para que me venga con milongas. No intente justificarse y termine el trabajo.

—Está bien, Mario. Así lo haré y esta vez no hable con nadie, ¿me entiende lo que le digo? Con nadie. Buenas noches.

Corto la llamada. Pienso en Luis Zurita y no logro quitármelo de la cabeza. Me siento delante del portátil, entro en Tor y le envío un mensaje a Darlindark. Espero y al poco me contesta.

Darlindark: ¿Qué hay de nuevo, viejo? ¿Lograste encontrar a la chica?
Saduj: Sí, incluso pude verla y hablar con ella, pero la han trasladado a otro lugar.

No escribe nada, solo veo el parpadeo del guion bajo. Luego me responde.

Darlindark: ¿Quieres que intente volver a localizarla?
Saduj: No, esta vez no, amiga, vamos a usar medios más clásicos. No tengo tanto tiempo. Necesito sacar a la niña de ese infierno.
Darlindark: Entonces ¿qué quieres de mí?

Saduj: Quiero que investigues a Luis Zurita. Es hermanastro de la niña y quiero saber lo más posible de él. Luis Zurita era una variable que desconocía y quiero despejarla. Es simple curiosidad, nada más.

Darlindark: Oka. Me pongo con ello.

Saduj: Este mundo es un puto asco y los hombres llevan millones de años convirtiéndolo en un vertedero. Ya conoces la historia de Caín y Abel. El dinero, las envidias, la venganza, la traición, los celos, la ambición, las deudas y un largo etcétera están detrás de la mayoría de los casos que yo investigo.

Darlindark: Como quieras, viejo. Tú eres el que paga, pero creo que es una pérdida de tiempo. Sería más efectivo intentar averiguar dónde esconden a la niña. Ya sé cómo hacerlo e incluso me sé el camino.

Saduj: Céntrate en Luis Zurita. Quiero saberlo todo sobre él y también pínchale el teléfono, quiero saber con quién habla.

Darlindark: Ya sabes que eso es tarifa especial.

Saduj: Lo sé. Tú haz el trabajo, ¿vale?

Darlindark: Lo haré, viejo, no te preocupes. Te noto muy tenso. Deberías descansar un rato, echar un buen polvo para relajarte.

Saduj: Sí, ya habrá tiempo de relajarme. Necesito estar en tensión. Así es como mejor pienso y como mejor actúo. Envíame la información

*desde que la tengas. Te haré la transferencia
dentro de tres o cuatro días.*

*Darlindark: Sabes que entre nosotros no hay
problema. Ingresa la pasta cuando quieras.
Eres un tío de fiar.*

*Saduj: Gracias, amiga. Te tengo que dejar.
Quiero darme una ducha antes de volver a ponerme en acción.*

*Darlindark: Hasta mejor ver, viejo, y cuídate
mucho que no quiero perder a mi mejor cliente.*

Saduj: Adiós, amiga.

Darlindark: Adiós, viejo.

Cierro el Tor y mis pensamientos se van con Ana. Me tumbo en la cama, cierro los ojos e intento relajarme hasta que el sueño puede conmigo.

14. EL RESCATE SE COMPLICA

Tres toques en la puerta me despiertan. Me levanto, miro el reloj. Son las doce de la noche.

Abro y me encuentro con Dimitri y Sergei. Los invito a pasar y se sientan en el sillón. Yo me meto en el baño y me lavo la cara. Salgo y les digo:

—Quiero saber dónde está la niña esta noche. No podemos esperar más y la única manera que sé es hacerlo de la forma clásica. Capturar a uno de ellos y sacarle el paradero de la niña de la forma que sea.

—El que lleva el cotarro es Caraquemada, ya lo sabes. Estaba allí. Se tomó dos o tres vodkas con nosotros antes de dejar el puticlub. Está bien puesto de alcohol y drogas, así que no será difícil capturarlo —dijo Dimitri.

—Podemos ir nosotros dos como avanzadilla. Ya nos conocen. Pensarán que volvemos a terminar la fiesta y nos dejarán entrar sin problemas. Cuando estemos dentro, iremos directos a por nuestro objetivo, Caraquemada. Nosotros nos encargaremos de los tres tipos que están con él. Ustedes tendrán que dejar fuera de juego a los dos tipos de abajo y al Caracortada de la segunda planta para dejarnos la vía de escape libre —intervino Sergei.

Dos toques en la puerta nos interrumpen. Me levanto y abro. Es Iskander, que entra y se sienta delante de los rusos. Cierro la puerta y le relato el plan de ataque.

—Creo que podemos hacerlo así, como ustedes plantean. Una vez capturado podemos llevarlo al piso franco y allí sacarle el paradero de la niña. Me gustaría insistir en intentar que no haya muertos. Sabemos cómo hacerlo. Solo tenemos que utilizar estas dos pistolas Taser que he traído por si nos hacían falta. Una la llevaremos nosotros y la otra, ustedes — dice Iskander mostrando las pistolas eléctricas.

—Bien pensado, nunca las he usado, pero son muy efectivas —le digo al turco.

—Sí, lo son si sabes usarlas bien —dice Dimitri—. La parte lateral del cuello, cerca de la carótida, es el lugar idóneo para dar la descarga. La víctima se queda inconsciente al instante. Solo tenemos que atarlos con unas bridas plásticas y tendremos al individuo controlado.

—También he traído veinte bridas —dice Iskander mostrándolas y depositándolas encima de la cama.

—Entonces el asunto está claro. Iremos en un solo coche. Ustedes dos se bajarán primero, nosotros lo haremos cinco minutos después. Dejamos fuera de juego a los dos matones de la entrada y subimos a por Caracortada. Cuando lo tengamos bajo control, esperamos su señal. Si necesitan ayuda, subiremos; si no, esperaremos. Bajaremos juntos, Iskander y yo iremos delante y ustedes dos controlando a Caraquemada. Onur nos esperará al otro lado de la calle con el coche en marcha. ¿Alguna duda? ¿No? A por ellos. Necesito saber dónde está la niña esta misma noche —les digo sin pensar demasiado en lo peligrosa que es la operación.

Nos levantamos y comprobamos que tenemos los elementos necesarios. Bajamos y salimos del hotel en busca del proxeneta.

Subimos al todoterreno. Iskander se sienta junto a Onur, los dos rusos detrás y yo detrás de los rusos. En el trayecto nos mantenemos en silencio. Solo se oye un hilo de música clásica que sale del aparato de radio del coche.

En la cabeza tengo el plan. Cierro los ojos y lo visualizo como si viera una película sentado en un cine. Soy consciente de que será complicado, aunque, si actuamos con rapidez, podemos cogerlos desprevenidos. Ese es nuestro único objetivo. También pienso que hay que intentar que no haya ningún muerto. Iskander tiene razón. Los muertos dejan un rastro ya no solo de olor, sino también de venganza y hay que intentar no dejar ni lo uno ni lo otro.

Después de un rato de camino, llegamos a la guarida de los proxenetas. Comprobamos que los equipos de comunicación funcionan. Le digo a Onur que esté atento y que, cuando nos vea entrar, coloque el coche en doble fila con el motor en marcha.

Los rusos salen y se dirigen hacia el edificio. Entran sin problemas después de darle unos billetes a los que están en la puerta. Iskan y yo nos ponemos en acción dirigiéndonos hacia allí.

El turco lleva la Taser en su mano derecha, dispuesta para dejar fuera de juego a los porteros. Nos acercamos y mi corazón comienza latir con fuerza. Noto cómo me palpita la carótida, como si fuera a estallar en cualquier momento.

Llegamos a la entrada, Iskander se adelanta, habla con uno de los porteros y le dice unas palabras en turco. El matón responde y, antes de que diga otra palabra, el turco le aplica la Taser en la parte derecha del cuello. El albanokosovar cae desplomado al suelo y allí se queda sin sentido. Su compañero reacciona sacando la pistola, pero yo le rompo la clavícula derecha usando mi mano como si fuera un mazo pedrero y suelta la pistola. Al mismo tiempo Iskander le aplica los cincuenta mil voltios y cae redondo al suelo.

Sin mediar palabra, actuamos al unísono, los atamos con las bridas, los amordazamos y los metemos dentro del edificio. Comunico a los rusos que la salida está libre, pero no me contestan.

Saco mi pistola y subimos despacio por si tenemos que actuar. Oímos una música estridente de una banda de rock duro que sale a escape por el hueco de la escalera. Iskander se coloca delante de mí y seguimos nuestro camino. Llegamos al rellano y no oímos ni vemos a nadie, pero sabemos que el Caracortada tiene que estar por algún lado. Decidimos seguir la música de rock que a cada paso se hace más y más fuerte hasta que llegamos a una de las habitaciones, el punteo de la guitarra eléctrica y también el do roto del vocalista de aquella banda de rock desconocida. Iskander me susurra que va a abrir la puerta y que no pierda el contacto visual. Abre despacio y vemos a Caracortada desnudo, sentado y esnifando una raya de cocaína encima de una mesa mientras una niña tiembla desnuda encima de la cama. Levanto la pistola y coloco el mirador en la cabeza del pederasta. Solo tengo que apretar el gatillo y ese hijo de la gran puta pasará a mejor vida. Iskander mira, me baja la mano, se acerca al kosovar, le aplica la Taser en el centro de la nuca y su cabeza cae a plomo sobre la mesa. Iskander lo amordaza y lo ata con una de las bridas.

Cuando termina, se acerca a la niña y le pregunta en turco que dónde está el compañero que falta. Ella se queda en silencio, sin decir nada. Mientras, les digo a los rusos que Caracortada está fuera de juego, que los esperamos en el pasillo y por primera vez oigo un «ok» que me tranquiliza.

Al salir de la habitación vemos en el fondo del pasillo al otro mafioso que nos faltaba. Iskander le dice algo en turco y yo preparo la pistola para disparar, pero Iskander va decidido hacia él sin parar de hablar y, cuando me quiero dar cuenta, el albanokosovar está en el suelo sin sentido. Lo pone de espaldas, lo ata y luego lo amordaza.

Me vuelvo a comunicar con los rusos y les digo que el camino está despejado, pero me interrumpe el sonido de una ráfaga de ametralladora y a continuación un tiro. Eso no es una buena señal. Luego un silencio que se rompe por la voz de Dimitri, que me dice por el pinganillo que ya bajan con Caraquemada.

Los vemos aparecer arrastrando al jefe de la banda, que está sin sentido. Iskander se coloca delante abriendo el camino y yo, detrás, cubro la retaguardia.

Salimos del edificio y nos dirigimos hacia nuestro vehículo, que nos espera a la salida. Iskander abre la parte de atrás del coche y los rusos meten al mafioso bien atado y amordazado.

Subimos al todoterreno, Onur se pone en marcha y salimos de allí a toda prisa. A los pocos minutos pregunto:

—¿Algún muerto?

—Sí, Sergei tuvo que matar a uno de los mafiosos. No teníamos otra opción. Era su vida o la nuestra. Si no dispara, nos hubiera acribillado con la segunda ráfaga de su Kalashnikov. A los otros dos sí pudimos reducirlos con la pistola eléctrica. No fue muy complicado. No se esperaban este ataque sorpresa. Actuamos tan rápido que todavía no saben qué ha pasado. ¿Ustedes tuvieron problemas?

—Tampoco. También fue fácil y rápido. Solo tuvimos un pequeño problema con uno de los porteros de la entrada, pero nada serio —le contesto a Dimitri.

—¿Seguro que el tipo está muerto? —pregunta Iskander.

—Sí —contesta Sergei—. Fue un tiro limpio entre ceja y ceja. A esa distancia no suelo fallar. No había alternativa. Era él o nosotros. Intentamos mantener a cero nuestro casillero de víctimas, pero sabes que hay ocasiones en las que eso es imposible.

—Ya lo sé, no te preocupes —dijo el turco.

Onur sabe a dónde tiene que ir e Iskander también. Los rusos y yo no tenemos ni idea de dónde está el piso franco, pero eso no importa. Al poco oímos los gemidos de Caraquemada y después comienza a dar golpes. Debe de haberse despertado.

El coche se aleja del centro de la ciudad hasta que nos adentramos en un barrio que está casi sumido en la oscuridad y Onur tiene que poner las luces largas para poder ver con claridad. Iskander le habla en turco. Supongo que le da instrucciones de por dónde tiene que ir. Miro el reloj. Han pasado treinta y cinco minutos desde que dejamos el puticlub y le pregunto a Iskander cuánto nos queda para llegar a nuestro destino. Me dice que ya llegamos.

El joven turco mete el coche por un camino de tierra que está a la izquierda de la carretera y avanzamos en total oscuridad. Solo nos iluminan los focos del todoterreno. Onur gira a la izquierda y al fondo vemos una casa terrera. Ese es nuestro destino.

Al llegar, nos bajamos. Iskander se dirige a la casa siguiendo la luz de su linterna y nos dice que esperemos porque tiene que poner en marcha el generador. Los rusos y yo sacamos al pederasta de la parte de atrás del coche y esperamos. Oímos cómo se pone en marcha el motor y el frontis se ilumina. Iskander abre la puerta y nos invita a pasar.

Dimitri y Sergei arrastran al albanokosovar dentro y yo les sigo. Iskander ya ha encendido la luz del interior y compruebo que la casa es de una sola planta con una cocina que está en el mismo salón, un baño y dos habitaciones.

Dimitri coge una silla, la coloca en el centro del salón y Sergei sienta al mafioso en ella. Onur es el último en entrar y cierra la puerta.

—Todo tuyo, jefe —me dice Dimitri quitándole la mordaza a Caraquemada.

Me pongo frente a él. Noto que tengo los labios resecos y que tengo mucha sed. Me acerco a la nevera y la abro. Allí encuentro un pack con seis botellas de agua de medio litro, saco dos y abro una. Cojo una y me la bebo toda. Abro la otra y le doy de beber al detenido, que bebe con desesperación hasta que no deja ni una gota en la botella. La Taser tiene ese efecto secundario: te deshidrata y te deja seco como una mojama.

—Te preguntarás por qué estás aquí y quiénes somos nosotros, pero solo te importa la primera cuestión. Tú eres el único que la puede responder. Estás aquí porque queremos saber dónde está esta niña —le acerco mi teléfono y le enseño la fotografía de Paula—. De ti depende que terminemos esta noche. Yo no quiero que esto pase a mayores, pero estos amigos —señalo a los rusos— son expertos en sacar información por las malas. Ya los conociste, son rusos y sabes lo buenos que son a la hora de sacar información. Qué te voy a contar a ti que tú no sepas. ¿Qué me dices? Aquí tienes tu teléfono. Como ves, tus amigos no han dejado de llamarte. Quieren saber qué te ha pasado y dónde estás. Solo necesitas hacer una llamada, decirles a tus amigos que dejen a la niña en cierto lugar, nosotros iremos a buscarla y después te dejaremos en libertad. Así de fácil.

El albanokosovar levanta la cara y me suelta a bocajarro en su inglés metálico:

—Yo sé que esa niña cuesta mucho dinero y no será tan fácil como tú dices. Ya sabes que la mercancía tiene un valor y ese valor hay que pagarlo.

Dimitri saca la Taser y se la acerca al cuello, pero yo lo detengo con un gesto.

—Tranquilo, amigo, ya tendrás tiempo de pasar a la acción, pero antes hay que negociar. Ya has oído, nuestro amigo es un negociador, un empresario que valora su mercancía. Vamos a ver si me entiendes. Nosotros sabemos el valor que tiene la niña, por eso estás aquí y por eso la trasladaste. Nosotros somos profesionales; los profesionales sabemos hacer nuestro trabajo y lo hacemos bien. Nosotros gastamos la munición que tenemos que gastar solo cuando hay que hacerlo. Si es cuestión de dinero, ¿cuánto vale tu vida? ¿Tiene precio? Sí, claro que lo tiene.

Él me mira y casi me sonríe.

—Sí, sé que ya lo valoras. Tú no eres un kamikaze, tú eres un negociador y sabes muy bien valorar los pros y los contras. Tú eres de los que utilizan la balanza de la vida porque, si no, no estarías aquí, estarías en una zanja en Kosovo. Tú eres un superviviente, una rata, y las ratas saben valorar la vida. Nosotros hemos elegido la opción más eficiente y ahí entras tú. Tenía pensado sacarte dónde está la chica a golpes, pero he cambiado de opinión; no tengo ni ganas ni tiempo. El trato es el que te dije: tu vida por la de la niña. Tienes cinco minutos para tomar la decisión. En caso contrario, te pegaré un tiro en la cabeza y volveremos a por uno de tus amigos y te aseguro que alguno querrá negociar.

Me acerco a él, me arrodillo, le miro a los ojos y le digo:

—No es un farol, amigo, y lo sabes.

Iskander se me acerca y me dice al oído que quiere hablar conmigo. Vamos fuera y me dice que nos metamos en el coche. Una vez dentro, me pregunta:

—¿De verdad piensas hacer lo que dices?

—Sí, no tenemos tiempo y no pienso jugar más con este tipo. O me dice dónde está la niña o lo mato como a un perro y después iremos a por el siguiente hasta que logre rescatar a la niña.

—Habíamos hablado de cero muertos.

—Sí, pero el bonus se les ha acabado. Te repito que no voy a tener clemencia. Su vida por la de Paula. Ese es el trato. No voy a jugar más al ratón y al gato. Aparte de la niña, hay mucho dinero en juego.

—Deje que hable con él.

—¿A qué quieres jugar, al poli malo y al poli bueno?

—Más o menos, solo quiero reforzar el planteamiento que has hecho. Dame diez minutos.

—Oka, tienes diez minutos para intentar convencerlo. En caso contrario, haré lo que he dicho.

Salimos del coche, entramos en la casa y Dimitri me dice con una sonrisa:

—Parece que quiere llegar a un acuerdo. Se lo ha pensado mejor. Dice que tú tienes razón, jefe, que le ofreces un buen trato.

Miro a Iskander y le sonrío. Al final cerraremos el trato con el albanokosovar. Me acerco a él y le digo:

—Perfecto. Veo que tu balanza vital funciona muy bien. Ya te lo digo, eres un superviviente. Harás lo que yo te diga. Vas a llamar a tu amigo, al que tiene a la niña, y le vas a decir que la deje en el lugar donde te diga mi amigo. Luego, cuando tengamos a la niña, volveremos a por ti y te dejaremos a quinientos metros de tu guarida. ¿Ok?

Él me hace un gesto afirmativo como que ha comprendido. Dimitri lo libera, le entrega su teléfono y le dice:

—Toma el teléfono. Tienes solo un minuto para hablar. Sé breve.

—Dile a tu amigo que nos veremos mañana a las nueve en punto en la Plaza Taksim, en el monumento a la República. Esperaremos en la parte donde están los fundadores —le dice Iskander.

El albano manipula el teléfono y marca un número. Espera hasta que empieza a hablar en su idioma. La conversación no dura más de un minuto. Cuando termina, dice:

—Ya está. Entregarán a la niña a la hora que me dijiste. Mi amigo llevará una gorra roja del Manchester United. Irá solo con la niña.

Dimitri le pide el teléfono, lo abre, le quita la batería y la tarjeta SIM y lo vuelve a atar con una brida.

—Así me gusta. Nos entendemos. Toca descansar. Dimitri, métalo en esa habitación para que intente dormir un poco. Nosotros nos vamos a Estambul con Onur a recoger el otro

coche. Onur regresará mañana a las ocho a buscarles y nosotros iremos a recoger a la niña. Si sale bien, estaremos todos
en el hotel a las once de la mañana.

Sergei mete a Caraquemada en una de las habitaciones,
cierra la puerta y sale.

Salimos, Iskander y yo subimos al coche. Antes de partir
le pregunto a Dimitri:

—¿Qué le dijiste a Caraquemada para que cambiara de
opinión?

El ruso me sonríe y me dice:

—Le dije que ustedes habían salido para discutir quién le
iba a pegar el tiro en la cabeza. Solo eso.

—Intenten dormir un poco. Hoy ha sido un día duro. Estamos en contacto, Dimitri. Si hay problemas, ya sabes lo que
tienes que hacer.

—Sí, jefe, tú también descansa un poco.

—Lo intentaré, pero hasta que esto termine y no tengamos
a la niña con nosotros no sé si podré hacerlo.

Onur pone el coche en marcha y ponemos rumbo a Estambul.

El despertador suena a las ocho de la mañana. Me levanto
y me ducho. Me visto y bajo a desayunar. En la barra del bar
veo a Iskander. Me acerco, lo saludo y le pregunto:

—¿Has podido descansar?

—Sí, he dormido cuatro horas. Suficientes. ¿Y tú?

—También he logrado dormir más de seis horas. Más que
suficientes. Voy a desayunar y salimos a buscar a la niña.

—¿Ya tienes claro lo que harás con ella? ¿Piensas dejarla
en la embajada española?

—Sí, ese es el plan.

—Onur y yo podemos hacernos cargo de la entrega. Iremos vestidos con el uniforme oficial y decir que la encontramos en la Plaza Taksim, perdida. ¿Qué te parece la idea?

—Me parece perfecta.

—De esa manera no serás filmado por las cámaras de tu embajada y nosotros buscaremos una buena explicación de por qué estábamos en la plaza.

Después de desayunar salimos hacia la Plaza Taksim. El tráfico en Estambul no para nunca y las calles están repletas de coches que van de un lado a otro a todas horas. A medio camino de nuestro destino, Iskander me pregunta a bocajarro:

—¿De verdad que ibas asesinar a Caraquemada a sangre fría? No pareces un hombre sin escrúpulos.

Pienso unos segundos mi respuesta y le contesto con mucha tranquilidad:

—Sí, lo hubiera hecho sin dudarlo, Iskander. Tú viste como yo a la niña. ¿Viste su cara, el terror que se reflejaba en su rostro? Me pedía a gritos que la sacara de allí. Sin embargo, yo sabía que ese cabrón nos la iba a entregar; es una rata de alcantarilla y valora mucho su vida. Pensé en regatear e incluso en llegar a un acuerdo económico, pero luego cambié de opinión cuando me dijo que la mercancía tenía un valor. Él era una mercancía muy valiosa, sobre todo para él. Así que decidí jugármela y me salió bien. También ayudó lo que le dijo Dimitri, aquello de que habíamos salido para decidir quién le pegaba el tiro en la cabeza. El ruso es muy convincente cuando quiere.

—¿Alguna vez has matado a un hombre?

—Sí, Iskander, pero no me siento orgulloso de ello. Pasó porque no tenía otro remedio, era su vida o la mía. ¿Y tú?

Guarda silencio mientras espera para salir de un atasco y luego me contesta.

—Sí, he matado a cinco hombres. La mayoría en defensa propia y en acto de servicio, menos a uno al que maté a sangre fría.

Toca el claxon un par de veces, dice algo en turco, gira a la izquierda y salimos del atasco.

—Maté al que ordenó secuestrar a mi hija —continúa hablando con la mirada fija en el tráfico y conduce de forma automática—. ¿Sabe? La violaron en repetidas ocasiones. Mi hija, después de aquello, ya no es la misma. Le destrozaron la vida. Para nosotros, los musulmanes, nuestras hijas son el bien más preciado y son las joyas de la familia, aunque ustedes piensen que para nosotros no valen más que una cabra. A ella le hacía mucha ilusión casarse con un amigo de la escuela. Nosotros concertamos la boda con los padres de su amigo. Estuvieron de acuerdo en que, al cumplir los dieciséis años, se casarían. Éramos muy felices hasta que ocurrió la desgracia y la mancillaron. Ahí todo se acabó. Dicen que la venganza no nos conduce a nada, que solo te devuelve odio y venganza. Su muerte no me devolvió la pureza de mi hija, pero él pagó el precio.

Mira su reloj de pulsera y me dice:

—Ya estamos llegando a nuestro destino. Allá al fondo está la plaza. ¿La ves?

—Sí, la veo.

—A esta hora solo habrá algún que otro turista, pero a medida que avance la mañana se llenará. Todos quieren visitar el monumento a la República. Déjeme hablar a mí y, si hay algún tipo de problema, yo me encargo. ¿De acuerdo?

—Sí, claro, pero tendré que estar contigo. La niña no se irá con nadie que no sea yo.

—Ya lo sé.

Iskander detiene el todoterreno a escasos metros de la plaza y lo aparca en una zona reservada. Habla con uno de los policías que hay en las cercanías y le asiente con la cabeza como dándole la autorización.

Bajamos y nos dirigimos al monumento. En una de las calles hay un par de guaguas y a su alrededor un grupo de turistas que atienden con atención lo que les dice el guía. Rodeamos al grupo de guiris. Busco al socio de Caraquemada y lo distingo por la gorra roja. A su lado está Paula con la mirada fija en el suelo. Ella lleva un pantalón vaquero, una blusa blanca y una rebeca azul. Le digo a Iskander dónde está la niña y nos acercamos a ellos. Iskander se adelanta, habla en turco con el albanokosovar, que asiente con la cabeza, y le entrega la niña a mi socio. Paula da un paso hacia adelante, como si fuera a tirarse a otro abismo y sin levantar la cabeza del suelo. Yo me acerco a ella y le digo en español:

—Ya eres libre, Paula. He tardado, pero he cumplido mi palabra.

Ella levanta la cabeza despacio y me mira. La cojo de la mano. La tiene fría como un hielo y las lágrimas salen de sus ojos y respira con mucha fuerza.

Me agacho, me pongo a su altura y le digo:

—Tranquilízate, Paula. Ya estás a salvo. Nadie volverá a hacerte daño.

Ella me aprieta la mano con mucha fuerza, tanto, que me hace daño, pero me aguanto. Entonces me pregunta:

—¿Por qué ha tardado tanto? Pensé que nunca lo volvería a ver.

—He tardado porque ya sabes que te trasladaron y la misión se complicó, pero he cumplido mi palabra. Venga, es hora de que nos vayamos.

Caminamos despacio en busca de nuestro coche seguidos por Iskander, que me cubre las espaldas. A lejos veo cómo se pierde la gorra roja del albanokosovar entre un grupo de turistas.

El turco abre el coche. La niña y yo subimos detrás y nos ponemos en marcha. Al poco, Paula me pregunta:

—¿Puedo hablar con mi padre, por favor?

Había pensado en hacer esa llamada cuando ella estuviera a salvo en la embajada española, pero una vez más me voy a saltar el protocolo establecido.

—De acuerdo. Vamos a llamar a tu padre.

Cojo el teléfono y marco el número de Mario Zurita, que me responde:

—¿Saduj? Dígame que ya la tiene con usted. ¿Verdad? Usted me lo dijo, me dijo que cuando la tuviera con usted me llamaría.

—Sí, Mario, está aquí conmigo, a salvo. Le pongo con ella.

Le entrego el teléfono a la niña y comienza a llorar:

—Papá, ¿cuándo vienes a buscarme?

Escucho la voz de Zurita entrecortada y agitada:

—Sí, cariño, hoy mismo iré a buscarte. Estaré ahí desde que pueda. Ya sabes que tengo que coger un avión para llegar hasta ahí, pero te juro que hoy estaré ahí para traerte a casa.

—¡Papá, papá!

Paula comienza a llorar sin parar y ya no habla, solo llora. Está claro que necesita desahogarse.

—No llores, hija. Ya se acabó todo. Mañana estaremos en casa.

—Sí, papá, sí, quiero volver a casa —dice llorando sin parar.

La miro y le pido el teléfono. Me lo da, se coge de las rodillas y sigue llorando.

—¿Mario? Soy Saduj. Escúcheme. Lo más importante es que la niña está a salvo. Solo preocúpese de estar aquí lo antes posible. En una hora u hora y media la dejaré en la embajada española. No se olvide de traer los documentos oficiales que acrediten que es su hija. Quizás tenga que estar aquí un par de días hasta que arreglen el papeleo para poder sacarla de Turquía. Cuando Paula esté en la embajada, lo volveré a llamar.

—Gracias, Saduj. Ha hecho un buen trabajo. Pensé que no lo lograría. Las cosas se han puesto muy feas. Cuando pueda, le haré el segundo pago.

—Ese punto puede esperar, Mario. Tiene que concentrarse en estar aquí lo antes posible. Tengo un contacto en Barajas, un buen amigo que lo llevará a Turquía en un *jet* privado. Solo tengo que llamarlo.

—Gracias, Saduj, ya he pensado en eso. En cuanto termine esta llamada, llamaré a una compañía de un buen amigo y me pondrá un *jet* en unas horas.

—Una última cosa.

—Dígame.

—No hable con nadie, Mario, hasta que yo lo vuelva llamar. ¿De acuerdo? Con nadie.

—Sí, no hablaré con nadie, pero me gustaría hacer la gestión del avión.

—Eso sí lo puede hacer, pero no diga para qué es. ¿Entendido? Hasta que la niña no esté en la embajada no me fío de nadie, solo de usted, Mario.

—Así lo haré. Le reitero las gracias.

—Espero verlo en Gran Canaria para tomarnos una cerveza como Dios manda.

—Cuente con ello.

—Cuídese, Mario.

—Cuide de mi niña.

—En eso estamos, amigo. Adiós.

Corto la llamada y pienso en Mario Zurita, en el sufrimiento del padre, en el de esa familia.

Miro a Paula. Sigue abrazada a sus rodillas, a lo único que conoce, ese universo tangible.

—Vamos al hotel, Iskander. Quiero que la niña se dé una ducha y también comprarle algo de ropa para que se cambie y que tenga la sensación de que algo ha cambiado.

—No, no es conveniente ir al hotel. No es bueno subir con una menor. Tendríamos que dar muchas explicaciones y no es el momento de darlas. Mejor vamos a mi casa. Allí se dará una ducha y tú podrás comprarle algo de ropa por los alrededores. Hay muchas tiendas.

—Tienes razón, no había pensado en eso. Estás en todo.

—Estaremos en mi casa en diez minutos.

Iskander aparca el coche frente a un edificio en el centro de Estambul y dice:

—Hemos llegado. Yo subiré con ella. Por la zona encontrarás muchas tiendas. Cuando hayas terminado, llámame y bajaré a buscarte.

Miro a Paula y le digo:

—Quiero que acompañes a mi amigo. Vas a ir a su casa, allí te ducharás y te pondrás la ropa nueva que yo te lleve.

Ella me mira como si no supiera de qué le hablo. Tiene la mirada fija en el suelo del coche.

—¿Paula? ¿Me escuchas?

Levanta la cabeza muy lentamente, como si de una marioneta se tratara, como si hubiera un hilo invisible en el techo del todoterreno y me contesta:

—No es un sueño, ¿verdad? ¿Ya estoy a salvo? ¿Los malos ya no volverán?

—No, Paula, los malos ya no volverán. Aquí estarás a salvo. Nosotros te protegeremos. No hay nada de qué preocuparse. ¿Oka?

Ella asiente con la cabeza.

—Venga, vamos, Paula, nos esperan.

Salimos del automóvil y seguimos los pasos del turco. Nos detenemos delante del portal e Iskander le dice a Paula que lo acompañe. Ella me mira, yo le sonrío y le digo que él también cuidará de ella.

Los dos se pierden dentro del portal. Miro el reloj. Son casi las diez y media. Me doy un paseo por los alrededores y comienzo a ver multitud de tiendas. Me detengo en la primera que encuentro y entro. El dependiente me mira casi con sorpresa. Debe de saber que soy extranjero, un turista perdido por Estambul.

A primera vista no encuentro nada que le venga bien a la niña hasta que veo un chándal de marca no identificada. Busco la talla S y cojo uno de color azul eléctrico. Después busco una camiseta blanca de la misma talla. Se los entrego al dependiente y le doy veinte euros. Él sonríe satisfecho y mete la ropa en una bolsa de plástico roja.

Deshago el camino y llego al edificio en el que vive Iskander. Cojo el teléfono, lo llamo y le digo que lo espero en el portal.

Al poco lo veo aparecer por la puerta y viene vestido con el uniforme oficial de la policía turca.

—He hablado con Onur. Han dejado a Caraquemada en su guarida. Hemos quedado en vernos en media hora en el hotel. La niña se está duchando. Mi mujer está con ella. ¿Le has comprado la ropa?

—Sí, aquí está —le digo entregándosela—. Le he comprado un chándal azul y una blusa blanca.

—Bien, así estará más cómoda. Le espera un largo camino. Espérame aquí, bajaremos en quince minutos.

Los quince minutos pasan volando y los veo aparecer por el portal. Paula lleva el chándal y, a primera vista, le queda bastante bien. Me fijo en que lleva unas zapatillas de deportes que antes no llevaba e Iskander me dice:

—Mi hija le ha regalado esas zapatillas. Calzan el mismo número. Mi mujer le ha recogido un poco el pelo. Onur ya está en el hotel y los rusos también. Le he dicho que nos espere fuera para ir juntos a la embajada española, que está a cuarenta minutos del hotel.

Nos subimos en el todoterreno y vamos en dirección al hotel. Paula sigue en su mundo, sin decir una palabra, entonces le pregunto:

—¿Te gusta el chándal?

Levanta la cabeza y me contesta:

—Sí, mucho. Gracias. El azul es uno de mis colores preferidos, aunque me gusta más el celeste, que es como el cielo.

—Vamos en dirección a un hotel a recoger a un amigo. Luego iremos a la embajada española. Nuestros amigos te dejaran allí y los responsables del consulado se harán cargo de ti hasta que venga tu padre. Tienes que decirles tu nombre y también el nombre de tu padre. Una vez estés dentro, tienes que decirles que te habían secuestrado, que te han dejado en una plaza y que dos policías te encontraron deambulando por la calle. ¿Lo has entendido?

—Sí, eso haré, señor, pero ¿mi padre estará allí esperándome?

—Tu padre está de camino, Paula. Estará aquí cuando pueda. No te preocupes. Estará contigo en unas horas. El tiempo pasará volando.

Ya en el hotel recogemos a Onur, partimos en dirección al consulado y llegamos en menos de cuarenta minutos. El consulado está en una de las mejores zonas de la ciudad, en un barrio residencial que está lleno de grandes chalés en la que viven los nuevos ricos de Estambul. Entramos despacio porque las calles del barrio son estrechas y de un único sentido. Después de recorrer algunas calles, Iskander detiene el coche y nos dice:

—Aquella casa del fondo es la embajada. Nosotros iremos a pie desde aquí y entregaremos a la chica. Tú espera a que nosotros regresemos.

Desde mi posición veo con dificultad la bandera española y la de la Unión Europea porque están semicubiertas por la frondosa vegetación de la zona. Estamos a unos sesenta metros.

Miro a Paula, la cojo de la mano y le digo:

—Ya sabes lo que tienes que decir en la embajada. Mis amigos policías te van a dejar allí y esta tarde ya estarás con tu padre.

Ella me mira con una sonrisa y me dice:

—Gracias, señor, usted es el único que ha hecho algo por sacarme de este infierno.

—Las gracias se las tienes que dar a tu padre. Él ha sido quien se ha preocupado desde el principio por ti para buscarte y rescatarte.

—De todas formas, muchas gracias. Usted se ha portado muy bien conmigo y me ha rescatado de las manos de los malos.

Nos bajamos e Iskander coge a la niña de la mano. Yo me subo al coche y me siento en el asiento del copiloto desde donde los veo. Caminan despacio hacia el chalé en el que está la embajada. Cuando llegan a la puerta, veo cómo Iskander se adelanta. Onur y Paula se quedan detrás. Al poco sale un hombre con un traje oscuro y habla unos minutos con Iskander. Luego se adelanta Onur con la chica. Iskander la coge de la mano y la pone delante del hombre. El policía turco da un paso atrás. Parece que el hombre habla con Paula. Después Iskander le da la mano al hombre que les atendió y regresan despacio hacia donde estoy.

Paula entra en la embajada seguida por el hombre de traje negro que cierra la puerta verde de la embajada de España en Estambul. La misión ha terminado. Paula está a salvo.

Los dos policías turcos entran en el coche. Iskander se pone al volante, lo pone en marcha y Onur se sienta detrás.

—¿Cómo ha ido? —le pregunto a Iskander.

—Bien. Ya lo has visto. Aunque al principio no comprendía de qué se trataba hasta que la chica comenzó a hablar con él en tu idioma. Le contamos lo que habíamos dicho. No sé si me habrá creído —me contesta mientras da marcha atrás al todoterreno y se mete en dirección prohibida.

—Veo que no quieres pasar por delante de la embajada con el coche.

—Cierto. Ya sabes que tienen cámaras por todos sitios y, si el asunto se complica, no quiero ponérselo en bandeja.

—Bueno, amigos. Hemos terminado el trabajo. Esta noche me gustaría que nos fuéramos a cenar para celebrarlo. Esta ha sido una misión muy complicada. Tenía muchas dudas de que saliera como ha salido.

—Lo de la cena estará bien. Si quieres, yo me encargo. Conozco el lugar perfecto. Buena comida y buen vino, aunque a nuestros amigos los rusos habrá que buscarles unas cuantas botellas de buen vodka.

—Sí, ellos son fieles a su vodka.

Mientras volvemos al hotel, llamo a Mario Zurita y le dejo un mensaje en el contestador en el que le digo que su hija ahora sí está a salvo.

15. REGRESO A CASA

Antes de salir a cenar recibo una llamada de Mario Zurita:

—Solo quería darle las gracias por el trabajo que ha hecho. Por fin tengo a mi hija conmigo. Solo tengo que esperar a que la embajada me entregue el pasaporte para irme con mi Paula a Gran Canaria. Me dicen que mañana a primera hora lo tendrán listo. También me han hecho algunas preguntas sobre el secuestro de mi hija y sobre si he pagado un rescate. Les he dicho que no. Cuando llegue a Gran Canaria, tengo que hacer una declaración ante la Policía para cerrar el caso.

—Es lo normal, Mario, a la Policía no le gusta nada que le hagan el trabajo porque es dejarla en evidencia, pero no se preocupe, saldrá bien. Lo importante es que la niña está con usted.

—Una vez en Gran Canaria, le haré el segundo pago.

—No se preocupe por eso, cuando usted pueda. Tiene que ocuparse de la niña e intentar que se recupere del infierno que ha vivido, y eso le llevará mucho tiempo.

—Ya lo sé, sé que mi hija es lo primero. Sin embargo, no me gusta tener cuentas pendientes y menos con el que me ha devuelto a lo que más quiero en este mundo.

—Como usted quiera, Mario. Si quiere, podemos quedar para almorzar la semana que viene si le viene bien.

—Sí, claro, me gustaría agradecerle en persona lo que ha hecho. Si le parece, yo le llamo.

—Entonces espero su llamada. Adiós, Mario.

—Adiós.

Cuando corta la llamada, no dejo de pensar en Paula y en su infierno, ese que se le quedará dentro para toda la vida. Tendrá que matar a los demonios uno a uno hasta que no quede ninguno. Aun así, no saldrá indemne. Nadie sale sin heridas cuando te descuartizan la inocencia. Nadie.

Llego a la habitación cinco minutos antes de las doce de la noche después de una cena espectacular. Ya lo dijo Iskander: buen vino y buena comida. Él conoce muy bien su ciudad y sabe dónde se come bien y dónde no. Él, Onur y los rusos se quedaron a cerrar el restaurante.

Me desvisto y me pongo el pijama. Cojo el portátil, lo enciendo, entro en el primer portal de venta de billetes online y busco uno para mañana con destino a Gran Canaria. Tengo suerte, Turkish Airlines tiene un vuelo con escala en Madrid que sale a las once y media de la mañana y le quedan algunas plazas libres. Me esperan diez horas y media de viaje. Si tengo suerte y no hay retrasos, estaré en Gran Canaria a las diez y media de la noche.

Me siento en la cama y cojo el móvil. Abro el WhatsApp. Observo el nombre de Ana junto a la frase «En línea». Pienso si llamarla o no. Al final decido hacerlo.

—Buenas noches, Ana.

—Hola, pensaba que no me ibas a llamar más.

—¿De verdad?

—Es una broma, hombre.

—He estado muy ocupado con el trabajo. Se complicó mucho y tuvimos que improvisar un poco, pero al final salió bien. Mañana vuelvo a casa. Tengo ganas de estar allí.

—¿Mañana? ¡Guauu! ¡Qué bien! ¿A qué hora llegas? ¿Quieres que vaya a buscarte al aeropuerto?

—Si no hay retrasos, estaré sobre las diez y media, pero con los aviones nunca se sabe. Cuando no es Juana, es la hermana. Los retrasos se acumulan y llegas dos horas después de lo previsto. Y no te preocupes con ir a buscarme, cogeré un taxi, que hay que mover un poco la economía.

—Entonces mañana nos veremos. Tengo muchas ganas de verte. Te he echado mucho de menos.

—Yo también tengo muchas ganas de verte, tantas que, si pudiera, me iría ahora mismo. Si tuviera aquella máquina de *Star Trek* para viajar de un lugar a otro, no dudaría en utilizarla.

—¿Sí? Eso es muy bonito, Saduj.

—Es la pura verdad, Ana. Eres lo más importante que me ha ocurrido en mucho tiempo. No sé, llámalo amor a primera vista, flechazo o lo que quieras, pero así lo siento.

Solo oigo su respiración pausada y tranquila.

—¿Sigues ahí?

—Sí, aquí sigo, escuchando esas palabras que han desbocado a mi corazón. Yo también te he echado de menos y también tú eres lo más importante que me ha ocurrido en mucho tiempo.

Nos quedamos los dos en silencio porque era la primera vez que nos sinceramos de esa forma.

—No quiero causarte problemas, Ana. Sin embargo, quiero que sepas lo que siento.

—No me causas problemas, más bien al contrario. Me los resuelves. No voy a contarte lo que haces por mí, ¿verdad?

—No me refiero a ese tipo de problemas, Ana. Sabes de qué hablo.

—Sí, lo sé, pero no se pueden controlar las cosas del corazón. Vamos a vivir el día a día, el presente, sin tratar de adivinar qué nos espera en el futuro. Yo estoy bien contigo y tú estás bien conmigo, ¿qué más queremos?

—Tienes razón. A medida que nos hacemos viejos intentamos que nuestro mundo cambie poco, que no nos saquen de eso que los expertos llaman nuestra zona de confort, y yo, en esto del amor, estoy muy a gusto como estoy, con todo controlado, hasta ahora.

—¿Y yo soy quien te saca de esa zona de confort?

—Sí, más o menos, pero es algo que me gusta y no me asusta. Ese detalle es muy importante, porque siempre salgo corriendo cuando una mujer comienza a gustarme de verdad. Contigo es diferente. No quiero huir, quiero estar contigo, a tu lado, sin importarme que rompas en mil pedazos mi corazón.

—No te preocupes, Saduj, no te voy a romper el corazón. Debemos dejarnos llevar y punto. Eso es lo que tenemos que hacer y dejarnos de milongas. Tú me gustas y yo te gusto, ¿qué más podemos pedir?

Ella tiene razón, hay que dejarse llevar, romper las cuerdas que atan a nuestros corazones y confluir sin pensar en nada más.

—Sí, tienes toda la razón, vamos a dejarnos llevar y que sea lo que tenga que ser.

—Entonces, ¿mañana te veré?

—Sí, mañana me verás.

—Podemos ir a cenar. Sabes que te debo una cena.

—Estaría muy bien. La anterior ocasión me lo pasé genial.

—Yo también. Lo pasamos muy bien.

—Bueno, Ana, me voy a la cama. Mañana quiero levantarme temprano. Que pases una buena noche y que sueñes con los angelitos.

—Prefiero soñar contigo, me lo paso mejor.

—Entonces soñaremos juntos.

—Sí, creo que será lo mejor. Buenas noches, Saduj.

—Buenas noches, Ana.

Corto la llamada, apago el móvil, apago la luz, me acuesto y pienso en Ana, en la única noche que pasé con ella, en sus ojos, en su mirada, en su boca, en sus besos, en sus caricias y me duermo soñando con ella.

A la mañana siguiente me levanto temprano y le envío un mensaje a Iskander donde le digo que regreso a Gran Canaria. Hago lo propio con los rusos. Sé que ellos se van a quedar una o dos semanas más porque quieren relajarse un poco y visitar a antiguos compañeros de batallas.

Me ducho, me visto y bajo con mi maleta y mi portátil. Me dirijo a la cafetería y allí me encuentro a Iskander, que toma un café. Al verme me sonríe. Me siento a su lado y me dice.

—Quería despedirme como es debido y qué mejor forma que con un café al estilo turco.

—Pensé que no te vería. El que tiene una buena noche no puede tener una buena mañana.

—Cierto, pero me fui después que tú. Se quedaron Onur y los rusos. Ellos tenían ganas de fiesta y, si hay dinero y vodka, pues hasta el amanecer. Me dijo el recepcionista que llegaron pasadas las siete de la mañana y muy borrachos.

—La semana que viene te haré llegar el resto del dinero. Te lo entregará un mensajero.

—No te preocupes por el dinero. Entrégamelo cuando puedas. Tengo más que suficiente y no lo necesito ya.

—La semana que viene podré. No es ningún problema. Por cierto, sabes que Dimitri y Sergei se quedarán una semana o dos por aquí y tengo la mosca detrás de la oreja con los albanokosovares. No me fío de ellos.

—No te preocupes, amigo. Caraquemada no es tonto y sabe con quién se puede meter y con quién no. No obstante, hablaré con ellos para que no se metan en problemas y se comporten como dos turistas modélicos.

—Yo también lo espero.

El camarero nos trae el café turco y su delicioso aroma nos acompaña. Me tomo un sorbo y vuelvo a disfrutar de su excelente sabor.

—¿Tienes algún trabajo en tu agenda? —me pregunta Iskander después del primer buche.

—Yo siempre tengo trabajo. Cuando no es una cosa, es otra. No te lo he contado, pero tengo una agencia de detectives en mi tierra y tengo casos que investigar.

—Ah, no lo sabía. ¡Qué interesante! Investigador privado. Yo también quise serlo, pero al final no pude con los estudios. Me casé y pronto vinieron los hijos y, cuando vienen los hijos, el mundo se transforma. Ellos pasan a ser el centro de nuestro diminuto universo. ¿Estás casado?

Tomo otro sorbo de café y pienso en Leonor. Sí, recuerdo que hablamos una vez de casarnos, pero aquellas palabras se las llevó una tormenta de verano.

—No, nunca me casé. Estuve a punto, pero al final la relación no terminó bien. Cosas que pasan.

—Bueno, amigo, no te quito más tiempo. Sé que debes coger un avión para regresar a tu tierra y también tienes que desayunar como es debido. Sabes que aquí tendrás un amigo y espero que la próxima vez que vuelvas vengas de vacaciones.

—Yo también lo espero, Iskander. Esta ciudad se merece una visita más pausada.

Me levanto y le doy un abrazo que no se espera, pero me corresponde.

—No te olvides de cuidar a nuestros amigos los rusos. Que no se metan en muchos líos.

—Así lo haré. No te preocupes.

El turco me deja solo en la barra con mi café turco y con la triste sensación de que dejo a un amigo en Estambul.

Después de un buen desayuno, parto para el aeropuerto a las nueve y cuarto de la mañana en el taxi que me espera en la puerta del hotel.

Estambul me despide igual que me recibió, con un atasco monumental, pero llegaré a tiempo.

Facturo mi maleta y paso los controles de seguridad sin problemas después de quitarme el reloj y el cinto. Una vez dentro, busco la puerta desde la que saldrá mi vuelo y camino un buen trecho hasta que la encuentro.

A lo lejos distingo a Mario Zurita, que está con Paula. Se dirigen hacia el otro lado del aeropuerto acompañados por un miembro de una compañía aérea. Me doy una carrera hasta que logro alcanzarlos y llamo a Mario Zurita.

El empresario se gira. Al verme sonríe y me saluda con efusividad. Paula se queda mirándome, veo que se asusta y se coloca detrás de su padre buscando su protección.

Mario se queda perplejo ante la reacción de su hija y yo también.

—Paula, no tengas miedo, es el señor que te rescató. Salúdalo, venga.

Sin embargo, ella se queda muda, agacha la cabeza y deja de mirarme.

—Déjelo, Mario. No tiene importancia. Solo quería saludarlo. Me alegro mucho de que esté bien y de que por fin tenga a su hija con usted. La espera ha valido la pena. Yo regreso a Gran Canaria en el vuelo de las once y media.

—Nosotros nos vamos con destino a Barcelona. Salimos en quince minutos. Su hermano Luis ha insistido tanto en que pasemos unos días con él que no he podido decir que no. Sé que en el fondo él la quiere mucho. Si hubiéramos ido hacia Gran Canaria, me hubiera encantado que viajara con nosotros.

—Claro, a mí también me hubiera gustado. Muchas gracias por la invitación —miento porque sé que no me hubiera subido en ese avión. La cara de Paula me dice que no soy bienvenido.

—Sabe que tenemos pendiente un almuerzo en Las Palmas. Tengo que dejarlo, no quiero demorar más tiempo la salida. Adiós, Saduj.

—Hasta mejor ver, Mario. Adiós, Paula.

Me quedo en el sitio. Veo cómo se alejan y se pierden por una puerta en el fondo del aeropuerto.

Pienso en la reacción de Paula, en su cara asustada y, en cierta manera, su reacción tiene su lógica. Yo soy un recuerdo de un pasado que ella quiere enterrar y olvidar y al verme, estoy convencido, salieron esos muertos que ella quiere olvidar.

También pienso en Luis Zurita y es mi instinto que me dice que no es trigo limpio. Darlindark todavía no me ha entregado el informe. Sé que tengo que darle unos días más para que obtenga la información que le pedí. Solo espero equivocarme y que lo que pienso sobre el hermano de Paula solo sea fruto de mi imaginación desbordada.

Me despierta el sonido de los frenos del avión. He llegado a Gran Canaria después de dormir en el trayecto. Me desperezo, espero a que el pasaje abandone el avión y salgo el último.

Al bajar del avión me recibe ese olor particular que tiene mi tierra, ese aroma inconfundible que solo sabemos diferenciar los canarios, ese aroma a mar que se entremezcla con la humedad que llega desde las cumbres de Gran Canaria.

En la espera, enciendo mi teléfono y lo primero que recibo es un mensaje de Darlindark en el que me dice que ya tiene la información de Luis Zurita y que me la ha enviado a mi correo electrónico.

Mientras espero la maleta, enciendo el ordenador portátil y lo conecto a la conexión de datos de mi teléfono. Entro en mi correo y leo el informe sobre Luis Zurita. Me quedo helado y también perplejo. Del informe destaca la información financiera de sus empresas, que están en bancarrota y todas con concurso de acreedores en marcha. No escapa ni una. Estoy convencido de que Mario Zurita desconoce esta información, su hijo se la ha ocultado. Según el informe, la situación comenzó a empeorar a finales de 2010 cuando el mayor de los Zurita compró de una tacada dos restaurantes que, a primera vista, eran una ganga, pero resultaron ser un bluf. Esas dos compras comenzaron a lastrar al resto de negocios de los Zurita hasta llevarlos al desastre financiero.

Cierro el portátil porque veo aparecer mi maleta. Miro la hora y compruebo que falta un minuto para las once de la noche. No logro quitarme de la cabeza la imagen de Paula y de las razones de su secuestro. Tengo que hablar con Darlindark. Necesito ampliar la información sobre Luis Zurita y eso solo puede estar en las llamadas de teléfono e incluso en su ordenador. Ese es el trabajo que todavía tiene pendiente mi amiga la *hacker*. Sé que es complicado obtener ese tipo de información, pero sé que lo hará.

Salgo del aeropuerto en un taxi con dirección a mi casa. Por el camino llamo a Ana:

—Hola, guapa, ya he llegado. Voy en un taxi camino de mi casa.

—¿Qué tal fue el viaje?

—Muy bien. La verdad es que se me hizo corto y los vuelos salieron a su hora. No tengo ni una queja; además, dormí como un lirón durante el trayecto Madrid-Gran Canaria. ¿Qué más puedo pedir?

—¿Que te reciba una hermosa mujer en tu casa?

—Eso sería el no va más, pero ¿quién es la hermosa mujer que está dispuesta a esperarme en mi casa?

Ella suelta una carcajada que resuena en el interior del vehículo, haciendo que el taxista me eche una miradita por el espejo retrovisor acompañada con una ligera sonrisa que yo supongo de complicidad, de esas que solemos echar los hombres como si necesitáramos ese tipo de apoyo moral.

—Sabes que tengo llave, que soy tu asistenta y que puedo estar en tu casa en menos de quince minutos. Una ducha, un poquito de perfume, una sugerente ropa interior, un traje ceñido y poco más. ¿Te seduce el plan?

Intento construir su imagen con esos elementos, incluso percibir su aroma, ese que me cautiva, y le contesto:

—Sí, un plan muy sugerente, pero hoy no te pongas perfume.

—¿Qué más quieres que no me ponga? ¿En qué piensas? ¡Dímelo!

—Te lo diría, pero recuerda que viajo en un servicio público y hay ciertas cosas que no se pueden decir.

El taxista vuelve a mirarme por el retrovisor y vuelve a sonreír con su mirada cómplice.

—Bueno, lo diré bajito para que no lo oiga el conductor.

Entonces baja el tono de voz y me pregunta:

—¿Piensas en que no lleve las bragas?

—¡Me has leído el pensamiento!

—Es que los hombres están cortados por el mismo patrón. Hicieron el primero y luego los sacaron a chorrillo.

—Sí, tienes razón, somos como somos, pero nos divierte ser así, fáciles de coger a la primera, primitivos, cavernícolas y animales.

—En el fondo me encanta que sean así, tan previsibles y tan fáciles de manejar.

Vuelve a soltar una carcajada que retumba en el interior del cubículo del taxi.

—¿No habrás bebido, verdad?

—Ja, ja, ja. No, Saduj, pero no tardaré en hacerlo. Sé que tienes el mejor vino y el mejor ron que se pueda tener y esta noche nos merecemos lo mejor, ¿no te parece?

—Sí, nos merecemos lo mejor esta y todas las noches.

—Anotaré tus palabras: «Esta y todas las noches».

—Vale, vale, nos veremos y nos tomaremos unas copas para celebrar mi regreso.

—Te esperaré despierta.

—Hasta ahora.

Corto la llamada, sonrío y me percato de que tengo una tremenda erección. Como dicen los chicos de hoy, me he puesto palote con solo imaginarme a Ana con cualquier traje ceñido y sin tanga.

El taxista ya no me mira por el espejo, se concentra en la conducción y va por el carril de la izquierda a gran velocidad, como si supiera que dentro de veinte minutos caerá un meteorito que arrasará la vida de la faz de la tierra y él tiene que echar el último polvo.

Llegamos en quince minutos a mi casa, le pago la carrera y salgo. Me detengo un instante y respiro para volver a sentir el olor a mar que llega desde la playa de Las Canteras. Debe de estar la marea vacía porque el olor a marisco me traspasa y me invade.

Abro la puerta de mi casa y está oscuro. Entro, enciendo las luces y dejo la maleta en el pasillo del recibidor. Voy al salón, me quito la chaqueta y la dejo sobre uno de los sillones. Abro el mueble bar y saco la botella de ron de treinta años, esa que solo saco para las ocasiones especiales. Luego abro el botellero refrigerado, saco un rioja de cinco años, lo abro y lo vierto en un decantador para que respire. Pongo un poco de música. Esta vez nos acompañará lo mejor de Chet Baker y el sonido de su trompeta nos transportará hasta lugares insospechados.

Oigo cómo abren la puerta y cómo la cierran despacio, sin hacer casi ruido. Al mismo tiempo el sonido de unos tacones, tic, tac, tic, tac, en una cadencia que me pone como una moto. Al poco aparece Ana con un traje negro azabache tan ceñido que parece su segunda piel. La repaso de abajo a arriba, me detengo en su escote y se me corta la respiración. Después miro su rostro. Me sonríe subiendo solo el moflete izquierdo. Se apoya en el quicio de la puerta y me pregunta:

—¿Estás preparado para morir esta noche?

—Yo estoy dispuesto a morir y más a manos de una mujer atractiva y hermosa.

Se acerca a mí despacio, se detiene a dos dedos de mí y me dice:

—No sabes las ganas que tengo de ti, tantas que sería capaz de arrancarte la ropa a mordiscos, Saduj.

Entonces se me pega como una lapa y Chet Baker comienza a tocar su particular *Marilyn*. Me mira, me vuelve a sonreír y me vuelve a preguntar:

—Entonces ¿estás dispuesto a morir esta noche?

—Sí, estoy en tus manos.

Me besa con sumo cuidado, como si fuera a romperme, recorre cada milímetro cuadrado de mis labios al tiempo que sus manos me sueltan el cinturón y desabrochan el botón de mi pantalón, que cae a mis pies llevado por la fuerza de la gravedad. Yo le subo el traje por encima de la cintura y ella me dice:

—No, no llevo bragas, esta noche no las iba a necesitar.

Me baja los bóxer, me mira, me besa, agarra con fuerza mi polla, se pone en cuclillas delante de mí y comienza a chupármela lentamente. Recorre con su lengua la barra de hierro en la que se ha convertido mi verga. Siento el frescor de su lengua y de su boca. Los latidos de mi corazón se han trasladado a esa parte de mi cuerpo. Ella sabe lo que hace y lo hace a la perfección. Juega con mi miembro como si lo conociera de toda la vida. Me muerde el labio inferior y me chupa mi lengua sin dejar de tocarme. Yo juego con su coño, que está tan mojado que me empapa el índice y el anular. Ella abre las piernas poco a poco, me coge por los hombros y me empuja hacia abajo. Delante de mí, su fuente de placer afeitada casi por completo, solo una mota de pelo a modo de chiva, recordatorio de que allí hubo un día pelo.

Con mis dos pulgares abro los labios vaginales dejando libre su clítoris y ahí siento el calor de su excitación. Mi lengua juega con su clítoris, primero despacio y subo la velocidad a medida que siento sus estremecimientos. Ana me agarra la cabeza y me grita que no pare, que siga ahí, aunque el mundo se destruya en ese momento. Aúlla como una loba en celo hasta que alcanza el orgasmo que hace que se estremezca y siento cómo su cuerpo tiembla de placer.

—Esto no ha hecho más que empezar —me dice al tiempo que se gira llevando las manos al suelo y abriendo las piernas—. Fóllame hasta que no puedas más, méteme ese pollón.

Me acerco y se la meto despacio. Noto el calor y la humedad de su cueva de placer. Ella se mueve cuando siente que estoy dentro, comienzo a bombear y voy aumentando el ritmo poco a poco, al son de sus gemidos y de mi placer, hasta que nos convertimos en un mismo ser y alcanzamos el clímax al unísono. Nos quedamos en el suelo exhaustos.

—Me hago viejo, Ana. Ya no estoy para estos trotes.

—¿Viejo? Pues no se te nota nada de nada. Dentro de un rato volvemos a repetir. ¿Te parece?

—Por intentarlo que no sea. Dispuesto estoy, pero no sé si podré.

—Bueno, te quedarán las manos y tu lengua si no puedes usar el arma potente que tienes entre las piernas.

—Sí, pero espero poder usar todas mis armas —le digo mientras lleno nuestras copas de vino.

—Por nosotros, Ana.

—Por nosotros, Saduj.

Después del primer trago, ella me mira y me pregunta:

—¿Qué tal por Estambul, salió todo bien?

—Sí, como te dije, el trabajo acabó bien, pero mucho me temo que tiene un rejo que desconocíamos al principio.

—¿Un rejo desconocido? ¿Y eso qué significa? ¿No me has dicho que el trabajo ya estaba terminado?

—Sí, el trabajo sí, Ana.

—¿No me puedes contar a qué fuiste a Estambul?

Pienso en si debo decírselo. Creo que ya es hora de empezar a hablarle de una parte de mi verdadero trabajo.

—Fui a rescatar a una niña que estaba en manos de una mafia de pederastas.

—Estás de broma, ¿verdad?

—No, no estoy de broma —le digo bebiendo el último trago de vino y llenando mi copa y la de ella.

—¿Pero tú no te dedicabas a resolver cuestiones de seguros e infidelidades?

—Sí, pero tengo otro tipo de actividades un pelín más peligrosas, como la que te he comentado.

—¿Y salió bien?

—Sí, la niña está con su padre, pero la operación se complicó un poco y creo que fue por ese rejo que te dije, aunque todavía no lo tengo claro. Recabo la información necesaria.

—¿No has dicho que el trabajo está terminado? —me pregunta sin apartar la mirada.

—Sí, pero este caso es distinto. Tengo una sospecha y espero que no sea cierta porque, de serlo, sería una bomba. Pero no quiero hablar de trabajo, Ana. Vamos a echarnos unos chupitos de este ron de treinta años que nos sentará de maravilla.

—Tienes razón, Saduj, pero dime, ¿es verdad que me has echado de menos como me dijiste por teléfono?

La miro a los ojos y contemplo por unos segundos su cuerpo desnudo. Me acerco a ella, la beso en los labios y le digo:

—Te he echado tanto de menos que hasta me ha dolido, sobre todo cuando estaba solo en la habitación y la relajación me invadía. Entonces tu recuerdo venía como una brisa suave, te metías en mi cabeza y allí te quedabas hasta que me quedaba dormido. Eras como un bálsamo que sanaba mi alma de las heridas que me producía ver tanta mierda en los hombres.

Abro la botella de ron y le sirvo un chupito y luego otro a mí. Ella me mira y me pregunta:

—¿Así, solo, sin un hielo?

—Este ron hay que beberlo así, solo, cualquier elemento contaminaría ese sabor especial que tiene. Huélelo y luego bebe un sorbito, déjalo unos instantes en tu boca.

Ana coge el vaso, se lo lleva a su nariz, lo huele, bebe un sorbo y lo saborea.

—Es muy bueno y a la vez fuerte, sabe a caña. Me recuerda a las cañas de azúcar que me comía cuando iba a las fiestas de Jinámar. Estaban riquísimas.

Después se bebe de un trago el resto del ron y me lo pone delante para que se lo vuelva a llenar.

—Despacito, forastera, que este ron entra muy bien, pero sube que da gusto.

—Me encanta que entre bien. Lo que entra bien me gusta. ¿A ti no? —me dice acercándose aún más—. Después de estas copas me apetece hacerte algún que otro trabajito con mi boca.

—No voy a decir que no. Soy tuyo.

Volvimos a entregarnos al placer como dos adolescentes que llevan meses intentando encauzar la tensión sexual acumulada, mientras terminábamos la botella de vino y nos echábamos algunos chupitos de buen ron.

16. UN REJO INCONTROLADO

Nos despertamos a eso de las once de la mañana. Ana está dormida a mi lado, desnuda. La observo unos instantes, su piel morena recubre un cuerpo terso y joven. Sin quererlo, tengo una erección y dejo de pensar en lo que hicimos la noche anterior porque me pongo muy verraco, pero lo dejo estar. Me levanto, me pongo mi albornoz, bajo a la cocina y pongo una cafetera en la vitrocerámica.

En la espera, miro los correos en mi teléfono y veo un mensaje de Darlindark. Voy a mi despacho, cojo mi portátil, vuelvo a la cocina y lo pongo en marcha.

La cafetera comienza a silbar, apago la cocina y me sirvo un poco de café. Después del primer buche, entro en Tor y le abro un chat a mi amiga.

Saduj: ¿Estás?

Tarda un poco. Miro el reloj. No son más de las once y cuarto. Me termino el café y al poco escucho el característico sonido de que Darlindark me ha respondido.

Darlindark: ¿Cómo estás, viejo?
Saduj: Bien, sobrevivimos. ¿Recibiste el pago?
Darlindark: Sí, todo en regla.
Saduj: ¿Para qué me querías?
Darlindark: Por fin logré intervenir el teléfono de Luis Zurita. Me costó mucho, pero al final lo

conseguí y grabé una conversación muy intere-
sante.

Saduj: No me tengas en ascuas, que sé que te
encanta.

Darlindark: Hay que ponerle un poco de sus-
pense al asunto.

Saduj: No te enrolles.

Darlindark: La cuestión es que el tipo trata con
una especie de mafia albanokosovar que se de-
dica a la extorsión, a la venta de droga y tam-
bién a la prostitución. O sea, que nuestro amigo
es todo menos trigo limpio.

Saduj: ¿Cómo sabes que son albanokosovares?

Darlindark: Por una conversación que tuvo con
otro tipo. Le comentó algo sobre un plan que no
había salido bien y que él tenía que resolver.

Pienso y ato cabos, unos cabos que nunca me hubiera gustado atar. Aprieto los dientes con fuerza y me sube una rabia
que me es muy difícil de controlar.

Darlindark: ¿He descubierto algo importante?

Saduj: No lo sé, amiga, pero el dato sobre los
kosovares es para tenerlo en cuenta porque la
chica fue secuestrada por una mafia albanoko-
sovar y no quiero pensar en lo peor.

Darlindark: ¿Que el hermanastro estaba detrás
del secuestro de la niña?

Saduj: Sí, pero no sé por qué quería quitarla de
en medio, aunque tengo una ligera idea.

Darlindark: En ese caso, blanco y en botella, viejo. La pasta es un buen motivo para matar. ¿Has analizado lo que te envié? El cabronazo no tiene un puto duro. Querrá agarrarse a la herencia del padre y su hermana es un obstáculo. Mario Zurita todavía tiene un patrimonio considerable, no solo en bienes inmuebles, sino también en los bancos.

Saduj: ¿Tú crees que organizó el secuestro de su hermana?

Darlindark: A ver, solo hay que aplicar la lógica y la deducción después de analizar los datos que tenemos. Si Paula Zurita desaparece del mapa, él tendría vía libre para quedarse con toda la herencia de papá e incluso pedirle un adelanto en vida de parte de su herencia que resolvería sus acuciantes problemas económicos.

A mi amiga no le falta razón, a Luis Zurita le viene de perilla que su hermana desaparezca.

Saduj: Dando por cierta tu hipótesis, su plan ha salido mal porque su hermana sigue vivita y coleando.

Darlindark: Si él ordenó a la mafia albanokosovar secuestrar a Paula, ese es el asunto que salió mal y que él tenía que resolver. Mucho me temo que esa resolución pone en serio peligro a la niña. Tú acabaste muy bien el trabajo, lo-

*graste rescatar a Paula. Lo que el tipo tenga in-
tención de hacer no es asunto tuyo, viejo.
Saduj: Sí lo es, amiga. Me siento responsable.
Darlindark: ¿Responsable? ¿De qué y por qué?
¿No hiciste tu trabajo?
Saduj: Sí, hice mi trabajo, pero la sola sospecha de que la niña esté en peligro me hace responsable. ¿Tú qué hubieras hecho?
Darlindark: Dejarlo correr o llamar al padre y
manifestarle tus sospechas, pero ya sabes que te
mandará a tomar por culo.
Saduj: Si le presento pruebas, quizás no.
Darlindark: Hazme caso. Yo no sirvo para dar
consejos, pero creo que tu trabajo terminó
cuando pusiste a la hija de tu cliente en sus manos. Ahora es asunto de él. Lo más que puedes
hacer es hablar con su padre o, si quieres, envía la información a la Policía de forma anóni-
ma. Sabes cómo hacerlo y, si no sabes, yo me
puedo encargar, pero déjalo correr.*

Mi amiga tiene razón. Ya no es asunto mío. Mi trabajo está finalizado, pero tengo que hablar con Mario Zurita y contarle mis sospechas, pero no sé cómo se lo tomará, aunque
tengo una ligera idea.

*Saduj: Tienes razón. Le trasladaré la informa-
ción a Zurita y que él haga lo que estime oportuno.*

Darlindark: Haces bien. Que él tome las deci-siones que tenga que tomar. Es una cuestión familiar. ¿Cierro el caso, entonces?

Pienso en Paula, en su miedo, en su soledad y en su tristeza.

Saduj: Sí, corta y cierra. Envíame la factura.
Darlindark: Esto corre a cargo de mi cuenta, viejo. Eres un tipo legal y haces las cosas sin pensar en la pasta que vas a cobrar y eso dice mucho de ti. Así que esta copa la pago yo, pero no te me acostumbres, que yo no soy una ONG. Tengo que pagar un porrón de facturas y no me cuentes el rollo ese de que los caballeros solo dicen las cosas una vez sola. Ya me sé el cuento.
Saduj: Vale, amiga. Gracias por estar ahí.
Darlindark: Por cierto, ¿te has echado novia?
Saduj: ¿Novia?
Darlindark: Sí, novia o follamiga, llámala cómo quieras.
Saduj: ¿Y cómo sabes tú eso?
Darlindark: Bueno, el WhatsApp no es seguro y soy una chica muy curiosa.
Saduj: No voy a pensar mucho en lo que me has dicho, pero sí, estoy empezando una relación con una chica.
Darlindark: ¡Bien! Lo sabía. Te vendrá bien, ya sabes que los años pasan y...

Saduj: Vale, vamos a dejarlo ahí y, por favor, deja de espiarme, te pago para otros menesteres.

Darlindark: Es simple curiosidad. No hay maldad. Solo me gusta saber que estás bien y que te tratan bien, viejo. Con el tiempo te he cogido cariño. Eres un buen tipo. Ya lo sabes.

Saduj: El sentimiento es recíproco. Bueno, te tengo que dejar que ya oigo a mi follamiga bajar por las escaleras.

Darlindark: Adiós y no te metas en muchos líos.

Saduj: Así lo haré, amiga, así lo haré.

Cierro el Tor y el portátil. Pienso en Paula Zurita y en que no me gusta que vuelva a estar en peligro.

Ana entra en la cocina con una de mis camisetas que le llega casi a las rodillas. Se arrastra con la cabeza gacha y con los brazos caídos. Parece un fantasma.

—¿Un café, amiga?

—Sí, si pudiera inyectármelo en vena, sería mejor.

—Eso creo que aquí no es posible.

—Tengo la cabeza como un bombo. Eso de mezclar el vino y el ron no fue una buena idea. Voy a tener que tomarme un paracetamol de un gramo. Para mí es un santo remedio. Sé que tienes algo por ahí.

—En el armario blanco del baño está el botiquín y allí encontrarás la dosis necesaria, pero antes tómate el café.

—Sí, también quiero comer algo. Ayer quemamos mucha energía y hay que recuperarla lo antes posible.

Le preparo el café. Ella se despacha sola, abre la nevera, saca el queso plato, el jamón y se prepara un sándwich doble.

Se toma el café y, entre sorbo y sorbo, le da grandes mordiscos al emparedado de jamón y queso. Después dirige la mirada hacia el portátil y me pregunta.

—¿Has estado trabajando?

—Sí, he hecho algunas gestiones que no podían esperar.

—Nunca paras de currar, ¿verdad? Tienes la cabeza en mil sitios a la vez.

—Anoche no trabajé. Me dediqué de lleno a ti.

—De eso no puedo quejarme, pero no me refería a la fiesta de ayer.

—Por regla general, cuando acabo un trabajo, no pienso más en él. Lo cierro y a otra cosa mariposa. Sin embargo, el caso de esta niña parece que no se ha cerrado del todo.

—Ayer me dijiste que estaba resuelto.

—Así es. Mi cliente quedó más que satisfecho. El que no está satisfecho soy yo. Tengo datos que indican que la niña puede estar en serio peligro.

—¿Otra vez?

—Sí, otra vez, pero solo es una hipótesis que se basa en una serie de datos.

Le relato de forma concisa cuáles son esos datos y las sospechas que tengo sobre el hermanastro de Paula Zurita.

Ella me mira, se levanta y me dice:

—Voy a buscar el paracetamol. La resaca me mata.

Yo la veo perderse y la oigo trastear en la parte de arriba de mi casa. Luego baja, coge un vaso, lo llena de agua hasta la mitad, mete el paracetamol efervescente de un gramo y me pregunta:

—¿No es un poco enrevesado este asunto?

—Lo es, pero no es la primera ni la última vez que un hermanastro intenta eliminar a sus competidores para quedarse solo con la herencia y más cuando estás hasta el cuello de deudas. La desesperación nos hace cometer locuras de las que luego nos tenemos que arrepentir.

—¿Y qué vas hacer al respecto? Porque visto desde fuera no es un asunto tuyo.

Ana coge una cucharilla, revuelve su medicación contra la resaca, coge el vaso y se lo bebe de un trago.

—Aggg, esto sabe a rayos. ¡Joder! ¿Cuándo harán las medicinas que sepan a gloria bendita?

—Nunca, Ana, nunca, las medicinas saben a rayos. Contestando a tu pregunta, quiero hablar con el padre, plantearle mis sospechas y retirarme. Hasta ahí llega mi responsabilidad.

Me oigo decir esas palabras y me siento mal porque el cuerpo me pide coger el primer avión a Barcelona, buscar a Luis Zurita y sacarle la verdad a trompadas, como en los viejos tiempos. Lo sé, he sido un puto sentimental porque no soporto que apaleen a un indefenso. Sin embargo, en este caso tanto Ana como Darlindark tienen razón; el asunto ya no es mío.

—Me parece una decisión acertada. Ya es hora de que me ponga a currar, tengo que ganarme el sueldo.

La observo unos instantes y le digo:

—Vamos a tener que hablar de tu trabajo. No me parece correcto que, siendo mi chica, trabajes para mí. No sé, me parece un poco extraño.

Ella me mira, sonríe, se acerca a un palmo de mí y me dice:

—No voy a convertirme en tu mantenida. En mi casa me enseñaron que hay que buscarse la vida y que yo sea tu chica no quita para que pueda seguir limpiando. Es un trabajo que me gusta, que hago muy a gusto y que me pagas muy bien. Aunque reconozco que me gustaría ser tu secretaria particular, pero eso solo es una fantasía sexual. Así que no te comas mucho el coco con esa chorrada. Me doy una ducha y me pongo al tajo.

Me da un beso en la boca y me dice:

—Pero sí, algo ha cambiado, puedo asaltarte en cualquier rincón de esta casa como en mis mejores sueños y no podrás detenerme.

Veo cómo sale de la cocina y pienso en sus palabras: «Algo ha cambiado».

Me preparo mi desayuno y, mientras doy cuenta de él, pienso en Zurita, en cómo le voy a decir que sospecho que su hijo está detrás del secuestro de su hija. Sé que no me va a creer, pero tengo que llamarlo y decírselo. No me queda otro remedio.

Después de desayunar me dirijo a mi despacho, compruebo la hora y llamo a Zurita. Me contesta después unos cuantos tonos.

—Hola, Saduj, es un placer volver a oírle.

—Buenos días, Mario. ¿Tiene unos minutos para atenderme? Es muy importante.

—Sí que los tengo. Paula está con sus primos y tengo la mañana libre. Cuénteme.

—Lo que le voy a decir no le va a gustar, pero tengo que decírselo.

—¿De qué se trata?

—Tiene que ver con el autor del secuestro de su hija Paula.

—Eso es agua pasada, Saduj. Usted hizo su trabajo y yo le pagué por ello. Punto y final. No quiero saber nada más de esos hijos de puta. ¿Lo ha comprendido? No quiero saber nada. Me quiero olvidar de esto.

—Esta vez me tiene que escuchar, Mario, porque es trascendental y se lo voy a decir le guste a usted o no. Tengo razones para pensar que detrás del secuestro de Paula estuvo su hijo Luis.

El silencio se instala entre nosotros y solo oigo la respiración de Mario Zurita.

—Empecé a atar cabos después de que nuestro primer intento de rescate fuera un fracaso, porque habían trasladado a su hija, y de que usted me dijera que le había contado lo del rescate a su hijo Luis. Esos cabos me llevaron hasta su hijo. Él era el único que podría haber dado el soplo a los secuestradores porque mis hombres estaban descartados.

—¡Usted no sabe lo que dice! —me grita.

—Así que ordené que lo investigarán. Esa investigación deja a las claras que las empresas de su hijo están en bancarrota y todas están en concurso de acreedores. En definitiva, que no tiene dónde caerse muerto. Y si a esta situación de desastre económico le sumamos su relación con la mafia albanokosovar, que controla el mundo delictivo de la noche barcelonesa, el cóctel está preparado, Mario. Los que secuestraron a Paula pertenecen a esta mafia, su hija fue secuestrada en Barcelona y, según Paula, fueron solo a por ella y ella tenía la impresión de que no fue una elección al azar. ¿Coincidencias? Quizás sí.

Mario Zurita no me dice nada.

—Usted es un hombre con mucho dinero, Mario. Conozco su patrimonio y es inmenso, capaz de pagar dos o tres millones de euros sin ningún tipo de problema. ¿Se ha preguntado por qué los secuestradores nunca le pidieron un rescate sabiendo que la niña que secuestraron era Paula Zurita? Sí, no me lo diga. Sé que se habría arruinado porque habría pagado lo que le pidieran, pero nunca lo hicieron. Su primogénito necesita unos cuantos millones de euros, no uno ni dos, sino muchos más para salir del agujero en el que está metido y tiene el punto de mira en su dinero. Antes de que Paula naciera, él era su único heredero y él se quedaría con todo. Sin embargo, usted tiene que repartirlo. Esa situación no le gusta y ha decidido quitarla de en medio. Con Paula fuera de juego, él no dudaría en pedirle que le adelantara su herencia en vida, pero con Paula vivita y coleando usted nunca lo haría.

—Usted está loco. ¿Qué busca con esto? ¿Más dinero? ¿Dígame? ¿Es eso? —me pregunta gritando.

—No, señor Zurita, no quiero su dinero. Ojalá esto fuera el planteamiento de un loco, pero algunas piezas encajan. ¿Su hijo le ha contado que está en bancarrota?

—Eso no es de su incumbencia, señor Morín. Y si así fuera, sería una cuestión familiar que resolveremos, pero le aseguro que mi hijo Luis no está detrás del secuestro de su hermana y tampoco es un mafioso.

—Solo le digo que cuide de su hija porque algo me dice que vuelve a estar en serio peligro. Hay mucho dinero en juego y su hija es el primer obstáculo para que ese dinero circule. Ya no basta con secuestrarla, ahora serán más drásticos. La quitarán de en medio. Hoy en día matar es muy fácil y hay quien lo hace muy bien. No se olvide de eso.

—Se acabó, señor Morín. No voy a escucharlo más. Usted no sabe lo que dice.

—Yo he cumplido con mi parte. Le he informado de mis sospechas. Espero que sean infundadas y que los que secuestraron a su hija solo fueran unos pederastas que buscaban a una niña con unas determinadas características para cubrir su asqueroso mercado. Adiós, señor Zurita. Le deseo toda la suerte del mundo, la va a necesitar.

Cuelgo el teléfono y me quedo con una sensación extraña, con una especie de desazón que se mezcla con rabia, una rabia por no hacer más de lo que hago, porque sé que Paula está en peligro.

17. AL ATAQUE

A la mañana siguiente vuelvo a mi rutina diaria. Me levanto antes del amanecer. Permanezco sentado en la cama. Esta vez no puedo dejar la mente en blanco. Esta vez no, esta vez solo pienso en Paula Zurita. No puedo quitarme su imagen de la cabeza, que me la martillea como si fuera un mazo pilón, como si me dijera: «Estoy aquí, no quiero que me olvides y me dejes abandonada como hiciste la última vez».

Me levanto y salgo a correr. Recorro la avenida de Las Canteras a un ritmo suave hasta que mi cuerpo comienza a pedirme que aumente el ritmo y así lo hago. Cuando quiero darme cuenta, ya corro a esa velocidad que me permite estar cómodo y sentir cómo mi cuerpo responde sin llegar a colapsarse. Conozco mis límites y nunca me ha gustado sobrepasarlos. Ejercicio sí, pero con cabeza.

A los cuarenta y cinco minutos suena la alarma de mi móvil, entonces disminuyo el ritmo hasta que voy al trote. Mis pulsaciones se asientan hasta llegar al estado normal. Así llego hasta mi casa. Me acerco a la barandilla de acero, estiro bien, poniendo especial atención en mis piernas. Me siento como nuevo. Veo cómo la claridad se adueña de la mañana. Respiro y mis pulmones se llenan del olor a marisco y ceba, ese aroma que desde que tengo uso de razón me acompaña y que tanto me gusta.

Entro en mi casa y las luces están encendidas. El olor a café me recibe. Me dirijo a la cocina. Me encuentro con Ana que se gira y me dice:

—Ya veo que te pones al día.

—Correr por las mañanas es lo mejor que puedo hacer. Me activa y me prepara para el día. Deberías probar.

—Yo voy al gimnasio de mi barrio y con eso tengo suficiente. ¿Para qué más?

—Tienes razón. Lo importante es hacer algo de ejercicio. Nos viene bien para todo. Por cierto, no te he preguntado por tu madre, ¿cómo está?

—Terminando las sesiones de rehabilitación, pero todavía le queda por lo menos un mes de baja, aunque ella quiere ponerse ya a trabajar. Yo le digo que cuando el traumatólogo le dé el alta, que antes ni hablar.

—Claro, antes no podrá ser, no se lo voy a permitir. Que se recupere. Además, estás tú, que haces un magnífico trabajo.

Ella sonríe, se me acerca y me pregunta:

—¿Solo un magnífico trabajo?

Al tenerla tan cerca huelo el ligero toque de su perfume y mi cabeza no puede controlar una erección inminente.

Se acerca más, tanto que se pega a mí y me dice:

—Puedes besarme, aún no he empezado mi jornada laboral y no puede ser considerado acoso en el trabajo.

Me da un beso en los labios, se separa de mí y me dice:

—Ahora sí ha empezado mi jornada. Si quiere, puede subir a ducharse y luego bajar a desayunar. ¿Qué le parece?

—Me parece genial. Necesito una ducha de manera urgente. Puede tutearme, señorita —le digo con una ligera sonrisa.

Subo a mi habitación, me desvisto y me ducho. Luego bajo a desayunar y, cuando termino, recibo un mensaje en el móvil de Darlindark. Me levanto, voy a mi despacho y enciendo el portátil. Entro en Tor y busco a mi amiga. La encuentro y le abro un chat:

Saduj: Hola, ¿qué pasa?
Darlindark: Tienes problemas, viejo.
Saduj: ¿Problemas? Explícate.
Darlindark: Iba a dejar el seguimiento a nuestro amigo Zurita. Incluso iba a borrar las últimas conversaciones porque ya no eran de nuestro interés, pero soy muy curiosa y en este caso más. Hoy me desvelé a eso de las seis y escuché las grabaciones del día de ayer y el hijo de la gran puta quiere asesinar a la niña. Lo tengo grabado. Si quieres, te envío la grabación completa por si la necesitas para algo.
Saduj: Sí, envíamela, pero hazme un resumen.
Darlindark: Ha ordenado que la asesinen, pero sin dejar rastro. Ya sabes, como los putos mafiosos, y no se ha cortado un pelo. También está grabada la conversación que tiene con su padre donde este le dice lo que tú y yo sabemos, pero él lo niega. Le dice que es cierto que ha tenido dificultades, pero que las ha resuelto y que las empresas van viento en popa. ¡Patrañas! El viejo Zurita se lo ha tragado.
Saduj: ¿Pero le contó que pensábamos que él había ordenado el secuestro de su hermana?
Darlindark: No, de eso no le comentó nada y en cierta forma tiene lógica, ¿no crees? ¿Tú le dirías a tu hijo que sospechas que él ha secues-

239

trado a su hermano? No, ¿verdad? Porque era una acusación sin fundamento.

Saduj: Pero ahora sí tenemos pruebas.

Darlindark: Lo tenemos cogido por los huevos, pero ¿qué vas a hacer?

Saduj: Intentaré hablar con Zurita, aunque sé que no voy a tener mucho éxito porque, si no me creyó la primera vez, no creo que lo haga ahora.

Darlindark: Pero tienes pruebas que enseñarle. Le puedes enviar la grabación y ya no tendrá dudas.

Saduj: Eso está claro, pero creo que el señor Zurita no me creerá.

Darlindark: Pues tendrá un problema si no te cree. La niña está en serio peligro.

Saduj: Ya lo sé. Eso es lo único que me preocupa.

Darlindark: Vas a tener que sacar todo tu poder de persuasión.

Saduj: Eso es un asunto que tengo claro. Gracias, amiga. Si tienes conocimiento de algún dato importante, no dudes en llamarme por teléfono.

Darlindark: No te preocupes por eso, así lo haré.

Saduj: Adiós, amiga.

Darlindark: Adiós, viejo, y ten mucho cuidado.

Saduj: Lo tendré.

Cierro el Tor. Pienso en el señor Zurita y en su hija Paula. Al poco me llega el fichero de sonido que me envía Darlindark. Lo escucho con detenimiento. No hay duda. Luis Zurita ha ordenado asesinar a su hermanastra.

No puedo perder el tiempo. Subo a mi habitación y me visto con uno de los trajes de mi ropero. Cojo la maleta y coloco dentro de ella la ropa necesaria para una semana. Paso por mi despacho y me llevo el portátil.

Al bajar me encuentro a Ana en la cocina que, al verme con la maleta, me mira sorprendida y me pregunta:

—¿Te vas de viaje?

—Sí, un asunto muy urgente que está relacionado con el caso de Estambul. Me voy para el aeropuerto a coger el primer vuelo que salga para Madrid o Barcelona. El asunto se ha complicado mucho y no veo otra forma de resolverlo que ir en persona.

—¿Pero ya no estabas fuera del caso?

—Sí, pero no voy a permitir que acaben con la vida de Paula Zurita. Hoy me han dado una información que pone en peligro su vida.

Me acerco a ella, le doy un beso en los labios y le digo.

—No te preocupes, volveré.

—Eso espero —me dice y puedo leer la preocupación en sus ojos, pero no tengo otro remedio que partir.

Entro en el garaje, me subo a mi coche y pongo rumbo al aeropuerto de Gran Canaria.

Dejo el coche en los aparcamientos del aeródromo y me dirijo al mostrador de Iberia. Me atiende un chico y le pregunto por los vuelos a Barcelona y Madrid. Después de unos minutos me informa de que hay uno que sale a las dos de la tarde hacia Barcelona, pero que hay un vuelo de otra compañía que sale en cincuenta minutos con rumbo a la ciudad condal y que estoy a tiempo de cogerlo. Me escribe en un papel el nombre de la compañía, me lo pasa arrastrándolo boca a abajo, como si fuera el mayor de los secretos y sonríe.

En menos de veinte minutos gestiono el billete y espero mi turno para embarcar.

Primer intento de contactar con Zurita en vano, no me coge el teléfono.

Mi asiento está en la cola del avión. Me toca al lado de la ventana junto a una señora de la que no soy capaz de determinar su edad. Le pido una almohada al azafato, la apoyo en la pared sintética del avión e intento dormir. Duermo bien durante el trayecto y me despierto quince minutos antes de aterrizar. La señora me dice que he dormido como un tronco, que empecé a roncar, pero que después de un leve toque en el costado ya no lo hice más. Le sonrío y me disculpo.

Bajamos del avión y, mientras voy de camino a la salida, vuelvo a llamar a Zurita, pero sigue sin cogerme el teléfono.

Salgo de El Prat, me subo al primer taxi de la fila y le digo al taxista que me lleve a Las Ramblas. Intento una nueva llamada a Mario Zurita, pero sin éxito. Entonces le envío un SMS:

> *Buenos días, Mario, estoy en Barcelona. Necesito hablar con usted. Es un asunto de vida o muerte.*

Pienso en la última frase: un asunto de vida o muerte. Sé que no solo está en peligro Paula Zurita. También lo estoy yo. Su hermano Luis no dudará en enviar a uno de sus secuaces a pegarme un tiro a la primera de cambio.

Antes de llegar al centro le pregunto al taxista por un buen hotel que esté por la zona. Él me dice que el Hotel Oriente es muy céntrico y que está muy bien de precio. No lo pienso mucho y le digo que me lleve allí. Llegamos a Las Ramblas y el taxi me deja en la misma puerta. Le pago la carrera y me bajo. Entro y alquilo una habitación por tres días. Dejo la documentación en la recepción y subo a mi habitación, la trescientos siete.

Enciendo mi portátil y me conecto al Tor; quiero hablar con MacGyver. Le envío un mensaje. Me contesta sobre la marcha.

MacGyver: Hola, amigo, ¿qué necesitas?
Saduj: Una Heckler nueve milímetros con dos cargadores.
MacGyver: Estás en Barcelona, ¿verdad?
Saduj: Sí.
MacGyver: La entrega será como siempre. Solo tienes que decirme dónde quieres que te entreguemos el paquete.
Saduj: Estoy en el Hotel Oriente, habitación 307. Si no estoy, que dejen el paquete en la recepción. Te haré el pago en unos días.
MacGyver: No te preocupes. Cuando puedas.
Saduj: Adiós, amigo.
MacGyver: Adiós.

Cierro el chat con MacGyver y busco a Darlindark. Miro la hora. Ya tiene que estar despierta. Son las cuatro de la tarde.

Se demora un poco en contestar, pero al final lo hace:

Darlindark: Hola, viejo. ¿Qué haces en Barcelona? ¿No me digas que has ido a resolver el asunto de la niña?

Saduj: Solo he venido por si acaso.

Darlindark: Por si acaso qué. Viejo, esos tipos son muy peligrosos y no dudarán ni un segundo en matarte como un puto perro. ¿Lo entiendes?

Saduj: Quiero hablar con Zurita en persona, que escuche el audio y que me garantice que protegerá a la niña. No voy a ir más allá. Sé cuidarme las espaldas.

Darlindark: ¿No vas a ir más allá? ¿Seguro? ¿Qué harás si el padre no da crédito a tus palabras? ¿Irás a la Policía? Porque él no te creerá. He pensado en este rollo toda la puta noche y he llegado a la conclusión de que tiene que haber otro motivo, no solo el económico. La pasta es un efecto colateral. Ahí tiene que haber algo más.

Saduj: ¿A dónde quieres llegar?

Darlindark: No lo sé, viejo, piénsalo bien. ¿Tú matarías a tu hermana para que tu padre te deje como heredero universal y luego pedirle un adelanto de esa herencia para pagar los pufos de los restaurantes? Demasiado enrevesado.

244

Eso no se sostiene. Ahí hay algunos detalles que se nos escapan y que no tenemos en cuenta. No tenemos todas las variables de esta puta ecuación.

Pienso en las palabras de Darlindark y no le falta razón. Pero ¿qué se nos escapa?

Saduj: Sí, en eso tienes razón. Demasiado lío para intentar convencer a su padre para que le dé el dinero. Por esa razón, Zurita no me cree, pero tenemos la grabación. Él quiere borrar del mapa a su hermana. Eso no admite dudas. Aunque lo que es importante es evitar que cumpla con su plan y para eso tengo que localizar a Zurita. Lo he llamado no sé cuántas veces y le he dejado un SMS.
Darlindark: ¿Quieres saber dónde está?
Saduj: Sí, claro.
Darlindark: Dame dos minutos.

Mientras espero por las operaciones informáticas de mi amiga, pienso en sus palabras, ¿qué motivo puede tener Luis Zurita para primero hacer desaparecer a su hermana y luego ordenar matarla? ¿Por qué no acabó con ella desde un principio? ¿Por piedad? ¿Para sacarle dinero a su padre y luego acabar con ella?

Darlindark: Está muy cerca de ti. Puedes ir caminando. Te envío la dirección a tu móvil.

Saduj: Gracias, amiga. Me tienes que decir cuánto te debo.

Darlindark: Seguimos en la misma operación, así que sigo en mi misión de voluntariado. Por cierto, deja tu móvil abierto. Si estás en peligro, envíame un WhatsApp al teléfono del que has recibido la dirección que te he enviado. Guárdalo. Yo tengo controlado tu móvil. En caso necesario, tendría que llamar al Séptimo de Caballería, pero espero no tener que hacerlo. Me imagino que intentarás hablar con el padre para convencerlo de que su hija está en serio peligro.

Saduj: Sí, ese es el primer paso.

Darlindark: ¿Y el segundo?

Saduj: El segundo es ir a rescatarla y ponerla a salvo. Ya lo hice una vez y lo volveré a hacer.

Darlindark: Esa medida te puede acarrear muchos problemas legales.

Saduj: Me da igual los problemas legales que me acarree. Si la niña está en peligro, no voy a esperar a verla muerta. Ya tendré tiempo de explicar lo que tenga que explicar.

Darlindark: Ten cuidado. Esos tipos son muy peligrosos.

Saduj: Lo tendré. No te preocupes. Sé cuidarme.

Darlindark: Vale. Seguimos en contacto. Adiós, viejo.

Saduj: Adiós, amiga.

Cierro el Tor y recibo la notificación del correo de Darlindark. Dentro hay un enlace de Google Maps. Debajo está la
dirección exacta. Abro el enlace y compruebo que está muy
cerca del hotel, solo a cinco manzanas.

Me doy una ducha, me visto y salgo del hotel en la dirección que me ha dado mi amiga. Llego en diez minutos. Busco
el portero automático y toco en el primer botón de abajo. Me
responden y contesto que voy a dejar correo comercial. Ese
truco casi nunca falla. Entro en el portal y me dirijo a los
buzones a confirmar la dirección. Los buzones son plateados
y brillan tanto que me reflejo en ellos. Ahí está: Luis Zurita,
segundo C. Subo por la escalera. El corazón se me acelera,
como si supiera que algo va a ocurrir. El subconsciente se
adelanta a los acontecimientos, aunque luego no pase nada.
Él se preparara para lo que pueda ocurrir. Estoy preparado.
Siempre estoy preparado.

La luz de la escalera se enciende de forma automática.
Subo despacio, con mucha tranquilidad. Llego al pasillo que
está iluminado y busco el segundo C. Toco el timbre y resuena en el interior de la casa. No le quito ojo a la mirilla hasta
que se oscurece. Hay alguien detrás de la puerta. Oigo que
manipulan la cerradura y abren. Delante de mí aparece el
señor Zurita con cara de pocos amigos, pero al mismo tiempo
como si se preguntará qué hago yo delante de la puerta de su
hijo.

—¿Qué hace aquí, señor Morín? Ya le dejé claro que no
quiero oír sus locuras. No me gustaría tener que denunciarlo
por acoso.

—Solo voy a robarle unos minutos. Su hija está en peligro, en serio peligro. ¿Por qué cree que he cogido el primer vuelo desde Gran Canaria y me he plantado aquí? Intenté hablar con usted por teléfono, pero no me lo cogía.

—Si la información que me quiere dar está relacionada con mi hijo, no la quiero oír.

—Pues tendrá que oírme. Su hijo pretende asesinar a su hija. Aquí tengo la grabación. ¿Quiere oírla?

Mario Zurita se queda callado y, sin apartar la mirada de mis ojos, aprieta la mandíbula con tanta fuerza que parecía que le iban a estallar los dientes en mil pedazos. No era un buen trago que le dijeran que su hijo planeaba matar a su querida hija.

Saqué el móvil y le dije.

—Aquí tengo la grabación. Solo tiene que oírla. No le planteo ninguna especulación. Ya no sé si son razones económicas u otro tipo de razones, pero lo que sí sé es que él la quiere quitar de en medio.

—¿Sabe que le digo? Que no quiero oír ninguna grabación. Estoy convencido de que usted está equivocado y que no es mi hijo Luis.

—Si tan seguro está, ¿por qué no la oye? ¿Qué tiene que perder?

—¿Cómo se lo digo, en inglés? No quiero oír ninguna grabación. ¡Váyase o llamaré a la Policía!

Permanezco plantado delante de él sin entender muy bien lo que le pasa, sin comprender por qué no quiere escuchar la grabación, como si no quisiera enfrentarse a la cruda realidad.

—Está bien, señor Zurita. Se lo repito. Su hija está en peligro y más pronto que tarde la encontrará muerta y entonces
será demasiado tarde.

—¡Váyase, por favor! —grita y su grito resuena en el rellano.

Me doy la vuelta, bajo por las escaleras y activo la grabación que tengo en el móvil y se oye la voz de Luis Zurita:
«Me da igual cómo coño lo hagas. Solo quiero que la quites
de la circulación, matarla de una puta vez y que no dejes rastro. ¿Comprendes? Me importa un carajo lo que cueste.
Además, ya han sacado una buena pasta cuando la tenían
secuestrada. Les dejé muy claro que tenían que acabar con
ella y no me hicieron caso. Ahora tengo que resolver este
puto problema». No tengo dudas, ninguna duda.

18. NO HAY OTRA SALIDA

Llego al hotel, subo a mi habitación. Me siento en la cama y me hierve la sangre. Tengo que actuar y rápido. Suena el teléfono. Contesto. Es de la recepción. Ha llegado mi paquete. Bajo a buscarlo. El mensajero es un tipo muy alto. Más de metro noventa y delgado como un junco. Me pregunta si soy Saduj Morín, le contesto que sí y le entrego mi DNI. Lo coge con la mano derecha, lo mira y me lo devuelve. Le firmo el recibo y me entrega el paquete. Por el peso sé que es la pistola con los cargadores. Vuelvo a subir. Abro el paquete. Saco la Heckler, los cargadores y una funda negra para la pistola, un regalo de mi amigo. Le coloco uno de los cargadores, le pongo el seguro, la meto en la funda y la pongo encima de la mesa.

Sin saber muy bien por qué, recuerdo el día que maté a un hombre. No me siento orgulloso de ello y he logrado no llegar a esos extremos; sin embargo, en aquella ocasión era diferente. Era su vida o la mía y está claro que en ese tipo de situaciones las elecciones se decantan por proteger tu vida. Se dispara ese mecanismo atávico de supervivencia que nos hace luchar por seguir vivos. En aquella ocasión no lo dudé. Disparé tomando la decisión en un milisegundo. Ya lo dije; era su vida o la mía. Después, mi cliente me dijo que aquel cabrón estaba muy bien bajo tierra. Reconozco que el que la víctima fuese un verdadero cabrón no me reconfortó en absoluto y no dormí muy bien las siguientes semanas, pero bien es cierto que el tiempo lo cura todo. Me convencí de que aquel tipo no se merecía estar sobre la faz de la tierra y de que las veintitrés víctimas conocidas sonrieron cuando se enteraron de que su violador había pasado a mejor vida. Con el tiempo yo también me convencí de ello.

Enciendo el portátil y me conecto al Tor. Le envió un mensaje a MacGyver. Me responde al instante:

MacGyver: ¿Algún problema con la entrega?

Saduj: No, la entrega ha llegado en tiempo y forma.

MacGyver: ¿Qué necesitas?

Saduj: Un lugar seguro y apartado donde nadie nos moleste por unos días y dos hombres de confianza y expertos en seguridad.

MacGyver: ¿Para cuándo?

Saduj: Para hoy. Si puede ser, para dentro de una hora.

MacGyver: En la provincia de Barcelona, supongo.

Saduj: Sí.

MacGyver: Dame media hora. Desde que tenga algo te envío un mensaje con la dirección y las coordenadas para que vayas a tiro hecho. Un mensajero te llevará las llaves al hotel y los hombres estarán esperándote.

Saduj: Envíame el importe, aunque no creo que pueda hacerte la transferencia hasta dentro de unos cuantos días. No tengo la cabeza en eso.

MacGyver: No te preocupes.

Saduj: Te lo haré llegar la semana que viene.

MacGyver: Sin problemas.

Cierro Tor y el portátil.

Llamo a la recepción. Me responde una mujer. Le digo que quiero alquilar un coche de cuatro puertas con el tanque lleno, con las lunas traseras tintadas y que lo quiero para dentro de una hora. Ella me dice que no hay problema, que tienen una casa de alquiler de confianza, que ellos se encargarán del papeleo y que en menos de media hora tendré el coche.

Estoy nervioso. Mi plan no es el mejor, pero no tengo otra salida. Ya lo dice esa frase: a grandes problemas, grandes remedios. La vida de Paula Zurita está por encima de todo. No voy a permitir que la asesinen.

A los quince minutos me llaman de la recepción. Tengo que bajar para firmar el contrato de alquiler del coche. Bajo, firmo, pago y cojo las llaves. Es un Renault Megane tipo familiar, color negro. Ideal.

Vuelvo a mi habitación, me desvisto y me ducho. Salgo del baño, me visto y suena el tono de que me ha llegado una notificación al teléfono. Lo cojo. Es un mensaje de MacGyver. Me envía la dirección exacta de la casa. Abro el enlace y compruebo que está a las afueras de Barcelona. Es perfecta. Está situada en el Bruc, una zona residencial. Abro el Street View de Google, me doy un paseo virtual por las calles, localizo la casa y pienso que MacGyver sabe lo que tiene entre manos y vale la pena pagar lo que sea por sus servicios.

Recibo una llamada de la recepción. Otro mensajero. Bajo y me encuentro con una chica que no debe de tener más de veinte años. Me mira, me sonríe y me dice que tiene un paquete para mí. Le entrego mi DNI, ella lo mira, me mira y vuelve a sonreír. Me dice que está correcto y me entrega un paquete que no mide más de diez centímetros. La chica se va y cojo al recepcionista mirándole el culo. Lo miro y le digo que qué bonita es la juventud. Él no me dice nada y me mira con cara de ofendido, como si lo cogiera mirando *Las Meninas* de Goya. Un puto salido al que no le gusta que lo cojan con las manos en la masa.

Subo a mi habitación, abro el paquete, cojo las llaves de la casa y me las meto en el bolsillo junto con las del coche. Después cojo la pistola. Me la meto en la pretina de atrás del pantalón y salgo sin olvidarme de coger el teléfono móvil.

El coche está en los aparcamientos del hotel, que está dos calles más allá, hacia allí me dirijo. Es el ideal y compruebo que tiene el tanque lleno y las lunas traseras tintadas.

Salgo del aparcamiento y me dirijo a la dirección en la que vive Luis Zurita. Aparco en un reservado para discapacitados que está situado a veinte metros del portal del hijo de Zurita.

Utilizo la misma estrategia para entrar en el portal. Me abren sin preguntar. Los vecinos deben de estar hasta el gorro de la correspondencia comercial. Subo por la escalera en dirección al segundo C. Mientras subo, pienso si esta es la única salida, si me meto en un jardín del que no sabré si podré salir indemne, pero también sé que no tengo otra opción. Blancas o negras; entras o sales corriendo. Yo decido entrar aunque me corten los huevos en el primer minuto.

Me detengo frente a la puerta de Zurita. Miro a un lado y a otro. Nadie por los alrededores. Saco la Heckler de la funda y la coloco paralela a la pierna derecha. Respiro hondo. Tengo que estar tranquilo. No sé qué me voy a encontrar y sea lo que sea tendré que actuar con rapidez y contundencia.

Toco el timbre y no le quito ojo a la mirilla de la puerta. No tengo que esperar mucho para saber que alguien mira por ella. Luego se aparta. Vuelvo a insistir con el timbre. No me voy a ir hasta que me abra, pero no me abre. Guardo la pistola, cojo el teléfono y llamo a Mario Zurita. A los diez tonos salta el contestador. Vuelvo a insistir y esta vez sí contesta.

—Mario, ábrame la puerta. Sé que está ahí. Necesito hablar con usted.

—Ya le dije que no quiero oír sus locuras. ¡Váyase o llamaré a la Policía!

—Su hija está en peligro. Solo quiero proponerle un asunto para ponerla a salvo hasta que termine de contrastar la información que tengo. La vida de su hija es lo que está en juego. Por favor, ábrame la puerta.

Nos quedamos en silencio unos segundos y la comunicación se corta. Guardo el teléfono y espero. Al poco oigo cómo se pone en acción el mecanismo de la cerradura. Sacó la pistola y, cuando se abre la puerta, la empujo con todas mis fuerzas. Entro y cierro. Zurita está en el suelo intentando recomponerse del susto. Cuando se levanta, se percata de la situación. Le apunto y me mira sin entender muy bien qué es lo que pasa.

—Usted está como una cabra. ¿Cómo se atreve a entrar en mi casa y apuntarme con una pistola? Voy a llamar a la Policía.

—No dé un paso, Zurita. No tengo intención de utilizar el arma, pero no dude que, si tengo que usarla, lo haré.

—¿Qué coño quiere? Ya le he dicho que no quiero oír sus locuras respecto a mi hijo. ¿Me entiende? —me dice gritando y con los ojos desorbitados.

—¿Dónde está Paula?

—Dormida. El médico le ha recetado una medicación que la deja aturdida y duerme muchas horas.

—Vamos a tener que despertarla. Nos vamos de excursión.

—¿Qué dice? Usted no va a ir con mi hija a ningún lado.

—Mire, Zurita, como comprenderá, si he llegado hasta aquí no es para estar con chiquitas. Tiene dos opciones: o se viene conmigo o se queda aquí. Como prefiera. Voy a poner a su hija a salvo durante unos días y me encantaría que usted nos acompañara.

Zurita se acerca a mí y me dice con rabia:

—No voy a permitir que vuelvan a secuestrar a mi hija. ¿Le ha quedado claro?

—Siéntese, Zurita, no voy a secuestrar a su hija.

—No me voy a sentar.

Le pongo la pistola en el entrecejo y le repito:

—Siéntese.

—Sé que usted no disparará. No tiene huevos.

Le sonrío y le digo:

—Claro que no voy a disparar y no es cuestión de huevos, es cuestión de planes. No necesito llegar tan lejos. Me basta un leve movimiento de muñeca para dejarlo fuera de juego, pero no quiero llegar a ese extremo. Hágame caso y siéntese.

Zurita se separa despacio y se sienta en un sofá de cuero negro. Saco el teléfono móvil y le pongo la grabación que me envió Darlindark. Se queda en silencio, como si no comprendiera lo que escucha, pero la grabación es clara, por lo menos hay que darle el margen de la duda y parece que el viejo está en esas.

—Ese no es mi hijo. Él no puede haber ordenado que maten a su hermana. Esto es una locura y, si fuera verdad, hay que llamar a la Policía.

—Es su hijo y usted lo sabe. No hay peor ciego que el que no quiere ver. Y no me diga que hay que llamar a la Policía, no hay tiempo. Usted sabe que hacen muchas preguntas. Ya la llamaremos cuando sea preciso. El tiempo se nos acaba. Ya le dije cuáles son las opciones.

—¿Cuánto tiempo estaremos fuera? —me pregunta atusándose el pelo, cerrando los ojos y respirando profundamente.

—No lo sé, pero estarán bien. Necesito tiempo para hablar con su hijo y aclarar ciertos puntos.

Se mantiene la cabeza con las manos apoyando los codos en las rodillas. Luego me pregunta:

—¿Cuándo acabará esto?

—Espero que pronto, Mario.

—Y espero que esto solo sea fruto de su imaginación. No soportaría que mi hijo esté detrás del secuestro de Paula y que, además, quiera asesinarla. Esto es una pesadilla que nunca acabará.

—Yo también lo espero, pero tenemos que irnos. Tengo un lugar tranquilo en el que pasarán unos días. Es un chalé que está a las afueras de Barcelona. Le doy unos minutos para que coja algo de ropa para usted y su hija. En quince minutos nos vamos y, por favor, no se ponga en contacto con su hijo.

Mario Zurita se levanta, me mira de arriba abajo y me dice:

—Guarde el arma, no quiero que mi hija la vea.

257

—No se preocupe, la guardaré, pero no haga ninguna tontería. Deme su móvil.

Me lo entrega sin preguntar con gesto de abatimiento y se pierde en el interior de la casa. Abro el móvil, le quito la batería, le extraigo la tarjeta SIM. La doblo, la parto en dos y la dejo encima de una mesa del salón. Quiero evitar tentaciones de última hora.

Al poco veo a Paula, que me mira desde el quicio de la puerta del salón. Me sonríe. Es una buena señal. Me acerco a ella.

—¿Cómo estás, Paula?

—Bien, agotada, pero bien. ¿Qué hace aquí?

Valoro si contarle la verdad y buscar una salida, una mentira piadosa, pero decido ir de frente.

—Voy a llevarte a un lugar seguro. Aquí estás en peligro.

—Pensaba que se había acabado.

—Yo también lo pensaba, Paula, pero hay puertas que hay que cerrar, que han quedado abiertas y por ellas pueden entrar los hombres que te hicieron daño.

—Sé que están en Barcelona. Siempre lo he sabido. ¿Mi hermanastro Luis tiene algo que ver con esto?

—¿Por qué lo preguntas, Paula? ¿Hay algo que no sé y que quieras contarme?

Me mira casi sin expresión en su cara, sin pestañear, aprieta los dientes y con los ojos llenos de lágrimas.

—Oí discutir a mi padre con él. Mi padre sabe algo que no quiere contarme y yo sé algo que no quiero contarle.

—¿Tiene que ver con tu hermanastro?

—Sí, tiene que ver con él y sé que lo que me ha pasado tiene que ver con eso. No he dejado de pensar en ello cuando oí la discusión de mi padre con él.

Zurita nos interrumpe. Lleva una bolsa grande de deportes. Nos mira y dice:

—Ya nos podemos ir.

Salgo el primero, acompañado de Paula, y Mario Zurita nos sigue. Les indico que bajemos por las escaleras. No dejo de darle vueltas a lo que me ha dicho Paula. Tengo que buscar el momento para que me cuente lo que le pasó con su hermanastro.

El coche sigue en su sitio y nos dirigimos a él con paso decidido. Subimos, lo pongo en marcha y ponemos dirección a El Bruc.

Llegamos en menos de una hora a la urbanización guiados por el navegador que tiene el coche. El chalé lo encuentro sin dificultad. Está en el lugar más apartado de la urbanización, tal y como me lo había mostrado el Google Maps. Me bajo, saco las llaves y abro la cancela que da acceso a la casa. Se me acerca un tipo de más de dos metros vestido con un traje negro, corbata, gafas negras y un corte de pelo militar. Me saluda, saca el teléfono móvil, lo mira y después me dice:

—Mi compañero ha ido a comprar algunas provisiones para tres o cuatro días. En la casa no había nada, pero nos apañaremos. A mí se me da bien la cocina. Me dijo nuestro amigo que hay que proteger a unos clientes.

—Sí, una niña y un anciano. El objetivo principal a proteger es la niña.

—De acuerdo.

Salgo e indico a Mario Zurita que salga y también a Paula. Entro con ellos en la casa y nos metemos hasta el salón. Allí les digo:

—Estos hombres están aquí para protegerlos. También se encargarán de la comida y de cualquier problema que puedan tener. Son profesionales. Pueden andar por donde quieran y, cuando salgan fuera, solo pueden hacerlo en compañía de uno de ellos. ¿Comprenden?

—Sí, no se preocupe. Acataremos las instrucciones —me dice Zurita desde el centro del salón.

Observo a Paula, que está de pie con la mirada puesta en la chimenea. Me acerco a Zurita, lo agarro por el brazo izquierdo y le digo:

—Me gustaría hablar con su hija a solas.

—¿Por qué? No entiendo por qué tiene que hablar con mi hija —me dice con un tono de preocupación.

—En Barcelona me empezó a contar algo relacionado con su hijo Luis, pero no terminó y me gustaría que terminara de contármelo. Quizás entenderíamos algunas cosas.

—¿Y por qué no me lo cuenta a mí?

—Póngase en su lugar, Zurita. ¿Usted lo haría? ¿Usted le contaría un secreto a su padre?

Me mira y mueve la cabeza en un gesto de negación.

—No, no lo haría. Vemos a nuestros padres como nuestros enemigos cuando son todo lo contrario. Pensamos que, si les abrimos nuestro corazón, habrá una lluvia de reproches. Hable con ella, Saduj, hable con ella. Solo le pido que, cuando lo haga, me lo cuente a mí.

—Sí, así lo haré, no se preocupe.

Mario Zurita se aleja de mí, coge la bolsa de deportes y dice que sube al piso de arriba a ver las habitaciones, que también habrá que dormir esta noche. Paula lo sigue, pero yo la detengo y le digo que me acompañe al jardín. Ella busca con la mirada la aprobación de su padre, pero este ya se ha perdido escaleras arriba.

—Solo quiero que me termines de contar lo que me estabas contando en Barcelona. Claro, si tienes fuerzas y ganas. No quiero que hagas nada que no quieras hacer, Paula. ¿De acuerdo? Quizás lo que nos tienes que contar nos ayude a comprender muchas cosas que te han pasado y que te pasan.

Me mira como sopesando lo que le he dicho, luego me dice:

—Sí, tengo que contarlo, sacarlo para afuera, como me dice la psicóloga. Es una manera de empezar y hoy es un buen día.

—Parece que sí, que hoy es un buen día. Salgamos al jardín.

Nos dirigimos hacia el extremo izquierdo, donde hay una mesa de madera y cinco sillas junto a una barbacoa de mampostería. Ella se sienta y yo abro la sombrilla porque el sol es de justicia a esa hora. Luego me siento a su lado. Paula se recoge el pelo en una coleta y se la ajusta hasta que le queda a pocos centímetros de la coronilla. Me mira sin apartar la mirada y comienza a hablar.

—Mi hermanastro y yo nunca nos llevamos bien. Desde que tuve uso de razón, me trató como un trapo, pero lo hacía a escondidas de mis padres. Solo cuando estábamos a solas. Entonces aprovechaba la ocasión para insultarme, amedrentarme y amenazarme. Sabía que ni mi padre ni mi madre lo admitirían. Pensaba que se cansaría y, cuando cumplió los quince años, empezó a tocarme. Yo solo tenía ocho años.

Guarda silencio y se queda así algunos minutos. Luego prosigue.

—Al principio fueron tocamientos. Me acariciaba el cuerpo sin llegar a desnudarme, pero me obligaba a tocarle su cosa hasta que llegaba y me manchaba.

Yo empiezo a comprender su infierno.

—Así pasaron algunos años, hasta que cumplió los diecisiete, entonces comenzó a desnudarme y tocarme por todas mis partes y un día me penetró. Así siguió durante un año, amenazándome, diciéndome que, si contaba algo, me mataría. Un verano, recién cumplidos los doce años, mis padres tuvieron que ir a Barcelona a una boda. Yo me quedé con él. Le rogué a mi padre que me llevara con ellos, pero me dijo que mi hermanastro era ya mayor y que cuidaría de mí. Ese fin de semana vino con cinco amigos e hicieron una fiesta en mi casa. La noche del sábado se emborracharon y se drogaron. De madrugada me despertaron y los cinco me violaron en varias ocasiones. Cuando terminaron, mi hermanastro volvió a amenazarme, ya no solo con matarme a mí, sino a mi padre y a mi madre. Tuve que callar. Él y sus amigos volvieron en dos ocasiones más y me volvieron a violar. Uno de ellos, al que llamaban Kraker, incluso me grabó en vídeo con su teléfono móvil. Después de que él se fue a Barcelona a estudiar me dejó tranquila, hasta que hice el viaje de fin de curso. Yo no quería verlo, pero mi padre me obligó. Viajé un día antes que mis compañeros y la misma noche que llegué me violó en su casa mientras su mujer dormía. La historia que vino después usted la conoce.

Me sorprende que no haya soltado ni una lágrima durante su relato. La vida de esta niña ha sido muy cruel y le costará mucho superar el calvario de abusos que ha sufrido en sus propias carnes, nunca mejor dicho, en sus propias carnes.

Ella permanece en silencio, luego me pregunta:

—¿Se lo contará a mi padre?

—Sí, habrá que hacerlo. Lo que te hizo tu hermanastro no puede quedar impune.

Nos quedamos callados. Ella por primera vez me aparta la mirada y se queda con la vista puesta en un punto del suelo.

—Antes me dijiste que el tal Kraker te grabó en una de las ocasiones.

Se suelta la coleta, me mira y me dice:

—Sí, estoy segura. Lo recuerdo casi todos los días, incluso tengo pesadillas con él, aunque mi vida es una pesadilla de la que no puedo despertar. ¿Sabe? Intento olvidarme de sus caras, de los que han abusado de mí, y no puedo. Me han destrozado la vida, me la han roto en mil pedazos, la han tirado por el váter y han tirado de la cadena. Ya no soy nada.

—Paula, el tiempo tiene esa cualidad de curar todas las heridas por muy profundas y grandes que sean. Tienes que ser fuerte, apretar los dientes y continuar. No puedes dejar que ganen. Esos hijos de puta no pueden ganar.

Ella sonríe por primera vez.

—Me parecía oír a mi psicóloga hasta que soltó ese taco. Ella es muy comedida en sus expresiones, pero estoy con usted, Saduj; esos hijos de puta no pueden ganar.

—No van a ganar, Paula, no lo van a hacer. Me ocuparé de que no lo hagan.

—Me gustaría hacerle una pregunta, Saduj. Sé que mi padre lo contrató para rescatarme, pero también sé que usted se presentó en Barcelona por su cuenta y riesgo. No me mire así, tengo oídos. Ni los tranquilizantes hacen que duerma bien, así que me entero de la mayoría de las conversaciones. Dígame, ¿por qué lo ha hecho? ¿Qué gana usted con esto? Otros lo hubieran dejado correr.

Pienso en eso, en que otros lo hubieran dejado correr, y le contesto:

—No lo sé, Paula, pero creo que uno tiene un carácter determinado que te lleva a hacer lo que haces porque no tengo otra explicación. También porque tengo un sexto sentido. Muchas veces me agarro a él como a un clavo ardiendo y, con tu caso, el nombre de tu hermano empezó a volverme loco, a pensar que estaba implicado en tu secuestro y que había algún dato más que desconocíamos.

—¿Sabe una cosa? Desde el día que lo vi por primera vez aquella noche en Turquía no he dejado de enviarle mensajes mentales. ¿Usted no cree en la telepatía? ¿En la transmisión del pensamiento? Yo sí, y creo que eso me ha salvado la vida. Los días que estuve secuestrada le enviaba mensajes mentales a mi padre diciéndole que me encontraba bien y que me buscara, que estaba con vida. Después, cuando usted me vio por primera vez en aquel asqueroso burdel, fue a usted a quien le enviaba los mensajes un día tras otro. Cuando me rescató y me dejó a salvo en la embajada, comencé a transmitirle mensajes de que mi hermanastro podría estar detrás de mi secuestro y de lo que le he contado.

—Pues parece que tu estrategia mental surtió efecto porque aquí cerramos el círculo.

—¿Qué va a pasar ahora?

—Tenemos que trabajar para detener primero a tu hermanastro y luego seguir para encarcelar a toda su mafia y detener a los que te han hecho daño.

—¿Le va a contar a mi padre lo que le conté?

—Me gustaría. Sin embargo, no es un buen momento. Si
se lo cuento, sé cómo reaccionaría tu padre. Yo haría lo mismo, pero hay que tener la cabeza fría. Por eso te pido que
sigas como hasta ahora, que no le cuentes nada, quizás solo
que sospechas de tu hermanastro, sin entrar en detalles porque eso es lo único que le voy a contar. Ni una coma más ni
una coma menos. ¿Lo comprendes, Paula?

—Sí, conozco a mi padre y sé que cuando sepa lo que él
me hizo se le partirá el corazón, pero que luego lo matará con
sus propias manos y yo no quiero que eso ocurra, Saduj. Mi
padre es un buen hombre y no merece pasar el resto de sus
días en una cárcel por él. No se preocupe por mí. No le diré
nada.

—Gracias, Paula.

Nos levantamos y nos dirigimos a la casa. Paula entra y
veo en la puerta principal a Mario Zurita, que me espera.
Tengo que hablar con él. Zurita baja a mi encuentro y me
pregunta a bocajarro:

—¿Qué le ha contado?

—No mucho, la verdad. Solo que tiene sospechas de que
su hijo Luis tenía algo que ver con su secuestro, pero nada
más.

—¿Y cómo comenzó a sospechar?

—Desde el momento en que los escuchó discutir. Me dijo
que a partir de ahí comenzó a atar cabos. Tenemos que cen-

trarnos en cómo voy a detener a su hijo, averiguar si está detrás del secuestro de Paula y conocer sus razones.

—En caso afirmativo, ¿llamará a la Policía?

—Espero no tener razón y que este embrollo sea una confusión absoluta, pero si está implicado, lo haré sin dudarlo.

—Yo también lo espero, señor Morín. Usted no sabe por lo que estoy pasando; desde que se llevaron a Paula no he podido dormir bien, muchas veces he pensado en pegarme un tiro en la cabeza y acabar de una vez.

—Esa no es la solución. Su hija lo necesita más que nunca. No olvide que aquí quien ha pasado por un calvario es Paula. Déjese de milongas, apriete los dientes y luche por su hija.

—Sí, ya lo sé, si no he dado ese paso es por ella. Sé que me necesita.

—Me parece muy bien. Tengo que volver a Barcelona a resolver las cuestiones de las que le he hablado; en tres o cuatro días estaré por aquí. Espero traer buenas noticias y no cometa ninguna tontería. Aquí están seguros.

Le doy la mano y me despido. Me acerco al centro del jardín buscando al guardaespaldas. Lo encuentro en un extremo dando un paseo de reconocimiento. Me acerco a él, le pido su número de teléfono y le doy el mío. Le digo que solo me llame en caso de una urgencia.

Salgo del chalé, me subo al coche y pongo rumbo a Barcelona. En el trayecto no puedo quitarme de la cabeza la historia que me contó Paula. Luis Zurita es un hijo de la gran puta que no se merece otra cosa que un tiro en la cabeza. Pum, pum, pum y a otra cosa, mariposa. Sin embargo, sé que esa no es la solución; quizás sea la más justa, pero no la más correcta.

Sé qué hará Mario Zurita cuando se entere de lo que le hizo su hijo Luis a Paula. Por esa razón, quiero quitarlo de la circulación, ponerlo bajo la custodia de las autoridades, porque de no ser así, dudo mucho que viva para contarlo.

Me suena el teléfono. Veo en la pantalla del coche que es Ana. Le respondo.

—Hola, Ana, ¿qué tal?

—Bien y tú, ¿cómo estás?

—Como dicen los cubanos, resolviendo, aunque el asunto se complica. Ya te contaré con detalle.

Veo en la pantalla que me entra una llamada de un número desconocido.

—Cariño, tengo que dejarte. Tengo otra llamada y puede ser importante.

—Vale, llámame esta noche o envíame un WhatsApp para saber que estás bien. ¿Vale?

—No te preocupes. Lo haré, buscaré el momento. Adiós.

Cuelgo y contesto a la otra llamada.

—¿Sí, quién es?

—¿Jefe? Soy Dimitri.

—¿Dimitri? ¿Ha pasado algo?

—No, nada. Estoy esperándote en el aeropuerto de Barcelona.

—¿Y qué haces aquí?

—Me llamó una amiga tuya y me dijo que quizás necesitabas ayuda, que podrías estar metiéndote en un lío muy gordo relacionado con el asunto de Estambul. Así que no me lo pensé mucho y aquí estoy. Si el trabajo no está terminado, habrá que terminarlo.

Sonreí por primera vez desde que había llegado a Barcelona porque me alegraba mucho que él estuviera aquí para echarme una mano. La iba a necesitar.

—Yo voy camino de Barcelona, en treinta minutos estaré ahí. Espérame en la zona de las salidas

.

19. EL GOLPE FINAL

Llego a El Prat a la hora prevista, aparco y salgo en busca de Dimitri. Lo encuentro en la zona de salidas vestido con traje y corbata y con una única maleta de viaje. Voy a su encuentro. Al verme me sonríe, levanta la mano y me saluda. Cuando estoy con él, le digo que me siga, que tengo el coche en el aparcamiento.

Cuando salimos del aeropuerto, Dimitri me pregunta:

—¿Cómo va todo, jefe?

—Bien, amigo, intentando cerrar el círculo de Estambul. Se quedó abierto. ¿Y Sergei?

—No lo convencí de que viniera. Ya sabes cómo son los jóvenes de hoy en día. Solo quieren fiesta y luego más fiesta. Conoció a una azafata moscovita que lo tiene loco. Es lo que dicen ustedes: tiran más dos tetas que dos carretas.

—Y tú, ¿por qué decidiste venir?

—Yo soy como tú, de la vieja escuela. Si hubiera sido otro caso, pues hubiera continuado con mis vacaciones, pero como tú dices, es el mismo círculo y tú eres un tipo que me ha pagado bien. Tu amiga es muy convincente, me dijo que estabas solo ante el peligro y que ibas a necesitar ayuda profesional. Y aquí estamos.

—Gracias, Dimitri. Voy a necesitar tu ayuda, de eso no te quepa duda.

—¿Cuál es el plan, jefe?

—¿El plan? No tengo plan, amigo. Quiero llegar al hotel y sentarnos a planificar cómo vamos a actuar, pero en resumidas cuentas es detener a un tipo que resulta que es el hermano de la chica que rescatamos en Estambul.

—¿Estaba metido en el asunto? —me pregunta asombrado.

Le relato punto por punto lo que sé del caso y de las acciones que he tomado para poner a Paula a salvo.

Dimitri me dice:

—A ese cabrón lo que hay que hacerle es pegarle un tiro en la cabeza y tirarlo a un pozo porque no se merece otra cosa. ¿Quién puede hacerle eso a su propia hermana?

—Los monstruos acechan en las esquinas y muchos de ellos están en nuestras propias familias. No es el primero ni el último caso de niñas y niños que son violados por hermanos, primos, tíos y demás familia. El sexo como herramienta de poder y sadismo.

—¿Sabes dónde se encuentra el objetivo?

—Más o menos. La amiga que te llamó le hace un seguimiento exhaustivo y pronto sabremos dónde está. Ese es el menor de nuestros problemas. La cuestión que se plantea es, primero, cómo detenerlo y, segundo, qué hacemos con él. El cuerpo me pide pegarle un tiro y dejarlo en un descampado. Ganas no me faltan, pero a estas alturas de la película no quiero tener otro fiambre a mis espaldas. Prefiero una intervención en la que no haya muertos si no es necesario.

—Ya sé que eres un tipo al que no le gusta la sangre.

—Sí, es cierto. No me gusta la sangre. La violencia solo la necesaria, en su justa medida, ni más ni menos.

Llegamos al hotel, me dirijo a la recepción y pregunto si tienen alguna habitación libre. El recepcionista me mira con extrañeza, como si estuviera pidiéndole un pasaje para la

Luna. Me dice que espere mientras teclea sin quitar su mirada de la pantalla del ordenador. Me comenta que no tienen ninguna habitación libre, pero que como me hospedo en una doble la podía compartir pagando solo el suplemento correspondiente.

Miro al ruso, este sonríe y me dice:

—Por mí no hay problema. Llevo muchos años compartiendo camarotes con compatriotas y no creo que tú seas un oso siberiano después de sus meses de hibernación.

—Entonces no se hable más. Te subes conmigo y terminamos con los negocios que hemos venido a cerrar.

—Necesito su pasaporte, señor —intervino el recepcionista.

Dimitri le entrega su pasaporte y nos vamos a la habitación. Allí él se queda con la cama que está vacía y coloca su maleta encima.

—Voy a darme una ducha ligera —me dice quitándose la ropa—. Luego nos sentamos y hablamos de lo que vamos a hacer.

Yo aprovecho la ducha de mi compañero para conectarme al Tor, abro mi portátil que está en modo suspensión. Entro y le envío un mensaje a MacGyver. No tengo que esperar mucho.

> *MacGyver: ¿Qué hay, amigo? ¿Todo bien?*
> *Saduj: Sí, necesito un pedido como el que te hice esta mañana más dos silenciadores. Nada más.*
> *MacGyver: Te lo envío al mismo lugar, supongo.*

Saduj: Sí. Estoy aquí esperando.
MacGyver: Me pongo a trabajar en ello. En media hora lo tendrás ahí.
Saduj: Gracias.
MacGyver: Es un placer trabajar contigo. Cuídate.

Cierro el chat con MacGyver y busco a Darlindark. La encuentro en línea y le abro un chat.

Saduj: Hola, amiga. Gracias por el envío.
Darlindark: ¿Llegó tu amigo?
Saduj: Sí, está aquí conmigo. No me venía mal un poco de ayuda.
Darlindark: Ya lo sé, viejo, por eso contacté con él. No se pierde nada por buscar un poco de ayuda.
Saduj: ¿Y cómo lo localizaste?
Darlindark: ¡Viejo, no me preguntes eso! Ya sabes cómo. Para mí no hay puerta cerrada en este mundo, pero déjate de rollos y dime qué quieres.
Saduj: Solo quiero decirte que se confirmó lo que nosotros sospechábamos. El hermano de Paula es un hijo de la gran puta con todas las letras. No solo está detrás de su secuestro, sino que la violó durante años. Lo primero que me gustaría es que localizaras a Luis Zurita. Te he enviado su número de teléfono. Quiero saber su paradero.

Darlindark: Eso es pan comido, ¿algo más?

Saduj: Cuando hayas acabado con ese trabajo, quiero que localices a un amigo de Luis Zurita; le apodan Kraken, es un amigo íntimo de este cabrón. Por lo que me contó Paula, recuerda que en una de esas violaciones participaron varios amigos de él y uno de ellos, el tal Kraken, fue el que grabó una de las violaciones con un teléfono móvil. Quiero que encuentres esa grabación.

Darlindark: ¿Solo tienes ese dato? ¿Ninguno más? Será complicado, pero lo vamos a intentar. Con suerte el hijo de puta de su hermano tendrá el número en su agenda y, si lo tiene, pues de ahí podremos tirar del hilo hasta llegar a él.

Saduj: Por la experiencia que tengo en estos casos, los tipos que graban esos vídeos no los suelen borrar. Los guardan como un trofeo de caza.

Darlindark: Espero que así sea. Cuando localice al hermanastro, me pongo con ello. Ya sé desde dónde empezar. ¿Algo más?

Saduj: Sí, pero te lo diré cuando acabe de verdad con este caso.

Darlindark: ¿No me puedes dar una pista?

Saduj: No, quiero que te concentres en estos hijos de puta, en Luis Zurita y el puto Kraken; de los otros ya habrá tiempo.

Darlindark: De los otros... Vale, ya sé por dónde vas, pero me voy a concentrar en este trabajo. Ten mucho cuidado, viejo. Estos tipos son muy peligrosos y, si tienes que pegar primero, pega; no te lo pienses dos veces. Tu vida está en juego.
Saduj: Así lo haré, amiga, y gracias por tu apoyo. Gracias de verdad.
Darlindark: No te me pongas sentimental. Adiós, y dile al ruso que es un buen tipo.
Saduj: Se lo diré.

Cierro Tor y también el portátil. Dimitri sale de la ducha como Dios lo trajo al mundo y, como todos los rusos, blanco como un papel. Nadie diría que vive en Gran Canaria desde hace más de diez años.

Mientras el ruso se viste, no puedo quitarme de la cabeza a Luis Zurita y tampoco el calvario por el que tuvo que pasar Paula. Una puta tragedia griega.

Recibo un mensaje en el móvil de un número desconocido, lo abro y son las coordenadas de una geolocalización. Sé que me lo envía Darlindark porque hay una diana en la que se puede leer: hermanastro hijo de puta. Amplío el mapa que me ofrece Google Maps para ver el lugar en el que se encuentra Luis Zurita. No está muy lejos, pero tengo que esperar. Al poco recibo otro mensaje de Darlindark:

No te preocupes, si se mueve, te vuelvo a enviar otro mensaje. Lo tengo cogido por los huevos. Está muy confiado.

Ese último mensaje me tranquiliza. Darlindark es una *crack* en lo suyo. Nunca me ha fallado y sé que ahora tampoco lo hará.

Dimitri termina de vestirse con un traje azul marino, casi negro. Me mira y me pregunta:

—¿Qué tal?

—Perfecto.

—Hacía mucho tiempo que no vestía tan elegante y he recordado viejos tiempos. Tendré que tomarme más en serio esto de cuidar un poco más la vestimenta. Viviendo en ese muelle uno se embrutece como una bestia. Ese barco es una cueva.

—¿Y por qué no te buscas un piso de alquiler o te compras una casa en Las Palmas? Hay muy buenas oportunidades y a ti no te falta el dinero.

Dimitri me sonríe y se sienta a mi lado.

—Si salgo de ese barco y me compro un piso, comenzarán las preguntas. Y no quiero contestar preguntas nunca más. Ya lo hice por mucho tiempo. Cuando llegue a la cifra que tengo en mi cabeza, dejaré el barco y tu isla para siempre.

—¿Sí? ¿A dónde tienes pensado ir?

—A Cuba.

—¿A Cuba? Pero si allí se pasa mucha necesidad, Dimitri. Mejor Miami.

—No, con dinero se vive muy bien en cualquier lugar. Además, allí tengo a un primo hermano que fue como delegado cultural, se encoñó con una cubana y se quedó. Tiene un pequeño hotel y está loco para que vaya a hacerme cargo de la seguridad y de paso que invierta algunos miles de dólares.

—Pues sí, amigo, lo tienes muy bien pensado.

Hablamos durante un buen rato sobre sus planes de futuro hasta que suena el teléfono de la habitación, lo descuelgo y contesto. Es el mensajero con la Glock. Miro a Dimitri y le digo:

—Ya ha llegado tu Glock. Bajo a buscarla y nos ponemos en marcha.

Bajo y recojo la pistola. Subo y se la entrego al ruso, que la desmonta, la examina, la vuelve a montar, me dice que está en perfectas condiciones de uso y que podemos irnos cuando yo quiera.

Vuelvo a mirar el teléfono para asegurarme de que no me equivoco de dirección. Cojo la pistola con su funda y me la pongo en la cintura. Dimitri me imita y salimos en busca del automóvil. Dentro, le digo que solo en caso necesario tire a matar, pero que si puede evitar disparar, mejor que mejor. Ya sabe que entre menos muertos, menos líos. Me vuelve a preguntar cuál es el plan y le contesto que no hay plan, que ya improvisaremos porque no sé qué nos vamos a encontrar. Dimitri me mira con cara de circunstancia y le digo que a mí tampoco me gusta improvisar, pero a veces en este tipo de situaciones tenemos que hacerlo porque no queda otra y hay que saltar los obstáculos cuando aparezcan. Sonríe, se encoge de hombros y me dice que entonces improvisaremos.

Sé que él sabe que a nuestro nivel la improvisación es mínima. Él llegará, analizará la situación y en un minuto tendrá un plan de ataque. A partir de ahí ese será nuestro plan. Es su trabajo y lo hace muy bien.

Tecleo la dirección en la que está Luis Zurita en el GPS del coche y nos ponemos en marcha. Después de estar para-

dos un tiempo en los interminables atascos de Barcelona llegamos al punto que marca el navegador. Aparco en un garaje
privado, salimos y nos colocamos delante de un edificio de
cuatro plantas. Nos acercamos al portal. Al instante sale el
portero de la finca y nos pregunta:

—¿Buscan a alguien?

Miro el reloj y le contesto:

—Teníamos una reunión con Luis Zurita y se nos ha hecho muy tarde. No recordamos el piso exacto. No sé si me
dijo tercero o cuarto...

El portero nos mira de arriba abajo. Sabe que nadie puede
venir a armar jaleo con un traje de más de quinientos euros.
Así que nos dice:

—Las oficinas del señor Zurita están en la cuarta planta.
La han comprado toda y han comunicado los pisos tirando
tabiques centrales. Les ha quedado muy bien. En el piso D
tienen la oficina principal. Si quieren, les acompaño.

—No, no hace falta, gracias por todo.

El portero nos abre, entro y veo que Dimitri le entrega un
billete de veinte euros.

Toco el botón para llamar al ascensor. En la espera compruebo que es un edificio antiguo y que ha sido reformado no
hace mucho. El mármol y el acero inoxidable están por todos
los rincones. Dimitri no deja de observar los detalles de la
entrada. El timbre del ascensor nos pone en alerta. Mi corazón comienza a latir más rápido de lo habitual. Se prepara
para el ataque inminente. Entramos. El ruso toca el piso número tres y a continuación el cuatro. Las puertas se cierran y
nos acompaña un solo de trompeta que me tranquiliza. Dimitri me dice:

—Nos bajaremos en la planta tres y subiremos por las escaleras. Intentaremos abrir algunas de las puertas de la planta a ver si tenemos suerte. Sabes que en estos casos la sorpresa es nuestra mayor ventaja.

—¿Tú crees que habrá alguna abierta?

—Quién sabe. Se supone que están trabajando.

—¿Trabajando?

—Las mafias también trabajan y esas oficinas son una tapadera.

El timbre del ascensor nos saca de nuestro debate. Salimos y buscamos las escaleras, que están al fondo del pasillo, detrás de una puerta roja contra incendios. La abrimos y subimos. Dimitri toma el control y se coloca delante de mí. Él es el profesional y sabe lo que tiene que hacer. Saca la Glock, le coloca el silenciador y la pone detrás del muslo derecho. Yo lo imito. Sube despacio hasta llegar al rellano. Abre la puerta contra incendios muy despacio. Echa una ojeada y me indica con la cabeza que lo siga. Ya en el pasillo, comprobamos que no hay nadie. Dimitri me indica con la cabeza que hay una cámara de seguridad y rápidamente nos colocamos fuera de su alcance. Avanzamos pegados a la pared y Dimitri gira la cámara hacia la pared de un manotazo. Observo que hay cuatro puertas y al fondo las oficinas del cuarto D. Dimitri comprueba una a una las puertas de los pisos hasta que encuentra una abierta. La abre muy despacio. Echa un vistazo y me indica con la cabeza que entre. Estamos dentro. Oímos voces que llegan del fondo. Me adelanto y me dirijo despacio hacia donde provienen las voces, pero el ruso me detiene y me dice con un susurro:

—Hay que comprobar la retaguardia. Sabemos que al fondo hay enemigos. Quédate aquí. Yo voy a darme un paseo por el resto del piso a ver si encuentro a algún malo. Si hay problemas, dispara. No lo dudes ni un instante. Te va la vida en ello. Sé que no eres amante de los tiros, pero hay ocasiones en las que hay que pegarlos.

Asiento con la cabeza y veo que se pierde en el fondo del piso. Mi corazón está desbocado y la aorta parece que va a estallar en mil pedazos. Respiro, respiro y vuelvo a respirar. Dicen que el miedo no solo lo sienten los cobardes, sino los héroes, y que te mantiene alerta. Sí, tengo miedo, pero estoy muy alerta.

Al poco llega el ruso y con su mirada me dice que la retaguardia está asegurada, pero huelo a pólvora.

—¿Has disparado? —le pregunto en voz baja.

—Sí, un malo menos. Me lo encontré de frente y tuve que disparar antes de que gritara. Nuestras vidas están en juego, no podemos hacer otra cosa. Son ellos o nosotros.

Sé que tiene razón, mucha razón, pero este asunto se complica, aunque no esperaba menos al tener que enfrentarme con la mafia albanokosovar.

Nos movemos despacio en dirección hacia donde proceden las voces. Por el camino, Dimitri me indica las cámaras que hay colocadas en cada rincón. No sé qué nos espera, pero seguro que no será nada bueno.

Intento discriminar el número de voces y creo distinguir tres o cuatro. Levanto mi mano derecha y subo tres dedos y luego cuatro. El ruso afirma con la cabeza y, con tres dedos levantados de su mano izquierda, me indica que él se encargará de tres, después me levanta el índice diciéndome que yo me encargara de uno. Yo solo pienso en Luis Zurita. Ese es mi objetivo.

A medida que nos acercamos a las voces, mi corazón se pone a mil por hora. En cambio, Dimitri está tranquilo, como si lo hubiera hecho toda la vida. Cuando oímos las voces con claridad, nos detenemos. Están en la habitación contigua. El ruso me dice con un gesto que él entrará primero y que yo le siga.

Eso hace, entra primero empuñando la Glock y dice:

—Al que se mueva le pego un tiro entre ceja y ceja. No quiero problemas.

Luego entro yo en acción empuñando mi pistola con silenciador y busco a Luis Zurita. Los hemos cogido por sorpresa. No se lo esperaban. Son cuatro contando con el hermanastro.

—Todos de rodillas mirando hacia la pared. Las manos atrás y crucen las piernas —les dice Dimitri.

Los cuatro hombres siguen las instrucciones, como si supieran que no tienen nada que hacer, que los han cogido con los huevos echados.

El ruso me dice que los vigile y veo que busca algo. Arranca una de las cortinas y con mucha maestría saca una decena de tiras de casi un metro con las que ata uno a uno a los albanokosovares. Cuando llega a Luis Zurita, le digo:

—A este no le ates los pies y levántalo. Tengo que hablar con él.

Dimitri levanta a Luis Zurita y lo pone delante de mí. Lo miro a los ojos y él no me desvía la mirada. Sé que está acostumbrado a eso, a ser el depredador, no la presa; sin embargo, hoy los papeles se han tornado.

Al llegar al último hombre, este nos dice:

—Se van a arrepentir de esto. Los buscaremos estén donde estén y se comerán sus huevos.

Dimitri, mientras los ata, le dice:

—Reza para salir de aquí con vida. No hemos venido a por ustedes. Solo a por este. Tenemos una deuda pendiente y hoy es el día que está marcado en el calendario para cobrarla.

Dimitri rompe unas cuantas tiras más, se las mete en la boca a los prisioneros y los amordaza con fuerza, después desaparece del salón.

Luis Zurita no deja de mirarme y le digo:

—Te preguntarás qué queremos de ti.

—Sí, llevo preguntándomelo desde hace unos minutos. ¿Qué quieren?

—Justicia.

—¿Justicia?

—Sí, eso tan complicado de cumplir. ¿Sabes? Me encantaría pegarte un tiro en la cabeza y acabar aquí, pero no lo voy a hacer. Eso sería muy fácil. Quiero que te pudras en la cárcel algunos años y, cuando salgas, quizás alguien haga ese trabajo.

—¿Qué dices?

Me acerco a él, tanto que huelo su aliento y su sudor. Le digo:

—Estoy aquí por Paula. A la que tú ordenaste secuestrar y vender al mejor postor como una esclava sexual.

Luis Zurita me mira sorprendido y da un paso atrás.

—Soy el que te jodió el plan y te lo he vuelto a joder. Paula está en buenas manos junto a tu padre. Él no sabe toda la mierda que sé sobre lo que le hiciste a tu hermana. No, no lo sabe. Cuando lo sepa, es mejor que te escondas en algún agujero, porque estoy seguro de que vendrá a por ti y te cortará los huevos. Paula me contó toda la historia de las vejaciones y de las violaciones reiteradas. Eres un hijo de la gran puta que se merece un tiro en la nuca, pero, como te dije, prefiero que te pudras en la cárcel y que allí pagues por lo que le has hecho a tu hermana, aunque ni en mil años podrás pagar esa deuda.

—De eso no hay ninguna prueba.

Me acerco más a él, lo cojo por los cojones y los aprieto con todas mis fuerzas. Él se retuerce de dolor. Lo suelto y le digo:

—Sí que la hay, estamos buscándola, pero no hace falta esa prueba para acabar con todo esto. Solo necesitas ir a comisaría y confesar. Reconocer que has violado a tu hermana en multitud de ocasiones, que ordenaste secuestrarla y que tenías planeado matarla.

—Estás como una cabra.

—Mi amigo ya se ha cargado a uno de tus amigos. Tiene el gatillo fácil. Es un gran profesional. Te aseguro que, si empieza, no acabará y no dejará ni un solo rastro de lo que aquí pasará.

—No sé qué quieres de mí.

—¿Estás sordo? ¿No escuchas lo que te digo? Es muy sencillo, quiero que confieses. Si no lo haces, habrás puesto en marcha la cuenta atrás de tu muerte. ¿Lo entiendes? La elección es fácil: si confiesas, tendrás una oportunidad de vivir algunos años más entre rejas; si no, aparecerás con un tiro en la nuca. En tu mano está, ¿qué prefieres?

Se queda en silencio valorando la propuesta que le hago. Los pros y los contras, como una rata que busca una salida para no quemarse viva.

—Es un farol, sé que es un farol —me dice con una sonrisa y con un ligero tic en el ojo izquierdo.

—No eres buen jugador de póker, Luis. Se me agota la paciencia.

Me mira y sonríe.

—Es un puto farol. No tiene nada.

Sin pensarlo, le pego un tiro en la rodilla izquierda. Se quedará cojo para toda la vida. Cae al suelo y la sangre le sale a borbotones.

Dimitri llega corriendo con un disco duro en la mano que deposita encima de una mesa. Se acerca a Luis y le pone la pistola en la cabeza.

—Lo haré yo, jefe. Sabes que pronto no estaré por aquí, pero habrá que acabar con ellos. No podemos dejar ni uno vivo.

Uno de los albanokosovares se remueve e intenta hablar, pero la mordaza se lo impide.

Dimitri le quita la mordaza y grita con mucho acento:

—¡Luis, haz lo que te dicen, hijo de la gran puta! No voy a permitir que me maten por ti. ¡Cabrón! ¡Te juro que, si no lo haces, te mataremos nosotros como a un puto perro!

El ruso coge la cortina, saca una tira y le hace un torniquete a Luis Zurita por encima de la rodilla. Luego lo levanta y lo sienta en una silla. Después vuelve a amordazar al mafioso.

—El asunto se complica. Ya no soy yo solo el que quiere matarte. Se han sumado otras ratas. Así es la supervivencia. Matar para sobrevivir.

Zurita se retuerce de dolor en la silla. Ya no tiene dudas de que no es un farol. El tiro en la rodilla es un póker de ases que he puesto sobre la mesa y he ganado la partida.

—Está bien. Iré a comisaría y confesaré, pero antes tendré que ir al hospital a que me miren esto. No quiero morir desangrado.

—Este es el trato. Te apretaremos más el torniquete para cortar la hemorragia y te vendaremos la herida. Luego bajaré contigo al garaje, cogeremos tu coche y te dejaré en el hospital. Mi amigo se quedará aquí hasta tener noticias de tu confesión y, cuando eso ocurra, nos iremos tranquilos. Después ustedes resuelvan lo que tengan que resolver. Hay un muerto en uno de los pisos del fondo. Ya saben lo que tienen que hacer con él. No lo olvides. En caso contrario, volveremos y tus amigos saldrán de aquí con los pies por delante. ¿Lo has entendido?

—Sí, lo he entendido, pero no quiero morir desangrado. Necesito que me lleves al hospital, ¡joder! No puedo aguantar el dolor.

Tengo ganas de partirle la cara a culatazos. Le doy una patada en la rodilla herida y grita de dolor.

—Aguántate, cabrón, y piensa en tu hermana, en esa niña a la que le has destrozado la vida para siempre. Ella tendrá un puto puñal clavado en su alma para toda la vida y no habrá calmante que la tranquilice.

—¡Vale, vale! Pero quiero ir al puto hospital.

Dimitri se acerca a él, le aprieta un poco más el torniquete y la hemorragia se detiene. Con posterioridad le hace un vendaje de compresión en la rodilla con los retales de la cortina con mucha maestría.

—Ya está. Llévalo al hospital. Yo esperaré aquí. Ten el teléfono activo por si hay algún problema —me dice Dimitri.

—Vale. Espero no tardar mucho. En cuanto lo deje en el hospital, te llamaré y te diré nuestro siguiente paso.

—De acuerdo.

Luis Zurita se pone en pie con dificultad. Le pido la llave de su coche. Se mete la mano en el bolsillo delantero derecho, me entrega una llave de un BMW que parece todo menos una llave de un coche, tiene la apariencia de un pequeño móvil. Salimos de las oficinas de la mafia albanokosovar. Llamamos al ascensor. Se abre la puerta y entramos. El teclea un código secreto para ir al garaje. Le digo que me lo diga. Es el 5891. Lo copio y se lo envío por WhatsApp a Dimitri.

Al llegar al garaje solo hay un coche. Un BMW blanco de dos puertas. Miro el mando y luego al coche. No tengo ni idea de cómo ponerlo en marcha. Luis Zurita me dice:

—Solo tienes que tocar ese botón y el cierre centralizado se desbloqueará. El resto es pan comido.

El hermanastro sube por la puerta del copiloto y yo me subo por la del conductor. Ajusto los asientos y compruebo que es un automático. Arranco el motor. Zurita me dice dónde está el mando para abrir la puerta. La abro y salimos en dirección al hospital. Él me indica hasta que llegamos. Antes de salir le digo:

—Todavía me pregunto por qué no te pego un tiro y acabo con todo esto para siempre. Sería lo justo para un hijo de puta como tú. Sería fácil. Tres tiros a quemarropa en el corazón y trabajo concluido.

Luis Zurita me mira y no me dice nada. Sé que tiene miedo porque el tic del ojo izquierdo es más frecuente y no puede controlar el temblor del labio inferior.

—¿No dices nada? ¿Sabes el infierno por el que está pasando tu hermana? No, no lo sabes, porque tú eres un puto psicópata que no puede sentir el dolor ajeno, solo te interesa salvar tus huevos.

Saco la pistola, se la pongo en el costado derecho, justo en el corazón y aprieto con fuerza. Solo tengo que apretar el gatillo y hacer justicia. Paula se merece que este malnacido no esté más sobre la faz de la tierra.

—¿No teníamos un trato? Me dijiste que, si me declaraba culpable, no me matarías. Te juro que haré lo que me dijiste, pero no me mates, por favor.

Le quito el arma del costado y le digo con rabia:

—Espero que esta sea la última vez que te vea. Si vuelvo a verte, te mataré. ¿Has comprendido? Cumple con tu palabra y haz lo que te he dicho.

Me mira a los ojos sin apartar la mirada. Abre la puerta y sale. Lo veo alejarse arrastrando la pierna herida, dejando detrás de cada paso unas gotas de sangre.

Llamo a Dimitri. Me contesta al primer tono. Me dice que ahí está el asunto controlado y que esperará noticias mías. Le digo que pasaré a buscarlo, que por nuestra parte el trabajo está casi terminado. Él me dice que puede esperar, pero le digo que no, que paso a buscarlo y que me espere en el garaje.

Desconozco el número de los mafiosos del norte y no quiero poner en peligro la vida del ruso. Si Zurita no cumple, pues tendrá que atenerse a las consecuencias. No queda otra.

Abro el garaje y entro. Al fondo veo a Dimitri esperándome. Me detengo frente a él y se sube al coche.

—Menuda máquina.

—¿Quieres conducirlo?

—¡Claro!, pero antes dime cuál es el plan.

—Esperar a ver si ese cabrón cumple su palabra y luego ir a donde tengo escondidos a Paula y a su padre.

—¿Tú crees que cumplirá?

—No le queda otra. Si no lo hace, en una semana estará muerto. No tendrá dónde esconderse. Eso te lo aseguro. Soy muy bueno encontrando gente.

—Eso lo sé, pero ¿estarías dispuesto a pegarle un tiro?

—Sí, Dimitri, antes estuve a punto de hacerlo. Sin embargo, creo que no hay mejor pena que veinte o treinta años de cárcel. ¡Que se pudra entre rejas!

—Creo que no llegará muy lejos. Las mafias son como son y más los albanokosovares. No tienen piedad. Ya lo sabes. Son unas ratas. Si ven que su negocio peligra, no van a dudar en pegarle un tiro. Ellos no permitirán que él juegue esa partida. Les da igual que sea un puto y un asqueroso pervertido que ha violado a su propia hermana o que la haya vendido como esclava sexual. Les da igual. No le darán ni un metro de ventaja. Dalo por muerto.

Pienso en las palabras del ruso y tiene razón. La única posibilidad que tiene de salir vivo de este asunto es huir y perderse un tiempo para que nadie lo encuentre porque, si lo encuentran, es hombre muerto porque ha puesto en peligro a toda la organización y Luis Zurita lo sabe; sí, lo sabe y yo también.

—¡Me cago en la puta! ¡He cometido un error de cálculo! No había tenido en cuenta la variable de sus putos socios.

—No sé, a lo mejor está tan acojonado que no ha pensado en huir. Yo lo haría sin pensarlo un minuto. Todavía debe de estar en el hospital. ¿A qué hospital lo llevaste?

—Al Clinic.

—Escucha, subiré, desataré a los kosovares, les diré dónde está su amigo y ellos harán el trabajo. No lo dejarán huir y menos que lo detenga la Policía. Ellos saben que tenemos pruebas o por lo menos lo sospechan.

—No sé qué poder tiene Luis Zurita sobre ellos y no quiero que se escape.

—Lo haré yo. Iré al Clinic y acabaré el trabajo. Sé cómo hacerlo. No dejaré rastro. Una gorra, unas gafas de sol y un solo tiro serán suficientes. Esta misma tarde cogeré el primer vuelo a donde sea y luego a Cuba. Así cerraremos el círculo. Ese hijo de la gran puta no se merece otra cosa. No le demos la oportunidad de escapar.

—No creo que escape. Lo vi muy acojonado y la herida no es de las que te puede remendar un mataperros metido a cirujano. Espera, haré una llamada. Si está en el Clinic, ya habrán aplicado el correspondiente protocolo, habrán llamado a la Policía y tendrá que dar más de una explicación, así que estará ahí un tiempo. Si piensa en escapar, tendrá que esperar un poco y le va a costar un poquito. Vamos a apretar el nudo.

Busco en mi teléfono el número del inspector Fabelo y lo llamo. Me responde enseguida:

—Inspector Fabelo, dígame.

—Buenas tardes, inspector. Soy Saduj.

—¿Saduj? ¿Qué Saduj?

—El detective privado, Saduj. ¿Recuerda el caso por el que me llamó, el del marido que mató a su esposa porque la engañaba con una mujer?

—Ah, sí, lo recuerdo, pero ese asunto quedó más que aclarado o ¿tiene alguna información nueva?

—No, no lo llamo por ese asunto, inspector. Lo llamo por otro más complicado y en el que de alguna manera estoy trabajando y tengo información valiosa y delicada.

—De qué se trata.

—¿Recuerda el caso de Paula Zurita?

—Claro que lo recuerdo, pero ese caso se resolvió. El padre pagó el rescate del secuestro y el asunto se acabó.

—Esa es la versión oficial, pero el caso es mucho más complicado.

—No me cuente milongas. No tengo tiempo para chorradas de ciencia ficción, ni películas de policías y ladrones.

—No son milongas, Fabelo. Escúcheme. Detrás del secuestro de Paula Zurita estuvo su hermanastro, Luis Zurita.

—¿Su hermanastro?

—Sí, está en las urgencias del Clinic de Barcelona con un tiro en la rodilla. Además de ser el responsable de su secuestro, la vendió como esclava sexual a una mafia albanokosovar que la envió a Estambul y para finalizar, antes de esto, la violó en repetidas ocasiones en las que participaron varios de sus amigos.

—¿Qué película me cuenta? ¿Tiene pruebas de lo que me dice?

—Tengo la confesión de la víctima, que está escondida en un lugar seguro, y trabajamos para localizar un vídeo de una de las violaciones de la niña.

—¿Trabajan? ¿Por qué coño no ha acudido a la Policía antes y lo hace ahora?

—El cliente es el que manda, inspector. Lo he llamado porque necesito su ayuda y porque Luis Zurita puede escapar o incluso le pueden pegar un tiro. Su relación con la mafia albanokosovar es muy fuerte.

—¿Pero usted no se dedicaba a resolver solo asuntos de cuernos?

—En mis ratos libres me dedico a otros casos y este es uno de ellos.

—Bien, entonces ¿ese pájaro está en el Clinic de Barcelona?

—Sí, ahí debería estar.

—Vale, vale, llamaré a los compañeros y los pondré sobre aviso. ¿Usted dónde está?

—En algún lugar de Barcelona. Ya hablaremos cuando llegue a Gran Canaria, inspector. Céntrese en detener a Luis Zurita. Le aseguro que es una buena pieza.

—De acuerdo, Saduj. No me olvidaré de usted tan fácilmente. Ya lo dice ese refrán, nunca te acostarás sin saber algo nuevo.

—Gracias, inspector, y no olvide que Paula Zurita se merece solo justicia, nada más.

Cuelgo el teléfono. Dimitri me mira y me pregunta con cara de no entender nada de nada:

—¿La Policía?

—Este inspector me parece un buen tipo. Tengo la impresión de que es de la vieja escuela, de esos que piensan que, si hay que saltarse una norma, lo hace si eso significa coger a los malos. Eso sí, he puesto una o dos cartas sobre la mesa y tendré que dar muchas explicaciones, pero Paula se merece que esté algunos meses con esas explicaciones.

—¿Y el plan?

—El plan es que cojas este BMV, me lleves hasta donde tenemos nuestro coche y vayamos a nuestro piso franco, o mejor dicho, a nuestro chalé franco a esperar acontecimientos. Estoy convencido de que Fabelo me llamará desde que tenga algo. Le he afilado los dientes. Además, le preparo un regalo de última hora que le gustará mucho y se podrá poner alguna que otra medalla.

Salgo del coche, Dimitri se cambia de posición, se pone al volante y yo vuelvo a subirme. Abro la puerta del garaje y salimos rumbo al chalé.

20. ¿JUSTICIA DIVINA?

Llegamos a El Bruc sin problemas; yo en el Renault y Dimitri en el BMW. Toco el portero automático y al poco me sale uno de los guardaespaldas. Me saluda y luego mira con extrañeza al ruso. Le hago un gesto y le digo que viene conmigo. Después le digo que ya pueden irse, que el trabajo está concluido.

Entramos en la casa y veo que Paula está sentada y ve la televisión. Mario Zurita está de pie junto a la ventana, mirando hacia el jardín con la mirada perdida.

Paula se gira y me sonríe. Me acerco a donde está Mario, que no deja de mirar hacia el jardín, y me dice:

—Te rompes el espinazo para entregarles a tus hijos un futuro mejor, para que no pasen por lo que nosotros pasamos, para que la vida sea un barco con el viento a favor; al final ese trabajo no vale de nada y nos damos cuenta tarde de que la vida tiene sus propias reglas y no somos nosotros los que las ponemos, pero sí tenemos que cumplirlas porque, si no lo hacemos, nos quedamos fuera.

Mira hacia el suelo y luego me pregunta:

—¿Qué sabe de mi hijo?

—Vamos fuera, Mario. Tenemos algunos temas de los que hablar —le digo al tiempo que voy al frigorífico y cojo dos cervezas.

Salimos del chalé y nos sentamos en las mesas que hay en el jardín. Abro una cerveza y se la entrego. Después abro la mía.

—¿Qué tiene que decirme?

—Su hijo va a confesar el secuestro de Paula a la Policía. Está en el hospital. Está siendo atendido por una herida de bala en la rodilla.

Toma un trago de cerveza bien largo, como si la noticia se le hubiera atravesado en la garganta como una espina.

—No me lo puedo creer y tampoco entiendo sus razones.

—Las razones son económicas y también familiares. Ya le expliqué que su hijo está en bancarrota y necesitaba su dinero. Paula era un obstáculo para conseguirlo.

—¿Y los familiares?

—Lo que le voy a decir es muy duro, Zurita. Le ruego que se lo tome con tranquilidad.

Bebe otro trago de cerveza, me mira y me pregunta:

—¿Qué puede haber más duro que secuestren a tu hija?

Respiro hondo y se lo suelto a bocajarro.

—Su hijo violó en repetidas ocasiones a Paula y también hizo que la violaran sus amigos. Eso también lo va a confesar. Además, buscamos un vídeo que prueba una de las violaciones. Uno de sus amigos la grabó con un teléfono móvil.

—¿Y cómo sabe eso, Saduj, cómo coño lo sabe? —me pregunta mirándome como si yo fuera el culpable.

—Me lo confesó Paula, Mario. Ella comenzó a sospechar de su hermano cuando empezó a atar cabos, primero los económicos, cuando los oyó discutir a usted y a su hijo; y luego los otros cabos, los de los abusos, las humillaciones y las violaciones.

Mario estruja la lata de cerveza con rabia, se levanta de un salto y apretando los dientes me dice:

—Lo mataré, le quitaré la piel a tiras y luego lo quemaré. Se lo prometo, Saduj.

Me levanto, lo agarro por el brazo y le digo:

—No es tiempo de venganza, Mario. Lo hecho, hecho está. Paula lo necesita más que nunca. Necesita tenerle a su lado. Transforme esa rabia en algo positivo para sacar a su hija del pozo en el que está metida. Si no la ayuda, la perderá.

—¿Pero cómo puede decirme eso? ¿Que no haga nada? Nos ha destrozado la vida, Saduj, ¿usted qué hubiera hecho en mi lugar?

Pienso en que también sacaría la espada de la venganza, le cortaría la cabeza a Luis Zurita y la clavaría en una pica para que se la comieran los cuervos, pero pienso en Paula, en su dolor y en su calvario.

—Tuve la oportunidad de pegarle un tiro en la cabeza, pero no lo hice, solo le destrocé la rodilla. El cuerpo me pedía también venganza, pero que se pudra en la cárcel durante treinta años también es una forma de vengarse. Deje que la justicia haga su trabajo y usted concéntrese en su hija. Ella no necesita que usted se vengue, ella lo necesita a usted, Zurita, a nadie más. ¿Comprende?

El empresario se sienta abatido, apoyando los codos en la mesa, manteniéndose la cabeza con las manos y llorando.

—¿Recuerda lo que le dije de la vida? ¿Qué hicimos mal para que educáramos a un monstruo? Yo no lo sé y creo que nunca lo sabré.

—Los monstruos no los hacemos nosotros, quizás lo único que hacemos es alimentarlos un poco, pero ellos son los únicos responsables de sus atrocidades. No se culpe, Zurita, no se culpe, no vale la pena.

Suena mi móvil. Es un número largo, de esos que provienen de las centralitas del gobierno. Pienso en Fabelo. Contesto.

—¿Sí?

—Soy Fabelo. No tengo buenas noticias.

—¿Qué ha pasado? —le pregunto mientras me aparto de Zurita.

—A Luis Zurita le han pegado dos tiros en la cabeza y otro en el corazón.

—¿En el hospital?

—Sí, en el mismo hospital. Nadie sabe cómo fue. Lo encontraron en el box en el que esperaba para ser atendido. Los compañeros esperan a ver las primeras imágenes.

Hace una pausa y luego continúa:

—No obstante, me gustaría tener en mi poder el vídeo del que me habló. Este ya no será juzgado por lo que le hizo a su hermana, pero los otros cabrones sí.

—No se preocupe, Fabelo, le enviaré el vídeo desde que lo tenga en mi poder. También los otros datos en los que trabajamos, usted hará mejor uso de ellos que yo.

—¿A qué se refiere?

—Ya lo sabrá. Lo que sí le digo es que tendrán trabajo para unos cuantos meses y que meterán en la cárcel a un centenar de hijos de puta.

—¿No puede adelantarme nada?

—Sí, solo tome nota de esta palabra: pederastas. No puedo decirle más, pero en cuanto tenga esa información, usted será el único que la tendrá, Fabelo. Solo espero que haga buen uso de ella.

—No se preocupe. Cuando esté por la isla, llámame, me gustaría tomarme un café con usted. Es una caja de sorpresas.

—Nos tomaremos ese café.

Termino la comunicación y me dirijo hacia donde está Mario Zurita.

—Tengo muy malas noticias, Mario.

Hago una pausa para respirar y le digo al empresario:

—Su hijo Luis ha sido asesinado en el hospital.

Se levanta despacio, me mira a los ojos y me dice:

—¿Usted cree en la justicia divina? Yo sí, Saduj.

Mira hacia el chalé, respira profundamente y me pregunta:

—¿Me puede llevar a El Prat? Nos espera un largo viaje hasta Gran Canaria.

—Claro, Mario, claro que puedo.

21. VUELTA A CASA

Llego al aeropuerto de Gran Canaria pasadas las doce de la noche. Dimitri volvió a Turquía, quería terminar de disfrutar de sus vacaciones. Chateo con Ana mientras espero por el equipaje y me dice que me espera en mi casa. Tengo muchas ganas de verla y de sentirla. Salgo con mi maleta, cojo un taxi y salimos rumbo a Las Canteras.

No puedo quitarme de la cabeza a Paula, que da vueltas como un buitre que sabe que bajo sus alas hay comida putrefacta. Tengo la extraña sensación de que he perdido algo en el camino. Sí, me digo, el caso se ha cerrado en su totalidad, pero tengo una desazón que no me deja tranquilo. Imagino que el tiempo la aclarará, como la neblina se disipa cuando el día comienza a calentar.

También pienso en Zurita, en su drama, en su «lo tienes todo y no tienes nada». Me llamó cuando llegó a Gran Canaria y me dijo que quería hacerse cargo de los gastos ocasionados desde que retomé el caso. Insistió tanto que no pude negarme. Era lo justo, me dijo.

Intento ponerme en su piel. Sin embargo, me es imposible sentir lo que él siente; una vida destrozada porque de un palo como ese nadie se recupera. Es como si un tráiler te atropellara a ciento veinte por hora; si quedas vivo, no serás más que un vegetal.

Pienso en Ana, en su mirada limpia, en su boca, en sus besos y en sus caricias; ella es la única que me saca a flote y me salva del mar de mierda que he vivido en las últimas semanas.

Llego a mi casa y Ana me espera sentada en el sofá escuchando a Lee Morgan. Lleva un pijama azul marino que le queda pequeño y el ombligo se le ve, pero a ella le importa poco.

Me recibe con un gran abrazo y un beso de tornillo que casi me deja sin aliento. Me mira y me dice con media sonrisa:

—Bienvenido a casa.

—Ya tenía ganas, muchas ganas y unas ganas locas de encontrarme contigo. Cada día te echo más de menos y me gusta echarte de menos. Esa sensación de pensar en ti y que se me ponga la cara de tonto. Sí, me encanta que estés conmigo, Ana.

—¡Guauu! ¡Qué palabras tan bonitas! ¿Y ahora qué digo yo?

—Nada, no digas nada y vamos a abrir una botella de vino para celebrar nuestro reencuentro.

Saco un buen rioja de mi bodega, lo abro, lo dejo respirar y lo sirvo en un par de copas. Brindamos y Ana me pregunta:

—¿Cómo terminó el caso?

—Pues como suelen acabar estos asuntos cuando hay de por medi dinero, poder, abusos a menores y mafías.

—Mal, acaban siempre mal.

—En este caso, la peor parte se la ha llevado la niña. Un asunto muy feo y que no se lo deseo a nadie. Una puta mierda lo mires por donde lo mires.

—¿Me cuentas los detalles?

—¿Quieres oír la historia?

—¿Te apetece contármela?

—Sí, claro.

Le cuento el relato de Paula, de los abusos de su hermanastro y el resto de la historia. Ella me comenta:

—Pues bajo tierra está mejor. Un hijo de puta menos en el
mundo.

—¿Sabes? Yo mismo le hubiera pegado el tiro. No me
hubiera importado. Sé que suena fuerte, pero es lo que siento.
Incluso se me pasó por la cabeza cuando estábamos en el
coche junto al hospital. Un tiro y dejarlo en un descampado
de Barcelona. Pero lo hicieron los kosovares. Esos lo tienen
claro, pero ellos lo hacen para salvar el negocio. No les importa otra cosa que mantener su chiringuito y, si tienen que
limpiar las malas hierbas, lo hacen sin pararse a pensar en
nada. Cortan y punto. Solo son negocios. Sin embargo, a mí
lo que me animaba a pegarle un tiro era la rabia y la venganza. Cuando le pegué el tiro en la rodilla, tuve ganas de volver
a apretar el gatillo y vaciar el cargador en la cabeza de Luis
Zurita porque, como tú dices, no se merecía respirar el mismo aire que su hermana Paula. ¿Qué clase de monstruo hace
lo que le hizo a esa niña? ¿Qué mierda tienen en la cabeza
para cruzar la línea y volver a estar detrás de ella sin inmutar-
se, levantarse por la mañana y mirarse al espejo sin sentir una
pizca de arrepentimiento? Sí, Ana, le hubiera volado la cabeza y me hubiera levantado por la mañana sin remordimiento,
como si hubiera extirpado un cáncer para que pueda vivir. Un
puto cáncer maligno.

—No te mortifiques con ese asunto. Lo hecho, hecho está.
Otros hicieron el trabajo por ti. Yo quizás hubiera hecho lo
mismo.

—Su padre me habló de la justicia divina cuando le dije
que le habían pegado tres tiros a su hijo; estoy convencido de

que Mario Zurita lo hubiera matado con sus propias manos. Una desgracia, una maldita desgracia de la que jamás se podrá recuperar. Esa familia está condenada para el resto de sus días. Nunca podrán olvidar lo ocurrido; será una garrapata que les chupará la sangre.

—Te darás unos días de descanso, ¿no?

—Sí, aunque todavía quedan algunos flecos que cortar. Espero unos informes para terminar de cerrar el caso. Bueno, creo que por hoy es suficiente, Ana, vamos a disfrutar de la velada, ¿te parece?

Me levanto con un ligero dolor de cabeza. El reloj digital me dice que son las nueve de la mañana. Huelo a café y pan tostado. Ana trajina en la cocina. Bajo a desayunar y me la encuentro sentada, dándole el último mordisco a sus tostadas. Le doy un beso en los labios y me dice:

—Ayer caíste redondo después del primer beso, te empecé a acariciar y te quedaste dormido como un bendito. Mi gozo en un pozo. Yo que quería celebrar tu regreso como era debido, con un buen polvo, pero va el señor y se me queda dormido. Hay que ver.

Le sonrío y envidio su juventud. ¡Ojalá la hubiera conocido hace cinco años o diez! Aun así, la diferencia de edad siempre estaría ahí; ella va a cien por hora y yo a los ochenta establecidos.

—Estaba cansado y el vino hizo el resto. Además, no dejé de pensar en Paula, Ana, no sé por qué. No logro quitarme de la cabeza a esa niña.

—Es lógico, cariño, llevas mucho tiempo con ese caso. Además, es un asunto muy complicado y serías un témpano de hielo si no te afectara, pero no te preocupes, ya sabes que el tiempo lo cura todo.

—Sí, tienes razón, el tiempo hará su trabajo. Llevo muchos años en esta profesión y con muchos casos a mis espaldas, pero es la primera vez que un caso me afecta tanto. No sé, es tan perverso lo que ha ocurrido que he dejado de creer en la humanidad.

Ana me sirve un café. Me lo bebo despacio, saboreándolo.

—Por cierto, ¿cómo anda tu madre?

—¿Ya me quieres reemplazar? ¿No hago bien mi trabajo? —me dice con una sonrisa.

—Bueno, no sé, tu madre tiene más mano para esto de la limpieza. Es más, cómo lo diría, más metódica.

—Lo que hay que oír.

—Venga, dime.

—Está bien, empezó con la rehabilitación, aunque todavía le queda un mes o dos. Ella tiene unas ganas locas por volver a trabajar.

—¿Le has contado lo nuestro?

—Se lo imagina y sé que no le gusta mucho; no por ti. Ya sabes cómo son las madres.

Suena el teléfono. Dejo la taza de café vacía en la mesa. Lo cojo. Es el inspector Fabelo.

—Buenos días, inspector, ¿qué se cuenta?

—Tengo una mala noticia que darle, Saduj.

Me viene a la cabeza la imagen de Paula y me temo lo peor.

—Dígame.

—Mario Zurita se ha suicidado.

—¿Qué me dice?

—Lo han encontrado esta mañana en su garaje. Se pegó un tiro en la cabeza.

—¿Y Paula?

—Con su madre. Ya sabe que su padre se ha suicidado. Lo encontró ella. Solo quería que lo supiese.

—Gracias, inspector. Se lo agradezco.

—No hay de qué, hombre. Espero tener noticias suyas pronto.

—Las tendrá, Fabelo, le prometo que las tendrá.

—Entonces esperaré su llamada. El inspector corta la llamada. Ana me mira y luego me pregunta:

—¿Qué ha pasado?

—Mario Zurita, el padre de Paula, se ha suicidado. Se pegó un tiro en la cabeza. Esto es de locos. Yo no sé qué hubiera hecho en su lugar, quizás tirar por la calle de en medio como hizo él y acabar con todo en un instante.

—Ese es un palo muy duro para la niña.

—Sí, un demonio más para completar su infierno. Solo espero que, si hay Dios, se esfuerce por sacar a esa niña adelante porque de otra manera acabará comida por sus demonios.

Nos quedamos en silencio, como buscando una salida, un respiradero por el que escapar, hasta que Ana me pregunta:

—¿Y por qué no te ocupas de resolver los casos de andar por casa? Ya sabes, esos que resuelven los detectives comunes y corrientes. Quizás serías más feliz.

—No creas que no lo he pensado muchas veces. Investigar unos cuernos aquí, una estafa a un seguro allá, a un adolescente drogadicto allá, pero al final termino enredado resolviendo casos complicados y he llegado a la conclusión de que lo hago porque me hace feliz. Sí, Ana, me siento feliz cuando salgo a cazar a hijos de la gran puta que de otra manera estarían por ahí jodiendo al personal y, además, me pagan muy bien haciendo lo que me gusta.

Ana se levanta y me besa en los labios.

—No dicen que eso de «sarna con gusto no pica», pues haz lo que te gusta; no voy a ser yo la que te diga lo contrario.

—Sí, eso es verdad, aunque te reconozco que en momentos como este me pregunto si no estaría mejor siendo un detective de serie, así, sin más pretensiones que resolver los casos más comunes.

—Creo que es hora de ponerse a producir. ¿Tú qué vas a hacer?

—Intentar terminar con este caso.

—Me parece una magnífica idea.

Salgo de la cocina, voy a mi despacho, me siento, enciendo el portátil y entro en Tor.

Busco a Darlindark y la encuentro en línea:

> *Saduj: ¿Cómo va el trabajo?*
> *Darlindark: Hola, viejo, ahora te iba a enviar el vídeo.*
> *Saduj: ¿Lo conseguiste?*
> *Darlindark: Tienes a la mejor y lo sabes. Si el vídeo existe y está en alguna máquina que se conecte a Internet, termino por encontrarlo. Es cuestión de tiempo, paciencia y muchas horas de trabajo.*
> *Saduj: ¿El vídeo es comprometedor?*

Darlindark: Sí y muy duro, viejo. Esos hijos de puta deberían estar bajo tierra. Se puede identificar a los que participaron en la violación y también se ve con claridad a la niña. No escapará ni uno.
Saduj: Ya sabes que a Luis Zurita lo asesinaron.
Darlindark: Ya lo sé. Se merecía eso y más. Si hubiera caído en mis manos, te aseguro que le hubiera arrancado las pelotas a mordiscos. Los tiros dan una muerte digna. A los monstruos como ese hay que darles su misma medicina y te aseguro que se cagarían encima.

Pienso en la cara de Luis Zurita cuando le puse mi pistola en el corazón dispuesto a apretar el gatillo y dejarlo seco como una mojama.

Saduj: Y para terminar, Mario Zurita se ha pegado un tiro esta madrugada.
Darlindark: Ufff, y quién no lo haría; en estos casos quitarse de en medio es una de las salidas, aunque una salida cobarde. Jamás dejaría a mi hija sola para que se la coman los lobos hambrientos. Me tragaría la rabia, el odio y buscaría la forma de sacarla adelante.
Saduj: ¿Tienes una hija?

No me contesta. Mientras, el cursor cuenta los segundos: tic, tac, tic, tac.

Darlindark: Sí, tengo una hija. No me gusta hablar de eso con los clientes. Aunque tú eres diferente. Incluso, fíjate tú, me tomaría una birra contigo. Sé que eres un tipo legal, pero ya sabes cómo soy. Déjate de preguntas, ¿vale? Te voy a enviar el vídeo. Lo tendré en mi servidor veinticuatro horas. Después lo destruiré.

Saduj: Perfecto, amiga. Has hecho un gran trabajo. Gracias.

Darlindark: Acabado este trabajo, ¿cuál era el otro que teníamos pendiente?

Saduj: Quiero un listado detallado de IPs, números de teléfono y nombres de la red de pedófilos y pederastas en la que estuviste infiltrada.

Darlindark: ¿Se la vas a entregar a la Policía?

Saduj: Sí, será la guinda para cerrar este caso. ¿Te supone un problema?

Darlindark: Ninguno. Esos cabrones, si los trincan, estarán bien en chirona durante un tiempo, pero ya sabes lo que yo haría con ellos si tuviera tiempo y dinero. Esos tipejos no se merecen otra cosa que un tiro en la nuca; pam, pam, pam, pero tengo cosas más importantes que hacer que convertirme en justiciera. Ya lo sabes; tengo una familia que alimentar.

Saduj: No me corre prisa. Tómate el tiempo que quieras.

Darlindark: Dame tres días. Te lo enviaré en un fichero encriptado y así se lo entregarás a la

Policía. Ellos sabrán qué hacer con él. Tienen muy buenos profesionales y les encantan este tipo de trabajos.

Saduj: ¿No sería mejor sin encriptación?

Darlindark: Sí, más fácil, pero a mí me encanta jugar y a ellos también. Que se lo curren un poco, pero no te preocupes, tardarán un día o dos en desencriptarlo.

Saduj: Reitero las gracias, amiga, y sigue en pie la propuesta de pagarte.

Darlindark: Tus gracias son suficiente pago, no necesito más. Te acabo de enviar el vídeo y en unos días te haré llegar el listado. Que tengas un buen día. Cógete unas vacaciones, llévate a tu novia a Estambul, que es una ciudad muy bonita, y disfruta un poco de la vida, que todo no es trabajar.

Saduj: Así lo haré, amiga.

Darlindark: Adiós, viejo.

Corta la comunicación y cierro el Tor. Abro mi correo y recibo el vídeo. No quiero abrirlo. Me basta con la palabra de Darlindark.

Cojo mi teléfono y llamo al inspector Fabelo, pero no responde a mi llamada. Vuelvo a intentarlo y esta vez sí me responde.

—Buenos días de nuevo, inspector.

—Buenos días, Saduj. Espero que me llame para darme buenas noticias.

—Para eso lo he llamado, ya tengo el vídeo. Me lo acaban de enviar. Me gustaría verlo para dárselo en persona. ¿Qué le parece si nos tomamos un café en el Parque de Santa Catalina? ¿Le viene bien a eso de las once?

—Esa es una buena hora.

—Pues bien, nos vemos en la Cafetería Alemania.

Cuelgo el teléfono, busco un *pendrive* y cargo el fichero con el vídeo.

Llego a la Cafetería Alemania a las once menos diez y veo al inspector en una de las mesas de la terraza. Me acerco y lo saludo:

—Buenos días, inspector.

Él se levanta y me estrecha la mano con fuerza. Nos sentamos. Veo que ha pedido una infusión. Me siento y pongo el *pendrive* sobre la mesa.

—Aquí tiene el vídeo. Yo no lo he visto, pero mi informante me dijo que se puede identificar a los que participaron en la violación.

El inspector toma un sorbo de la infusión sin quitar la mirada de la memoria USB y después me dice:

—Tiene usted muy buenos contactos. Conseguir un material así no es tarea fácil.

—Ya sabe eso que dicen, el que tiene la información tiene el poder. Y todavía me queda por darle otra muy importante, quizás más que esta por su envergadura. Con este vídeo podrá enchironar a tres hijos de puta, con la otra información que le voy a entregar podrá meter en la cárcel a unos cientos.

—¿Cientos? ¿Qué me dice? ¿Cómo que cientos?

—No voy a entrar en detalles, inspector Fabelo, pero durante el proceso de investigación para averiguar el paradero de Paula Zurita tuvimos que recorrernos algunas cloacas, quizás las peores. Obtuvimos información sobre varias redes de pederastas y pedófilos, y tenemos a nuestra disposición un listado completo con IPs y números de teléfonos de los integrantes de una de esas redes. Habíamos pensado hacerla pública desde un servidor anónimo, pero creo que ustedes harán un buen trabajo.

—Usted conoce el procedimiento. Sabe que nos llevará tiempo y las pruebas obtenidas sin orden judicial no valen de nada.

—Conozco esa parte de la ley, pero en este caso no son pruebas, son presuntos pederastas y presuntos pedófilos. Usted tiene que convencer al juez de turno de que le autorice a investigar a partir de la información que le vamos a entregar y a buscar las pruebas. Ya le adelanto que tendrá que buscar la colaboración con la Interpol porque esos hijos de puta son de muchas nacionalidades.

El inspector toma otro sorbo de su bebida. Llega el camarero y me pregunta qué voy a tomar. Miro mi reloj y le pido una cerveza bien fría.

—Es usted una caja de sorpresas. Quién lo diría. Tuve la impresión de que era usted un detective de tres al cuarto, de esos que no pasan de investigar polvos y caraduras, pero resulta ser un investigador de altos vuelos.

El camarero me trae un vaso congelado y una cerveza fría. Lo lleno hasta la mitad y espero. Miro al inspector y le digo:

—Investigo ese tipo de casos, Fabelo, pero de vez en cuando tengo que ocuparme de casos especiales que se salen de lo común. Además, pagan muy bien por ellos.

—Pero estando aquí, en Las Palmas de Gran Canaria, en el culo del mundo, ¿cómo lo contratan?

—Desde que tenemos Internet, las fronteras en ese sentido se han acabado. Solo hay que visitar los foros adecuados para darse a conocer e ir poco a poco, haciéndote con un nombre; el resto viene solo.

—Como el caso de Paula Zurita.

—Sí, como ese caso. Ustedes llegaron a un callejón sin salida y parecía que a la niña se la había tragado la tierra, entonces Mario Zurita contactó conmigo, llegamos a un acuerdo económico y me puse a trabajar. Si la víctima está viva, tarde o temprano la encuentro. Es solo cuestión de tiempo y de muy buenos contactos.

—Usted cuenta con una ventaja que nosotros no tenemos. Usted puede entrar en las cloacas, meterse hasta el cuello e incluso, si tiene que matar a alguna rata, lo hará, ¿me equivoco?

Lleno el vaso hasta arriba y bebo un buen buche de cerveza. Después miro al inspector, le sonrío y le digo:

—Sí, cuento con esa ventaja, digamos, competitiva, pero a veces pienso que ustedes podían hacer más.

—Hacemos lo que nos dejan. La burocracia nos tiene cogidos por los cojones. No podemos dar un paso sin que haya un papel de por medio y así estamos, avanzando como si estuviéramos en una ciénaga.

—Ya, me lo imagino. Por esa razón me salen algunos casos interesantes. Por cierto, ¿dejó algo escrito Mario Zurita?

—No, nada de nada, se pegó un tiro y acabó con todo.

Oigo el sonido de un teléfono móvil. Es el del inspector Fabelo. Contesta y asiente con la cabeza. Cuando termina, coge la memoria digital y se la mete en uno de los bolsillos del pantalón. Se levanta y me dice:

—Paula Zurita se ha escapado de su casa. Me tengo que ir. Desde que tenga el documento, no deje de llamarme, Saduj. Gracias por todo.

Me levanto, le doy la mano a modo de despedida y le digo:

—No se preocupe, tendrá esa información en unos días.

Veo cómo se marcha. Yo vuelvo a sentarme, me tomo otro buche de cerveza y pienso en Paula Zurita, en el infierno particular en el que vive, en su vida, que se ha convertido en un solar en el que solo quedan escombros y solo ella ante la desesperación.

Me termino la cerveza, pago la cuenta y regreso a mi casa. Al llegar veo a alguien sentado cerca de mi puerta: lleva una gorra negra, un vaquero muy corto y la cabeza entre las rodillas. Pienso en Paula, puede ser ella. Me acerco y le toco el hombro. Levanta la cabeza como si le pesara mil toneladas y no quisiera levantarla jamás, quedarse con la cabeza hundida para escapar del mundo y de su tragedia.

—Paula, ¿qué haces aquí?

Se levanta despacio y me dice:

—Me he escapado de mi casa y no sabía a dónde ir. Pensé en usted y recordé que mi padre tenía su dirección anotada por algún sitio.

Saco mis llaves y abro la puerta.

—Pasa.

Entra arrastrando los pies, la sigo y cierro la puerta. Ana nos recibe y se queda mirándonos como si no supiera lo que pasa.

—Ven, Paula, vamos al patio. Allí estaremos mejor.

Paula observa el patio con detenimiento y se sienta.

Me acerco a Ana, le explico de quién se trata y sigue sin comprender nada.

Me siento junto a Paula. Ana vuelve con dos refrescos. Paula le da las gracias y yo le sonrío.

—¿Qué es lo que ha pasado?

Después de un buen trago de refresco me dice:

—No puedo estar en mi casa. Necesitaba salir. Me ahogaba en aquellas cuatro paredes porque todo me recuerda a mi padre. ¿Usted sabe que mi padre se suicidó?

Asiento y ella se quita las gafas de sol y las pone encima de la mesa.

—Estoy sola. No me queda nada ni nadie.

—Eso no es del todo así. Te queda tu madre.

Hace una mueca, tuerce los labios hacia la izquierda y luego me dice:

—Mi madre solo me parió; ese fue su trabajo. A partir de ahí solo he sido un estorbo para ella. Solo tengo la imagen de mi padre desde que tengo uso de razón. Era él quien estaba ahí cuando estaba enferma, cuando necesitaba ayuda para las tareas, quien me llevaba al parque, quien me enseñó a montar en bicicleta, a amarrarme los cordones de los zapatos. Incluso cuando me vino la regla fue él quien estuvo ahí. Él, siempre él, y ya no está. Me ha dejado aquí sola y no sé lo que hacer. Mi madre se casó con mi padre por su dinero, nada más, y tiene el camino libre. Con mi padre muerto puede hacer lo que quiera. ¿Sabe? He pensado quitarme de en medio y acabar con todo.

—No digas eso, Paula. Te queda mucho tiempo por delante.

—Solo lo he pensado, pero no lo voy a hacer. No le voy a dar el gusto de quedarse con mi patrimonio. No, ni en sueños. Mi padre trabajó muy duro para tener lo que tenemos para que se lo quede esa golfa.

—Paula, no hables así de tu madre.

—Lo siento, Saduj, pero es lo que es. Ya se lo he dicho, se casó con mi padre por el dinero y yo fui su pasaporte hacia la riqueza.

—Tenemos que llamar a la Policía. Te están buscando.

—Ya lo sé, pero no voy a volver allí. No puedo vivir en esa casa. Todo me recuerda a mi padre.

—En algún sitio tendrás que vivir.

—¿Me podría quedar aquí algunos días hasta que encuentre un lugar donde quedarme? Sé que con usted estoy segura.

Me sorprende su pregunta y le contesto:

—No tengo ningún problema en que te quedes unos días aquí, Paula, pero primero tendremos que llamar a tu madre. ¿Estamos de acuerdo?

—Sí, claro, sé cuál es el protocolo. Pero no se preocupe, ella no se opondrá. Se lo aseguro.

—Vale, pero hay que llamar. Llama tú a tu madre y yo llamaré a la Policía para que dejen de buscarte. ¿Vale?

—Vale.

Cojo mi teléfono y llamo a Fabelo. Le digo que la niña está en mi casa. No se sorprende y me dice que la retenga. Le digo que no se irá para ningún sitio, que no se preocupe.

Paula está en un rincón de mi patio hablando con su madre. Al poco se sienta a mi lado y me dice:

—Ya viene para aquí. Le he dicho que no voy a volver a casa de mi padre y que me voy a quedar aquí unos días. Quiere hablar con usted.

No pasan diez minutos y tocan el timbre de la puerta. Me levanto y abro. Una mujer que no debe de tener más de treinta y cinco años me sonríe. Lleva un vestido palabra de honor, color negro, que casi le llega a las rodillas.

—¿Es usted el señor Saduj?

—Sí, pase, señora Zurita.

Me hago a un lado y entra como una pantera preparada para atacar. Mueve las caderas al ritmo que imponen sus tacones de más de diez centímetros. Se detiene a medio camino del pasillo, se gira y me pregunta:

—¿Dónde está Paula?

—Está en el patio. Siga hasta el fondo, justo a la derecha.

Llegamos. La señora Zurita se detiene a la entrada y mira a Paula. Me pongo a su lado y me pregunta dónde podemos hablar con tranquilidad. Yo le digo que en mi despacho. Antes de abandonar el patio, miro a Paula y le sonrío.

Ya en mi despacho, le indico que se siente, después me siento yo.

—Usted dirá.

—No tenía el gusto de conocerlo. Había oído hablar de usted, sé que resolvió el secuestro de mi hija y el resto de esa historia tan desagradable de Luis. Yo todavía no doy crédito. No puedo creerme que eso nos haya pasado a nosotros. Tengo la sensación de ver una película. No sé si me entiende…

—Sí, la entiendo, señora Zurita. No es común que unos acontecimientos como estos pasen en el seno de una familia.

—Y para rematar la historia mi hija no quiere ni verme, ¿usted se lo puede creer?

—Paula lo ha pasado muy mal y soy testigo de ello. Su hija vivió y vive un infierno. Muchos psicólogos lo llaman síndrome postraumático, se puede manifestar de muchas maneras. Paula necesita ayuda profesional y mucho cariño; si no, no saldrá de esta.

—Ya lo sé. Está en manos del mejor psiquiatra de la ciudad y, según me dice, hace muchos avances, pero me sale con que no quiere vivir conmigo, que no puede vivir en nuestra casa, incluso me ha dicho que quiere vivir en un internado, como si yo fuera un monstruo al que no quiere ni ver. También me acaba de decir que quiere pasar unos días con usted y, claro, yo no puedo permitir eso. No es su responsabilidad. Además, mi marido se ha suicidado, no sé si lo sabe. Paula se lo encontró muerto en el garaje. Todo esto está acabando con mis nervios y todavía tengo que hacerme cargo de los trámites del entierro. Me voy a volver loca y ahora me sale esta niña con que no quiere vivir conmigo.

—Señora Zurita, no tengo ningún problema en que Paula se quede en mi casa. Tengo habitaciones de sobra y no le faltará de nada. Creo que le vendría bien quedarse unas semanas aquí hasta que la situación se tranquilice. Hágase cargo, póngase en su piel por unos instantes.

—Pero no me parece correcto. Usted es un desconocido.

Me revuelvo en la silla, respiro hondo y le digo con mucha tranquilidad:

—¿Un desconocido? ¿Por qué cree que ha venido hasta mi casa? No conozco mucho a Paula, señora, pero sé que las situaciones límite unen a las personas y creo que es eso lo que nos ha pasado a su hija y a mí. Por alguna razón, ella confía en mí y eso creo que es suficiente.

La señora Zurita se queda en silencio sin quitarme la mirada, luego me dice:

—Está bien. Se quedará aquí unas semanas. El tiempo necesario para resolver todas las cuestiones que tenemos sobre la mesa, pero luego tendrá que volver a mi casa o a ese condenado internado. Esa niña no me va a volver loca. Ya bastante tuve con su padre.

—No se preocupe, solo estará aquí el tiempo necesario, ni un minuto más ni un minuto menos.

—Confío en usted y en su palabra.

—Gracias.

Se levanta, sale del despacho y yo la sigo. Se dirige hacia donde está su hija y habla con ella un minuto. Ana observa la situación desde el pasillo alto. Nuestras miradas se encuentran. Le guiño un ojo y le sonrío.

La señora Zurita se acerca a mí, me dice que tienen que pasar por su casa para coger algo de ropa y también me entregará dos mil euros para los gastos que pueda ocasionar la niña. Asiento, la acompaño hasta la puerta y me despido de ella.

Vuelvo junto a Paula y me siento a su lado.

—Parece que al final te has salido con la tuya. Te podrás quedar el tiempo que necesites. ¿De acuerdo?

—Gracias, señor Saduj. Ya sabe que con usted me siento segura. Cada vez que lo veo los miedos desaparecen y llega la tranquilidad.

—Te enseñaré tu habitación y te presentaré a mi novia. Se llama Ana. Luego iremos a tu casa para que recojas la ropa que necesites.

Subimos y Ana ya había preparado una de las habitaciones.

La dejamos en su habitación y bajo con Ana a la cocina. Mientras ella prepara un café, me dice:

—Al final este caso te absorbió por completo.

—Ya lo sé, pero no me quedaba otra. Pensaba que después de hablar con su madre el asunto se aclararía y se quedaría en una rabieta de una adolescente. Sin embargo, luego comprendí que es verdad lo que dijo Paula, que su madre no la quiere ver ni en pintura. No lo entiendo, ¿cómo puede una madre pasar de esa forma de una hija?

—Es raro. No será ni la primera ni la última. Lo normal es que sean los padres los que se olviden de sus hijos, pero en las madres no es muy común.

—Lo cierto es que, mientras estuve frente al caso, Mario Zurita me habló poco de ella. Era como si no existiera. Ahora lo comprendo un poquito más.

—¿Sabes que no será fácil tener un adolescente bajo tu techo y tu responsabilidad?

—Ya lo sé, resolveremos las cuestiones cuando se presenten.

—¿Cuánto tiempo se quedará?

—No sé, Ana. El tiempo que necesite y me gustaría contar con tu apoyo y tu ayuda. ¿Será posible?

—¡Claro! Juntos sacaremos lo que se nos ponga delante.

—Gracias, no esperaba menos de ti.

Me acerco a ella y la abrazo. Huelo el perfume natural que desprende su cuello y me pongo a mil por hora. Ella sonríe, se separa y me dice:

—Esta noche, cuando la niña se duerma.

Entonces comprendo que algo ha cambiado en mi vida.

22. EPÍLOGO

Escucho una notificación del correo electrónico que me despierta. Miro el reloj. Las seis y media de la mañana. Cojo el teléfono, abro el correo y leo:

Lo prometido es deuda, viejo. Espero que los polizontes hagan buen uso de la información.

Debajo del mensaje hay un fichero. Ana está dormida y no se ha oído el sonido de la notificación.

Bajo a mi despacho y enciendo el portátil. Me descargo el fichero y lo guardo en un *pendrive*. Miro el reloj. Las siete menos cuarto. Le envío un WhatsApp al inspector Fabelo y me responde enseguida. Le digo que ya tengo la información de la que hablamos y que podemos quedar para entregársela. Me dice que me invita a comer unos churros con chocolate en La Unión, en la calle Juan Rejón, a las siete y cuarto.

Salgo de casa y camino por la avenida de Las Canteras. Ya a esa hora hay mucha actividad: gente que pasea, otros que corren y otros dándose un baño matutino.

Llego a La Unión y me encuentro con Fabelo, que lee el periódico. Me acerco a él, lo saludo y me siento.

—¿Churros para dos con chocolate? —me pregunta.

—Sí, esto hay que hacerlo un par de veces al año. Los churros con chocolate son un placer casi irresistible. Y pídame un vaso de agua sin gas.

—A nuestra edad es una bomba de relojería que hará bum, bum y bum y nos mandará para el otro barrio sin apenas enterarnos.

El inspector deja el periódico encima de la mesa, se levanta y pide los churros con chocolate acompañados de dos vasos de agua.

Se vuelve a sentar y me pregunta:

—¿Qué tiene para mí?

Saco el *pendrive* y se lo entrego.

—No sé qué información tiene porque está encriptado. Mi informador me dijo que no les será difícil acceder a ella.

—Bien, espero que nos sirva para algo.

—Estoy convencido de que sí. Mi informador es de lo mejor.

—¿Qué tal se adapta Paula en su casa?

—Bien. Ya lleva casi un mes y no tiene ganas de irse. A la madre no le preocupa mucho la situación. Solo la vio el día del entierro y no ha dado señales de vida que yo sepa. Le viene bien que la niña viva conmigo.

—Ya, pero esa situación no podrá durar mucho. Las cuestiones legales que están sobre la mesa son muy importantes.

—Soy consciente de ello. Sin embargo, mientras la madre no mueva ficha, Paula tampoco la moverá. Ella sabe que tarde o temprano tendrá que irse de mi casa. Piensa irse a un internado en Inglaterra. Quiere alejarse del mundo que conoce y yo creo que le irá bien. Romper con lo que se conoce, poner algo de distancia para que sus heridas sanen poco a poco.

—Lo que le ha pasado es tremendo y, aun así, sigue en pie. No me lo explico.

—Es una niña muy fuerte, aunque el futuro dirá cómo le afectará lo que ha vivido. Ese tipo de heridas nunca acaban de cerrarse y, cuando menos te lo esperas, se abren en canal. Por cierto, ¿qué ha podido hacer con el vídeo que le entregué?

—Hemos avanzado mucho. La jueza instructora lo ha admitido como prueba y el fiscal trabaja a pleno rendimiento. Lo importante es que tenemos caso y, según el fiscal, a los que participaron en la violación les van a caer unos buenos años.

—Esos malnacidos no se merecen otra cosa que pudrirse en la cárcel, aunque si por mí fuera les daría otra solución más drástica.

—No quería decírselo...

—¿El qué no quería decirme?

—El que grabó el vídeo, Kraken, había desaparecido. No lo encontramos por ninguna parte hasta que lo localizamos en una casa que sus padres tienen en Artenara. Estaba colgado de la viga central. No sé si lo sabe, pero era directivo de una empresa de renombre a nivel nacional, casado y con dos hijas. No lo soportó.

—¿Sabe qué le digo? Que está mejor bajo tierra, aunque me hubiera gustado que se hubiera podrido en la cárcel. Tomó el camino más fácil.

El camarero nos trajo los churros y el chocolate y dimos buena cuenta de ellos.

Al terminar me despedí y volví a casa.

Al llegar, me encontré con Paula en el patio junto con Ana. Estaban desayunando.

—Usted sí que madruga, Saduj.

—Es una forma de aprovechar más el día. Tengo la sensación de que así le gano unas horas más.

—Paula tiene algo que decirte —me dice Ana casi con un susurro.

—Creo que ya es hora de que me vaya. Llevo una semana preparando mi partida al internado inglés. Mi madre está de acuerdo. Ella gestionó el papeleo. Me voy mañana.

—¿Mañana?

—Sí, mañana. Ya sabe que no me gusta estar en casa de mi padre. Solo quería darle las gracias por lo que ha hecho por mí. De verdad, estoy muy agradecida y estoy en deuda con usted para toda la vida. Pocas personas hacen lo que usted ha hecho de forma desinteresada, sobre todo acogiendo en su casa a una desconocida.

—Para mí, no eres una desconocida, Paula, para mí ya eres parte de la familia.

—Para mí también y espero volver a encontrarme con usted en otras circunstancias.

Paula se levanta con los ojos llenos de lágrimas y en ese estado me dice:

—Tengo que subir a preparar las maletas. Mi madre viene a buscarme dentro de un rato.

—Vale, Paula.

Nos quedamos Ana y yo solos en el patio. Ana me coge de la mano y me dice:

—No quiere irse, pero sabe que tiene que hacerlo. Para la edad que tiene es una niña muy madura. Solo espero que la vida le regale la felicidad que se merece en la misma proporción en que ha sufrido.

—Sí, yo también lo espero.

Me levanto con el alma en los pies porque sé que para Paula comienza una etapa muy dura y complicada y, si sobrevive a ella, estará salvada para siempre.

Subo a su habitación y entro. Me la encuentro sentada en la cama, llora desconsolada. Me siento a su lado y le cojo la mano derecha.

—Sabes que te puedes quedar. Podemos arreglar lo que tengamos que arreglar, Paula. Tienes catorce años y ya puedes elegir con quién quedarte. Sé que tu madre no pondría muchos impedimentos. Yo podría ser tu tutor legal. No tengo ningún inconveniente.

Me aprieta la mano con fuerza cuando le digo esas palabras y deja de llorar.

—A mí me encantaría quedarme y que usted fuera mi tutor. Nada me haría más feliz, pero sé que tengo que irme, señor Saduj, porque tengo que enfrentarme a mis demonios y eso tengo que hacerlo sola. El psiquiatra me dice que no sería buena idea que me interne. Sin embargo, yo sé que me vendrá bien. Dentro de un año volveré si las cosas no salen bien y espero tener sus puertas abiertas, pero sé que saldré adelante. Mi padre me decía que era una valiente.

—Sí, eres una valiente. Tu padre no se equivocaba, pocas personas toman ese tipo de decisiones que no son tan fáciles de tomar.

Nos quedamos en silencio hasta que se tranquiliza. Su madre llega puntual. Bajamos juntos, ella con una maleta y yo con otra. La acompaño hasta la puerta. Ana está fuera con su madre. La saludo con un leve movimiento de cabeza y meto las dos maletas en el portabultos del taxi. Paula me mira, me sonríe, me da un fuerte abrazo y me dice:

—Gracias por todo.

—Cuídate, Paula, sabes que aquí tienes tu casa.

—Ya lo sé, señor Saduj.

También se despide de Ana con un abrazo y se mete en el taxi que se pierde por las calles de mi barrio.

Estoy triste, con la sensación de que algo se me ha perdido por el camino y con un hueco en el alma que será muy difícil de llenar.

Ana me coge de la mano y me dice:

—Ya has cerrado el caso de Paula Zurita. Espero que en tus próximos casos no metas tu alma y tu corazón porque no lo vas a resistir, cariño. Venga, entremos, abramos una botella de ese vino caro que tienes de reserva y brindemos por la felicidad de esa niña.

—Sí, entremos en casa que hay que seguir adelante. El mundo no se para por nadie.

***

A los dos meses recibo una llamada del inspector Fabelo.

—Solo lo llamaba para darle las gracias, Saduj. La información que me entregó era tan exhaustiva que hemos podido desmantelar la mayor red internacional de pederastia. Con los datos que nos dio, pudimos conectar con otros delincuentes sexuales. Esa información sirvió como base para conectar con otras redes y por esa razón la Interpol se ha hecho cargo del expediente, nos han felicitado por el trabajo realizado y me gustaría que esa felicitación se la trasladase a su informante, porque hizo un trabajo impecable.

—Así lo haré, inspector.

—También quería decirle que el caso de Paula está en manos de la sala de lo penal y tiene visos de terminar como esperamos, con esos hijos de mala madre en la cárcel. Le reitero las gracias por la parte que me toca y no olvide que hemos limpiado las calles de muchos malos, Saduj, y gracias a usted.

—Gracias, inspector, estamos para eso.

—Espero poder colaborar con usted en algún caso y, si algún día necesita ayuda, no dude en llamarme. Le debo una.

—Lo anotaré. Es bueno tener un amigo en la Policía.

—Adiós, amigo, y cuídese.

—Lo mismo le digo.

A los pocos días de su llamada, la noticia salta a nivel internacional. La difunden a bombo y platillo en una conferencia de prensa en la sede central de la Interpol. Después recibo un mensaje de texto en mi móvil:

Parece que los polizontes sí saben trabajar.

Sonrío y pienso en Darlindark, pero también en Paula Zurita y en su infierno.

ÍNDICE

Printed in Great Britain
by Amazon